新　世　纪　儿　童　文　学　新　论

主编：朱自强

黄贵珍，北京师范大学儿童文学博士，长沙师范学院学前教育系专任教师。主要从事儿童文学理论、儿童文学教育应用及中国现当代文学的研究。

新 世 纪 儿 童 文 学 新 论

黄贵珍／著

张天翼与中国现代儿童文学

少年儿童出版社

总序

朱 自 强

2018 年 9 月 12 日，少年儿童出版社副总编辑唐兵和原创儿童文学出版中心主任朱艳琴专程来到青岛，代表出版社，邀请我主编一套中国原创的儿童文学理论丛书，我几乎未经思忖，就一口答应下来。这样做，其实事出有因。

上海一直是中国儿童文学的重镇。改革开放以来，中国的儿童文学研究取得了前所未有的发展、进步，上海的少年儿童出版社贡献不菲。

在 1980 年代、1990 年代，少年儿童出版社以《儿童文学研究》这份重要杂志，搭建了十分珍贵且无以替代的学术研究平台，为中国儿童文学的观念转型和学术积累做出了十分重要的贡献。1990 年代，是我学术成长的发力期，《儿童文学研究》上发表了我的十几篇论文，其中就有《儿童文学：儿童本位的文学》、《新时期少年小说的误区》（全文）、《新时期儿童文学理论的误区》等建构我的"儿童本位"的儿童文学观的重要论文。1999 年，《儿童文学研究》停刊，其部分学术功能转至《中国儿童文学》杂志，我依然在上面发表了十几篇文章，其中就有《解放儿童的文学——新世纪的儿童文学观》《中国儿童文学的困境和出路》《再论新世纪儿童文学的走势——对中国儿童文学后现代性问题的思考》等为中国儿童文学研究提供新的理论话题的文章。

1997 年，少年儿童出版社经过精心策划、深入研讨，出版了"跨世纪儿童文学论丛"，收入《儿童文学的三大母题》（刘绪源）、《人之初文学解析》（黄云生）、《西方现代幻想文学论》（彭懿）、《转型期少儿文学思潮史》（吴其南）、《智慧的觉醒》（竺洪波）、《儿童文学的本质》（朱自强）六部学术著作。《儿童文学的本质》是我的儿童文学理论的奠基之作。我以此书较为系统地建构起了当代的"儿童本位"这一理论形态，此后，我的儿童文学研究，基本是以此书所建构的儿童文学观为理论根底来展开的。"跨世纪儿童文学论丛"对我学术发展所具有的意义不言而喻。

正是因为有上述因缘和情结，我才欣然答应承担这套理论丛书的主编工作。儿童文学学科需要加强理论建设。"跨世纪儿童文学论丛"出版以后，在儿童文学学术界产生了很好的反响，《儿童文学的三大母题》《西方现代幻想文学论》《儿童文学的本质》等著作，至今仍然保持着较大的影响力。我直觉地意识到，时隔 22 年，由少年儿童出版社再次出版一套儿童文学理论丛书，也许是一件具有特殊意义的事情。

为了与"跨世纪儿童文学论丛"形成对照，我将这套理论丛书命名为"新世纪儿童文学新论"。这两个"新"字，意有所指。

在《"分化期"儿童文学研究》（2013 年）一书中，我指出并研究了进入 21 世纪的中国儿童文学出现的四个"分化"现象：幻想小说从童话中分化出来；图画书（绘本）从幼儿文学中分化出来；通俗（大众）儿童文学与艺术儿童文学分流；分化出语文教育的儿童文学。可以说，新世纪的儿童文学有了新的气象。

学术研究如何应对儿童文学出现的这种新气象？我在《论"分化期"的中国儿童文学及其学科发展》（《南方文坛》2009 年第 4 期）一文中说："分化期既是中国儿童文学发展的最好时期，同时也是儿童文学学科建设的关键时期。在分化期，儿童文学创作和研究中出现了很多纷繁复杂、混沌多元的现象，提出了许多未曾遭逢的新的课题，如何清醒、理性地把握这些现象，研究和解决这些课题，是儿童文学理论研究和学科建设的题中之义……"

收入"新世纪儿童文学新论"丛书的八本著作是作者多年潜心研究的学术成果。它们不是事先规划的命题作文，而是在较短的时间内的自然组稿。本丛书作为一个规模较大的理论丛书，这种自然形成的状态，正反映了儿童文学学术研究在当下的一部分面貌。

本丛书在体例上尽量选用专门的学术著作，如果是文章合集，则必须具有明晰的专题研究性质。作这样的考虑，是为了提高理论性。儿童文学研究迫切地需要理论，儿童文学研究比其他学科更需要理论。

只有理论才能帮助我们看清儿童文学所具有的真理性价值。

理论是什么？乔纳森·卡勒在《文学理论入门》一书中指出："一般说来，要称得上是一种理论，它必须不是一个显而易见的解释。这还不够，它还应该包含一定的错综性……一个理论必须不仅仅是一种推测；它不能一望即知；在诸多因素中，它涉及一种系统的错综关系；而且要证实或推翻它都不是一件容易事。"卡勒针对福柯关于"性"的论述著作《性史》一书说："正因为它给从事其他领域的人以启迪，并且已经被大家借鉴，它才能成为理论。"

按照乔纳森·卡勒所阐释的理论的特征，本丛书的八种著作，都具有一定的理论性，即所研究的问题，以及研究问题的方式，"不是一个显而易见的解释"，"涉及一种系统的错综关系"。

在注重理论性的同时，本丛书收入的著作或在一定程度上，或在某个角度上体现了"新论"的色彩和质地。

我指出的新世纪出现了幻想小说从童话中分化出来，图画书（绘本）从幼儿文学中分化出来这两个重要现象，已经得到学术界的普遍关注，幻想小说、图画书这两种文体的研究受到了应有的重视，取得了一些成果。在幻想小说研究方面，已有《西方现代幻想文学论》（彭懿）和《中国幻想小说论》（朱自强、何卫青）这样的综论性著作，不过，儿童幻想小说如何讲述故事，使用何种叙事手法，采用何种叙事结构，这些叙述学上的问题尚未有学术著作专门来讨论。本丛书中，聂爱萍的《儿童幻想小说叙事研究》聚焦于幻想小说的叙事研究，对论题做了有一定规模和深度的研究。程诺的《后现代儿童图画书研究》、中西文纪子的《图画书中文翻译问题研究》（这部著作为中西文纪子在中国攻读学位所撰写的博士论文）是近年来图画书研究中的较为用力之作。这两部著作，前者侧重于理论建构和深度阐释，后者侧重于英、日文图画书中译案例的详实分析，从不同的层面，为图画书研究做出了明显的贡献。

徐德荣的《儿童文学翻译的文体学研究》是一部应对现实需求，十分及时的著作。在近二十年的时间里，中国可称得上儿童文学的翻译大国。翻译作品的阅读能否保有与原作阅读相近的艺术质量，在很大程度上取决于翻译质量。徐德荣的这部著作，较为娴熟地运用翻译学理论，努力建构儿童文学翻译的文体学价值系统，既具有理论意义，也具有翻译实践的参考价值。

李红叶的《安徒生童话诗学问题》和黄贵珍的《张天翼与中国现代儿童文学》是标准的作家论。这两部专著一个研究世界经典童话作家，一个研究中国儿童文学的代表性作家，其选题本身颇有价值，而对于一直处于低迷状态的作家论这一重要研究领域，也有一定的提振士气的作用。

本丛书的最后两部著作是方卫平的《1978—2018儿童文学发展史论》和我本人的《中外儿童文学比较论稿》。显而易见，这是两部文章合集的书稿。所以选入，一是因为具有专题研究性质，论题可以拓展丛书的学术研究的广度，二是因为想让读者在丛书里看到从 1980 年代开始成长起来的学者的身影。

在改革开放的四十年里，中国儿童文学取得了前所未有的成就，对这一发展历程进行理性的分析和总结，是中国儿童文学史研究的重要课题。我在《朱自强学术文集》（10 卷）的第二卷《1908—2012 中国儿童文学与现代化进程》一书中，对改革开放三十几年的儿童文学历史，划分为向"文学性"回归（1980 年代）、向"儿童性"回归（1990 年代）、进入史无前例的"分化期"（大约 2000 年以来）这样三个时期，而方卫平的《1978—2018 儿童文学发展史论》对近四十年中国儿童文学创作和艺术发展历程的描述、分析和思考，则为我们提供了另一种学术眼光，呈现出文学史研究的另一种视野的独特价值。如果将我和方卫平的改革开放四十年儿童文学史的研究，两相对照着来阅读，一定是发人思考、耐人寻味且饶有趣味的事情。作为同代学人，阅读方卫平的这部带有亲历者的那种鲜活和温度的史论著作，令我感到愉悦。

我本人的《中外儿童文学比较论稿》是基于我多次出国留学之经验的著述。日本留学，给我提供了朝向西方（包括日本）儿童文学的意识和视野。作为比较文学研究，这本小书值得一提的学术贡献，是从"语言"史料出发，实证出"童话"（儿童文学的代名词）、"儿童本位"、"儿童文学"这些中国儿童文学的顶层概念，均来自日语语汇，从而证明作为观念的"儿童文学"，不是如很多学者所主张的中国"古已有之"，而是在西方的现代性传播过程中，中国的先驱们在清末民初，对其自觉选择和接受的结果。

从"跨世纪儿童文学论丛"，到"新世纪儿童文学新论"，可以看到时代给儿童文学这个学科带来的变化。22年前，虽然"跨世纪儿童文学论丛"的作者年龄参差不齐，但还是属于同一代学者，然而，"新世纪儿童文学新论"的作者几乎可以说是"三代同堂"，尤其值得一记的是，丛书中的著作，有五部是在博士学位论文基础上形成的，这似乎既标志着学术生产力的代际转移，也显示出儿童文学这个依然积弱的学科在一点一点地长大起来。

儿童文学是社会现代化进程的产物。一个社会的现代化的水准，在极大程度上取决于儿童教育的水准。作为具有多维度儿童教育功能的儿童文学，理应在社会现代化进程中发挥重要作用，也就是说，作为学科的儿童文学的队伍规模，在中国向现代化国家发展的进程中，理应会进一步壮大。

我们期待着……

2019 年 10 月 9 日
于中国海洋大学儿童文学研究所

目录

绪论

一

发端于"五四"的现代儿童文学是中国现代文学的组成部分。许多现代作家既是新文学运动的中坚力量，同时也是儿童文学作家，他们都曾积极呼吁或直接参与了现代儿童文学的创作实践与理论建构。比如鲁迅和周作人在儿童文学理论及其翻译上的建树，奠定了发生期儿童文学的理论基础；叶圣陶、茅盾的儿童文学编撰和创作活动，开启了中国原创儿童文学历程；冰心、丁玲、老舍、巴金、张天翼等都创作了一定数量的儿童文学作品。这些方面的成果，都一定程度推动了中国儿童文学的现代化进程。

相对于有数千年历史的成人文学，只有近百年历史的儿童文学起步甚晚，发展相对滞后，显得有些稚拙，被不少研究者视为"小道"，长期以来没有得到学术界的应有重视。儿童文学研究远远落后于成人文学研究，一个明显的事实是，对于上述兼具成人文学作家与儿童文学作家身份的新文学作家，对于他们成人文学作品的研究基本上都有厚实的专著或博士论文，而他们的儿童文学作品却不同程度地被忽视。这些年虽然出现了不少研究现代作家儿童文学作品的单篇论文，但有分量的专著及博士论文仍比较少见。

在现代儿童文学史上，成就比较突出的作家，上世纪20年代以叶圣陶、冰心为代表，而30、40年代则以张天翼为代表，这三个作家值得重点关注。关于叶圣陶的儿童文学成就，近年已经有博士论文从创作、少儿书刊的编辑及教育实践等方面对其进行了全面的梳理与论述。而关于冰心与张天翼儿童文学的专著与博士论文，则付诸阙如。

冰心的儿童文学创作主要是在上世纪20年代，以儿童散文与儿童诗歌为主，《寄小读者》《繁星》《春水》是其代表作，以抒情见长；张天翼的儿童文学创作主要在三四十年代，以童话与儿童小说为主，《大林和小林》《秃秃大王》《蜜蜂》是其代表作，以叙事见长。在现代儿童文学史上，童话一直占据主流地位，因而以童话创作见长的张天翼，更能代表中国现代儿童文学的成绩。此外，冰心的儿童文学作品着重表达的是"爱的哲学"，与中国的社会现实比较疏远；而张天翼作为一名左翼作家，其儿童文学创作跟时代主题密切相关，更能体现中国现代儿童文学的特点及发展变化。

张天翼是中国现代儿童文学史上的一位天才式作家。他一生创作了4部长篇童话，包括《大林和小林》《秃秃大王》《金鸭帝国》《宝葫芦的秘密》；19篇儿童小说，包括《罗文应的故事》《去看电影》《蜜蜂》等，以及被当作短篇童话的《不动脑筋的故事》①；2部儿童戏剧，包括《蓉生在家里》《大灰狼》；28篇寓言，包括《混世魔王》《老虎问题》等。②这些作品在现代儿童文学史上有着重要的地位，尤其是《大林和小林》《宝葫芦的秘密》《罗文应的故事》等，在当时都是具有标志性意义的作品，现在依然深受读者喜爱，不断再版。但是他的《金鸭帝国》则从创作以来就一直反响不大，不大受读者欢迎，即使作家本人谈起自己的童话创作时也很少提及。读者接受的差异性从侧面反映了张天翼儿童文学创作存在的一些问题，比如图解概念，如《金鸭帝国》图解马克思主义理论及过于强调教化，忽视儿童心理的转变过程。然而，即便是这些问题，也带有鲜明的时代特征，是现代儿童文学史上存在的具有普遍性的问题。更何况，瑕不掩瑜，评价一个作家的艺术成就是以他的优秀作品为依据的。

正因为张天翼创作了诸多优秀的儿童文学作品，所以得

① 在中国少年儿童出版社出的《张天翼儿童文学全集》里，就是把它作为童话。廖卓成在《童话析论》中对童话的定义是："适合儿童阅读，有仙子、魔法或其他超自然成分的幻想故事；情节较寓言曲折，叙述者对超自然现象，视为理所当然，不用作科学解释，也没有神话的敬畏之情。"（见廖卓成：《童话析论》，台北：大安出版社，2002年版，第21页。）他还说：故事和超自然成分是童话的必要条件。（见廖卓成：《童话析论》，台北：大安出版社，2002年版，第7页。）《不动脑筋的故事》中没有超自然成分，更符合儿童小说的定义，所以我们把它归为儿童小说。
② 关于张天翼儿童小说、儿童戏剧、寓言的篇数，是根据中国少年儿童出版社2002年出版的《张天翼儿童文学全集》来统计的。

到了后世评论者的高度评价。日本评论家新岛淳良认为:
"中国的现代儿童文学,以谢冰心、鲁迅、叶绍钧着其先鞭,
而为张天翼所完成。"① 认为中国现代儿童文学是由张天翼所
完成的,这是十分中肯的评价,一点也不夸张。王泉根认
为:"在儿童文学作品的体裁上,他(引者注:即张天翼)的
长篇形式的童话,给中国的童话创作开创了一个奇异的新境
界,成为 30 年代儿童文学的扛鼎之作,同时也是整个中国
现代童话创作不可多得的收获。它给长篇童话创作从内容题
材到艺术形式方面都提供了新的经验,无论过去和现在,都
发生着应有的影响。"② 这里着重指出了张天翼长篇童话的地
位及意义。而刘再复更是推崇备至:"张天翼继叶圣陶、冰
心等儿童文学先驱之后,把我国现代儿童文学提高到一个新
的水平,特别是解放后,他倾注了全副心力于儿童文学,成
为新中国社会主义儿童文学的开山祖。……在张天翼之后,
我国的儿童文学至今还未超越他的水平。"③ 这里不仅肯定张
天翼在现代儿童文学史上的经典地位,还指出张天翼代表着
20 世纪 80 年代中期以前中国儿童文学的最高水平。从这些
评价中可以看出,张天翼在儿童文学方面的成就已经成为儿
童文学界的共识。

然而,学术界对张天翼儿童文学作品的研究却跟他的成
就完全不相称。笔者根据中国知网收录的论文进行统计,从
1954 年到 2019 年这 60 多年来,关于张天翼的期刊论文总计

---

① [日] 新岛淳良等:《现代儿童文学史话(节录)》,选自沈承宽、黄侯兴、吴福
　辉编:《张天翼研究资料》,北京:知识产权出版社,2010 年版,第 407 页。
② 王泉根:《现代中国儿童文学主潮》,重庆:重庆出版社,2000 年版,第 273 页。
③ 刘再复:《高度评价为中国现代文学立过丰碑的作家》,选自吴福辉、黄侯兴、沈
　承宽、张大明主编:《张天翼论》,长沙:湖南文艺出版社,1987 年版,第 30 页。

231 篇，其中关于张天翼儿童文学研究的只有 52 篇，约占总数的 23％。关于张天翼的硕士论文有 39 篇，其中只有 14 篇是关于张天翼儿童文学的，约占总数的 36％，且存在着重题及内容重复的现象。关于张天翼儿童文学研究方面的专著与博士论文，则付诸阙如。可以说，张天翼儿童文学研究是比较冷清的。而关于他的成人文学研究，已有一部专著，即杜元明的《张天翼小说论稿》；一篇博士论文，即杨春风的《张天翼讽刺小说论》（兰州大学，2010）。此外，还有两部传记，即张锦贻的《张天翼评传》与黄侯兴的《张天翼的文学道路》。由此可见，学术界对张天翼的研究侧重于成人小说方面，对他的儿童文学研究则十分薄弱，显得相形见绌。

关于张天翼儿童文学的已有研究成果，主要是对张天翼的童话及个别儿童小说做微观的考察，限于某一部或某几篇作品，很少有人对张天翼的儿童文学作品进行整体的研究，更少有人把张天翼的儿童文学创作置于中国现代儿童文学发展历程中，对张天翼在中国儿童文学的现代化进程中做出的贡献进行具体分析。

此外，儒家文化、政治生态、民间文学、现实主义及教化儿童观等对儿童文学创作的影响，是现代儿童文学研究领域内几个具有关键意义的问题，需要认真加以分析与总结。更何况，它们作为一种文化基因在当下延续，在潜意识中影响着当下作家的儿童文学创作。因此，有必要返回中国现代儿童文学发生发展的具体社会历史情境，来思考这些因素是如何影响现代儿童文学的发展。而张天翼是一个很好的切入口，因为他的儿童文学创作自觉践行着主流文学观念和意识形态，体现了中国儿童文学的基本特征，是中国儿童文学的一个生动标本。他的儿童文学作品将政治话语、现实状况、童话元素和教育意图巧妙地融合在儿童化的叙述中，是折射中国现代儿童文学发展历程的典型范例。

张天翼在叶圣陶唯美抒情的童话之后创立了幽默讽刺童话，被认为是中国热闹派童话的先驱。而中国儿童文学由于受传统文化实用理性的影响，幽默风格一直有所欠缺，幻想性也比较弱。因此，研究张天翼童话在艺术技巧上的探索，能够更好地理解张天翼是如何在迎合主流意识形态的前提下实现艺术的突破。这些都将为当代儿童文学创作提供有益的借鉴。

张天翼的儿童文学作品，是现代儿童文学史上一笔丰厚的遗产，是揭示中国儿童文学特征及发展历程的一个窗口，有必要对张天翼儿童文学创作进行系统考察。然而，正如杨义指出的："要了解一个作家的地位和特色，最好是把他放在特定的文学发展的总体格局中进行比较性的考察。"[1] 基于此，本书以"张天翼与中国现代儿童文学"为名，把张天翼儿童文学作品放到中国现代儿童文学史中去考察，通过与同时代的儿童文学作家作品进行比较，给张天翼的儿童文学创作一个准确的评价与定位，并勾勒出张天翼与中国现代儿童文学的动态关系。

需要说明的是，本书名为"张天翼与中国现代儿童文学"，按一般文学史分期，"现代"的下限是 1949 年，但张天翼的儿童文学创作一直延续到上世纪 50 年代，如《宝葫

---

① 杨义：《从现代小说史看张天翼》，吴福辉等编：《张天翼论》，长沙：湖南文艺出版社，1987 年版，第 32 页。

芦的秘密》《罗文应的故事》等重要篇目便是创作于上世纪
50 年代。考虑到张天翼儿童文学创作的实际情况，本书研究
的范围包含其上世纪 50 年代创作的作品。

二

自张天翼创作第一部儿童文学作品的 1932 年起，张天
翼的儿童文学研究就已经展开，到现在已经持续了 80 余年。
这 80 多年，大致可以分为三个阶段：从上世纪 30 年代到新
中国成立前（1932—1949）为第一个阶段；从新中国成立到
"文革"前（1949—1966）为第二个阶段；从"文革"结束
到现在（1976—2019）为第三个阶段。整体而言，学术界对
张天翼儿童文学的研究是比较冷清的，到目前为止，还没有
一部这方面的专著或博士论文，这跟他的儿童文学成就是不
相称的。张天翼创作了具有里程碑意义的《大林和小林》等
儿童文学作品，但其在当时乃至后世，更受学术界关注的无
疑是他的讽刺小说，其儿童文学作品的光芒一定程度被讽刺
小说所遮盖，因而被学术界所忽视。

张天翼的儿童文学创作是从上世纪 30 年代开始的，到
新中国成立前，他已经创作了三部长篇童话，即《大林和小
林》《秃秃大王》《金鸭帝国》，还有大部分儿童小说及所有
的寓言。这一阶段，只有少数几篇评论《蜜蜂》《秃秃大王》
《大林和小林》等的报刊文章。陈思认为张天翼的《蜜蜂》
关于蜜蜂吃稻浆的陈述不符合科学常识，是一篇完全失败的

作品。① 鲁迅对此为张天翼辩护，认为陈思说的是一般情况下的道理，如果是在蜂多花少的特殊情况下，蜜蜂会将花瓣弄伤，将花心咬掉，就会发生张天翼所写的蜜蜂糟蹋稻浆的事情。② 这涉及的是《蜜蜂》中的科学常识，并未对其艺术特色作任何分析。凌冰的书评《蜜蜂》虽然针对的是短篇小说集《蜜蜂》，但部分文字论及单篇作品《蜜蜂》的风格、题材、人物，认为它写出了广大群众的动态。③ 而汪华的《评〈畸人集〉》也有部分文字论及《蜜蜂》中的人物形象、风格、主题，认为它是一篇不朽的儿童文学杰作。④ 梁新桥的《张天翼的兵士小说和童话》在最后一段简单论及《大林和小林》的题材、儿童口吻、主题思想。⑤ 文驼的《张天翼：左翼文坛一支"神来之笔"》部分文字论及《秃秃大王》的讽刺、幽默。⑥ 此外，胡风的《张天翼论》也值得一提，在文中作者提及了张天翼儿童文学作品中心理描写与运用口语的优点，同时也指出了作品中存在"不健康的诙谐和一般的观念"的缺陷。⑦ 这一时期对张天翼儿童文学作品的论述，大多是夹杂在对张天翼成人文学的论述之中，且基本上停留在简单的介绍上，并未对其艺术特色展开具体深入的论述。

新中国成立后到"文革"前，相关评论文章主要关注张天翼的单篇儿童文学作品。蒋风有两篇文章分别对张天翼的

① 陈思：《蜜蜂》，《涛声》，1933 年第 2 卷第 22 期。
② 罗憮（鲁迅）：《从何说起："蜜蜂"与"蜜"》，《涛声》，1933 年第 2 卷第 23 期。
③ 凌冰：《蜜蜂》，《现代（上海 1932 年）》，1933 年第 3 卷第 4 期。
④ 汪华：《评〈畸人集〉》，《国闻周报》，1936 年 8 月 3 日。
⑤ 梁新桥：《张天翼的兵士小说和童话》，《现代出版界》，1932 年第 7 期。
⑥ 文驼：《张天翼：左翼文坛一支"神来之笔"》，《七天（上海 1945 年）》，1945 年第 2 期。
⑦ 胡丰（胡风）：《张天翼论》，《文学季刊（北平）》，1935 年第 2 卷第 3 期。

《罗文应的故事》和《大林和小林》的人物形象、艺术手法、语言等方面进行了较为细致的阐发。① 陈伯吹的《一篇心理的、幽默的、教育的童话作品——读〈宝葫芦的秘密〉》论及《宝葫芦的秘密》的成功之处，赞扬了张天翼寓教于乐的儿童文学教育观；将张天翼在该作品中对现实与幻想的关系处理视作解决此类问题的典范；认为该作品艺术上最大的成就是"新鲜、生动、简练、富有幽默感"的语言。② 张序屏的《推荐〈大灰狼〉》针对童话剧《大灰狼》中大妞、大灰狼等人物形象、主题思想、语言特点展开了论述。③

个别文学史著作也有论及张天翼的儿童文学作品，如华中师范学院中国语言文学系编著的《当代文学史稿》一书④，其中专辟章节讨论《宝葫芦的秘密》，揭示了作品在心理描写、人物形象、主题思想、幻想色彩等方面的特点。

另外，日本《世界儿童文学》杂志 1960 年 12 月号"现代中国儿童文学特集"中刊登的两篇文章值得一述。一篇是伊藤敬一的《张天翼的小说和童话》，该文指出《奇怪的地方》《奇遇》《一件寻常事》《失题的故事》《大林和小林》的现实主义风格，还论述了《大林和小林》新版本与旧版本的区别、幻想性及夸张手法。另一篇是新岛淳良等写的《现代儿童文学史话》，专门探讨了"张天翼与中国现代童话的创立"的关系，认为张天翼的童话在思想性与幻想性方面超越

---

① 蒋风的《张天翼的〈罗文应的故事〉》与《张天翼和他的〈大林和小林〉》，均选自蒋风的《中国儿童文学讲话》，南京：江苏文艺出版社，1959 年版。
② 陈伯吹：《一篇心理的、幽默的、教育的童话作品——读〈宝葫芦的秘密〉》，《文艺报》，1958 年第 10 期。
③ 张序屏：《推荐〈大灰狼〉》，《解放日报》，1954 年 5 月 31 日。
④ 华中师范学院中国语言文学系编：《当代文学史稿》，北京：科学出版社，1962 年版。

了叶圣陶童话,并且"突破了谢冰心那种只写身边琐事和内心世界的小说框框,而在作品中正面反映现实社会的阶级矛盾"①,对张天翼在中国现代童话史上的地位给予了高度评价。

总的来说,这一阶段的研究成果,主要是对张天翼单篇儿童文学作品的介绍,论述集中在人物形象、主题思想、艺术手法、语言特色几个方面,虽然相比前一个阶段有了一定的进展,但还是缺少对张天翼儿童文学作品系统而深入考察的力作。

"文革"十年,张天翼的儿童文学作品,与其他作家作品的命运一样。这一时期,正如杜元明在《六十余年来的张天翼研究》里指出的:"动乱的'文革'十年,张天翼研究处于停顿状态。"② 因此,这一阶段基本上没留下什么研究成果。

"文革"后到现在,张天翼儿童文学的相关研究逐渐恢复,出现了不少系统探究张天翼童话的论文。金江的《谈张天翼的童话》(1980年)讨论了张天翼童话的现实主义创作方法及艺术技巧的特点。③ 俞渝(即王泉根)的《试论张天翼早期的长篇童话》从思想内容、艺术手法、作品风格三个方面分析了张天翼早期长篇童话(即《大林和小林》《秃秃大王》《金鸭帝国》)的"真""奇""幽默",认为"真是张

---

① [日]新岛淳良等:《现代儿童文学史话》,选自沈承宽、黄侯兴、吴福辉编的《张天翼研究资料》,北京:知识产权出版社,2010年版,第407页。
② 杜元明:《六十余年来的张天翼研究》,选自吴福辉、黄侯兴、沈承宽、张大明主编:《张天翼论》,长沙:湖南文艺出版社,1987年版,第317页。
③ 第二次全国少年儿童文艺创作评奖委员会办公室编:《儿童文学作家作品论》,北京:中国少年儿童出版社,1981年版,第42—49页。

天翼童话的生命""奇是张天翼童话的'优美外衣'""幽默
是张天翼童话风格的精髓"。① 王泉根的另一篇文章《三十年
代中国儿童文学现象的历史透视》则结合文化语境，指出张
天翼童话中的游戏精神与幽默风格是为了实现作品的严肃主
题而采用的一种艺术技巧。②

随着西方文艺理论的引入与传播，这一时期有学者开始
尝试借用西方的文艺理论来阐释张天翼的童话。陈道林的
《童话中的扁形和圆形人物》借用英国批评家福斯特在《小
说面面观》中提出的"圆形人物"和"扁形人物"，通过对
张天翼 1949 年前后童话人物形象进行比对分析，认为从
《大林和小林》到《宝葫芦的秘密》，张天翼完成了从扁形人
物向圆形人物的创作转变。③

除了从文学角度论述张天翼童话艺术特色，也有从语言
学角度论述张天翼童话语言特色的，代表性的论文有何群的
《张天翼童话的语言学分析》。它根据张天翼童话的各个组成
部分与情节关系的疏密程度，将其语言分为"陈述性言语系
统"与"修饰性言语系统"，并归纳了这两种言语系统的功
能。④ 这篇论文运用现代语言学理论，并结合《大林和小林》
《秃秃大王》进行阐释，较好地揭示了这两部作品的语言
特色。

在综论张天翼的儿童文学创作方面，杜元明的《张天翼

---

① 俞渝：《试论张天翼早期的长篇童话》，《浙江师范学院学报（社会科学版）》，
　1982 年第 4 期。
② 王泉根：《三十年代中国儿童文学现象的历史透视》，《西南师范大学学报（哲学
　社会科学版）》，1997 年第 2 期。
③ 陈道林：《童话中的扁形和圆形人物》，《华中师范学院学报》，1984 年第 2 期。
④ 何群：《张天翼童话的语言学分析》，《山东师大学报（社会科学版）》，1994 年
　第 4 期。

与中国现代儿童文学》结合时代背景，审视张天翼致力于儿童文学创作的缘由；又在与叶圣陶、冰心等儿童文学名家的比较中，阐述张天翼对推动中国现代儿童文学发展的贡献，为张天翼在民主革命时期的儿童文学创作勾画了一个轮廓。朱金顺、龚肇兰的《张天翼的儿童文学创作》认为张天翼童话具有五个方面的特色：富于教育意义的主题；动人的故事情节；精心的心理刻画；讽刺和夸张的艺术手法；生动幽默的语言。① 汤锐的《中国儿童文学的生动标本》（1986 年）对《大林和小林》给予了重点分析，认为张天翼的童话创作是中国儿童文学的标本，从中可以透视中国现代儿童文学的特点及发展轨迹。②

这一时期，还出现了张天翼成人文学与儿童文学的比较研究，及张天翼与其他儿童文学作家的比较研究。前者如孙占恒的《"同中之异"——张天翼儿童文学与成人文学之比较》，探讨了张天翼儿童文学与成人文学的共通之处，以及两者在创作姿态与艺术技巧上的差异。③ 后者如杨宏敏、王泉根的《叶圣陶、张天翼童话之比较》，分析了叶圣陶与张天翼在现实主义精神方面的区别及意义，认为 1920 年代叶圣陶的短篇童话是以"讽他一下"的冷峻笔触，透过"微小事件"来表现当时中国的社会现实，开辟了童话创作的现实主义道路；1930 年代张天翼的长篇童话则是以"刺他一下"

---

① 朱金顺、龚肇兰：《张天翼的儿童文学创作》，《儿童文学研究》，1980 年第 3 辑。
② 汤锐：《中国儿童文学的生动标本》，选自吴福辉、黄侯兴、沈承宽、张大明主编：《张天翼论》，长沙：湖南文艺出版社，1987 年版，第 279 页。
③ 孙占恒：《"同中之异"——张天翼儿童文学与成人文学之比较》，选自方卫平主编：《中国儿童文化（第八辑）》，杭州：浙江少年儿童出版社，2013 年版，第 110—117 页。

的战斗激情，书写当时社会的宏大事件，把现实主义的童话创作推向了新的阶段。① 此外，还有将张天翼童话与郑渊洁童话、《宝葫芦的秘密》与《木偶奇遇记》、《假话国历险记》与《秃秃大王》进行比较的论文。② 这种比较研究，一定程度上有助于揭示张天翼儿童文学的艺术特质，但总体而言主要集中在作品的现实主义风格、语言、修辞、主题方面的比较，且限于单篇作品或某一个阶段的童话作品。

对张天翼儿童文学创作存在的问题也进入了研究者的视野。张天翼教化的儿童观对童话幻想性的压制引起了学人共同的关注。朱自强的《张天翼童话创作再评价》对张天翼的童话创作进行了重新考察和评价。他从分析《大林和小林》这篇被认为成功的童话着手，认为"张天翼从一开始便遵循了主题先行、观念先行的创作方法，而这种方法始终降低着他的创作水平"③；指出概念化的毛病在《秃秃大王》里表现得更加严重，且对《金鸭帝国》图解马克思主义理论给予了彻底的否定性评价，认为它只是一个毫无幻想的虚构的现实故事。对《宝葫芦的秘密》以教训压抑儿童幻想的叙事方式，朱自强也给予了批评。冯鸽的《论现代中国童话的幻想压抑》以《宝葫芦的秘密》的幻想叙事为例证，认为功利性

---

① 杨宏敏、王泉根：《叶圣陶、张天翼童话之比较》，《中国文学研究》，2006 年第 3 期。

② 这方面的论文如钱华、卜晓亚：《张天翼郑渊洁童话创作的语言艺术比较》，《作家杂志》，2008 年第 2 期。高文艳：《给成长插上飞翔的翅膀——〈木偶奇遇记〉与〈宝葫芦的秘密〉之比较》，《太原大学教育学院学报》，2009 年第 4 期。刘昕：《超越政治的政治童话》，《山西青年管理干部学院学报》，2010 年第 8 期。

③ 朱自强：《张天翼童话创作再评价》，选自朱自强：《儿童文学论》，青岛：中国海洋大学出版社，2005 年版，第 233 页。

的儿童文学观压抑了中国现代童话的幻想。① 另外，冯丽军的《儿童观：儿童文学的支点》一文从儿童文学观的维度将张天翼与罗大里加以比较，指出张天翼的儿童观是一种"落后的、'成人本位的'儿童观"②。这些论文，从反方向的角度深化了对张天翼童话的研究，在肯定其成就的同时，也较深入地揭示出其存在的不足——这与以往对张天翼童话创作的不足只是蜻蜓点水式点出不同，他们更系统也更深入分析了这些缺陷，甚至给出了与以往大相径庭的评价。

这一时期，有部分硕士学位论文以张天翼儿童文学为研究对象。这些论文从张天翼的儿童文学观、张天翼艺术世界的矛盾性、张天翼童话的艺术品格及张天翼前后期儿童文学创作的异同展开了论述。整体而言，与已有成果有较多重合之处，且对作品艺术的阐发不够深入，仍留有不少的研究空间。

除了上述单篇论文之外，对张天翼儿童文学的研究散见于童话史或儿童文学史著作，以及两本关于张天翼的传记中。中国现代文学史对张天翼的儿童文学极少提及或一笔带过。儿童文学史或童话史中关于张天翼的章节，一般按时间线索，以 1949 年为界，将张天翼的儿童文学创作分两个阶段进行讨论，前期主要讨论张天翼早期童话在思想和艺术上的总体特征，后期则围绕《宝葫芦的秘密》展开分析。金燕玉的《中国童话史》③ 在中编第五章《中长篇童话的奇

---

① 冯鸽：《论现代中国童话的幻想压抑》，《海南师范大学学报（社会科学版）》，2014 年第 2 期。
② 冯丽军：《儿童观：儿童文学的支点》，《韩山师范学院学报》，2002 年第 4 期。
③ 金燕玉：《中国童话史》，南京：江苏少年儿童出版社，1992 年版。

才——张天翼》里对张天翼童话世界的现实性与荒诞性、荒诞夸张的艺术手法、幽默热闹的艺术风格有详细的论述；在该著下编第一章第二节《张天翼的杰作〈宝葫芦的秘密〉》里，对《宝葫芦的秘密》的主旨、心理描写、王葆形象及价值有论述。吴其南的《中国童话发展史》① 中也有两节论及张天翼的童话，他按时间线索分析了张天翼 1949 年前的童话创作，认为张天翼童话艺术的魅力主要来源于作家对生活的深刻理解、对作品的艺术空间的开拓、游戏精神、语言表现四个方面。此外他专门论述张天翼的《宝葫芦的秘密》，将其与早期的《大林和小林》进行纵向的比较，认为它们在立意上有共通性，在美学情调上有很大不同。蒋风的《中国儿童文学发展史》② 有两节对张天翼儿童文学进行了阐述，分别归纳张天翼早期儿童文学创作的思想特色和艺术特色。另一节则专门讨论了《宝葫芦的秘密》，肯定了其新颖、独特的艺术形式，并认为主人公王葆的形象塑造得生动、丰满、真实。黄侯兴的《张天翼的文学道路》里最后一节《在童话创作中的卓著贡献》，对张天翼四部长篇童话都分别进行了评介，并对张天翼的童话创作进行了总结，认为它们塑造人物非常成功，且具有神奇变幻的色彩、紧张热烈的气氛和扣人心弦的情节。③ 张锦贻的《张天翼评传》里也涉及对张天翼儿童文学的创作时代背景、艺术手法、语言特色等方面的研究，认为张天翼的儿童文学尤其是童话具有政治性、现实性、戏剧性、想象性四个方面的特征，有一定的合

① 吴其南：《中国童话发展史》，上海：少年儿童出版社，2007 年版。
② 蒋风：《中国儿童文学发展史》，上海：少年儿童出版社，2007 年版。
③ 黄侯兴：《张天翼的文学道路》，上海：上海文艺出版社，1993 年版。

理性。

总体而言，这一时期的相关研究对张天翼儿童文学作品的思想内涵、艺术特色进行了比较深入的探究，并开始借用西方文艺理论及语言学理论来阐发作品，取得了一定的成绩。纵观张天翼的儿童文学研究成果，存在着如下几个方面的问题。

其一，作品研究覆盖面过于狭窄。已有研究成果主要集中于张天翼的童话，对他的儿童小说、儿童戏剧、寓言则缺乏相应的研究。专门考察张天翼的儿童小说的只有郭雅书的《张天翼和他的儿童小说》。该文通过具体的文本分析了张天翼儿童小说的思想主题，以及从外貌、心理、对话乃至环境等方面刻画人物形象的表现手法。① 专门论及张天翼儿童戏剧的论文，只有张美妮的《幼儿童话剧的杰作》，该文从"简洁明朗富于游戏色彩的戏剧冲突""个性鲜明充满童趣的人物形象""性格化、动作化、幼儿口语化的语言"三方面来评价张天翼的儿童戏剧《大灰狼》的特色。研究张天翼寓言的论文只有金江的《论张天翼的寓言》，它对张天翼创作寓言的时代背景、主题及幽默讽刺的特色，进行了较为详尽的论述。②

其二，研究不能吸收最新的理论成果，对张天翼在叙事方面的贡献缺乏深入揭示。儿童文学离不开讲故事，尤其是童话、儿童小说、戏剧这样的体裁，更是离不开叙事。但对张天翼儿童文学叙事艺术进行揭示的，仅有两篇论文。一是

---

① 郭雅书：《张天翼和他的儿童小说》，《锦州师范学院（哲学社会科学版）》，1985年第 4 期。
② 金江：《论张天翼的寓言》，《枣庄师专学报》，1987 年第 1 期。

杨佃青的《"张天翼模式"论》，将"张天翼所独有的那种讽刺和幽默的艺术手法，从儿童的视角组建充满游戏精神的情节结构，来展示现实社会的广阔而真实的图景，表现进步人生的教育主题"概括为"张天翼模式"。[①] 并在此基础上，反思了"张天翼模式"的弊端及其存在的合理性。一是吴其南的《张天翼童话的反欲望叙事》，该文通过具体的文本分析揭示出张天翼童话反欲望叙事的特点和不足，并对张天翼被人诟病的幻想的压抑进行了辩解。[②] 这两篇论文都一定程度揭示了张天翼在叙事方面的某些特色，但张天翼在叙事方面的探索远远不止这些。西方叙事学自上世纪七八十年代引入中国，其影响很大，业已成为一门显学。[③] 对于西方的叙事理论，如果能适当运用，能更深入地阐发张天翼对中国现代儿童文学叙事方面的贡献。

其三，比较研究有待深入。比较研究方面的成果，有分量的论文不多。孙占恒的《"同中之异"——张天翼儿童文学与成人文学之比较》揭示出张天翼儿童文学与成人文学在书写姿态、讽刺手法、幽默生成机制等方面的共通之处，并指出了两者的差异。王泉根的《现实主义精神在幻想艺术中的不同显现》对张天翼与叶圣陶的童话思想进行了纵向的比较。这两篇论文一定程度揭示张天翼儿童文学与成人文学、

① 杨佃青：《"张天翼模式"论》，《浙江师大学报（社会科学版）》，1994 年第 6 期。
② 吴其南：《张天翼童话的反欲望叙事》，《浙江师范学院学报（社会科学版）》，2005 年第 6 期。
③ 申丹、王丽亚：《西方叙事学：从经典到后经典》："据中国期刊网文史哲专栏的统计，1994 年至 1999 年共有 1100 多篇叙事（述）方面的期刊论文面世，而 2000 至 2008 年则快速增长至 9000 多篇……毫无疑问，叙事学研究已经发展成为国内的一门显学，而且跟国际接轨的程度越来越高。"北京：北京大学出版社，2010 年版，第 1 页。

张天翼童话与叶圣陶童话的区别，但还有诸多拓展与深化的空间，比如张天翼儿童文学与成人文学在叙事视角、叙事空间、叙事模式等方面的区别；张天翼童话的革命现实主义与叶圣陶童话的现实主义的区别；再如张天翼童话与沈从文、陈伯吹、巴金、贺宜、严文井等同时代作家的童话作品在文学性尤其是儿童性方面的区别。这些问题现有研究成果基本没有怎么涉及，但只有把这些问题厘清了，张天翼儿童文学的独特性才能更充分地揭示出来。

其四，文学史定位语焉不详。一般的儿童文学史著作都会为张天翼留出一章或两节的篇幅，论述张天翼儿童文学尤其是童话的艺术特色。研究者对张天翼在中国现代儿童文学史上的定位，往往把张天翼置于左翼儿童文学的框架内。如蒋风的《中国儿童文学发展史》，这是国内一部有代表性的儿童文学史专著，它对张天翼的评价就是置于左翼儿童文学的框架下的。① 虽然对张天翼评价较高，但并没有在中国现代儿童文学史这一坐标中给张天翼一个精准的定位。我们以为，张天翼的意义不应该仅仅局限于左翼儿童文学，也不应该局限于特定时代。如果把张天翼的儿童文学创作放在中国

---

① 蒋风说："总之，张天翼以他独具一格的作品在 1930 年代的儿童文学界开创了一代新风，不仅在当时左翼文学作者队伍遭受惨重损失的逆境中坚定地站住了阵地，而且较好地克服了左翼儿童文学创作初期中普遍存在的观念化和成人化的欠缺，使左翼儿童文学达到了一个新的水平。同时张天翼的创作体现了当时正在发展转变中的现代儿童文学观，体现了自'五四'儿童文学运动以来，由于革命的、左翼思想的渗入，在现代儿童文学界出现的又一股强大的变革潮流，即儿童文学为政治斗争服务、为无产阶级教育服务的潮流，这股潮流对 1940 年代的儿童文学产生了巨大的影响。更重要的是，张天翼的前期儿童文学作品表现了现代中国儿童文学在艺术上的基本成熟，他的《大林和小林》《蜜蜂》等童话和小说，在当时就成了儿童文学创作中的楷模。"引自蒋风的《中国儿童文学发展史》，上海：少年儿童出版社，2007 年版，第 135 页。

现代儿童文学发展的大背景中去考察，对张天翼的评价视野会更宽广，也才能对张天翼的儿童文学创作给出一个精准的定位。

综观学术界对张天翼儿童文学创作的研究成果就会发现，针对张天翼的长篇童话，尤其是《大林和小林》的论述是大量的，而对他儿童文学创作的整体性研究则不够充分和丰富。大多数研究成果主要是对张天翼单篇或为数不多的数篇作品进行微观的考察，缺乏对张天翼儿童文学作品多样风貌的整体审视，缺乏将作家、作品、读者与世界打通来研究的宏观视野，也就是把内部研究与外部研究相结合的文化诗学的视野，因此往往无法如实全面呈现张天翼儿童文学的特质和价值。

第一章

中国现代儿童文学发生发展的历史进程

儿童文学与成人文学的根本区别在于其读者群体的不同。儿童读者的存在，决定了"儿童文学"的存在。虽然作为生命初始阶段的儿童自人类诞生就一直存在着，但儿童的独立人格和社会地位却长期被人们所忽视，文化层面上的儿童发现，历经了长久的等待。在中国古代的历史长河中，受儒家文化的影响，儿童一直就是成人的附庸。到了晚清，儿童观稍有发展，但也只是作为成人生活的预备。直到新文化运动，在"人的发现"的基础上发现了儿童，才有了专门为儿童而存在的"儿童文学"。

发生期阶段，在儿童观念方面，鲁迅、周作人等建构起"以儿童为本位"的现代儿童观；在儿童文学创作方面，虽然存在着以凌叔华的儿童小说、黎锦晖的童话剧、丰子恺的儿童漫画等为代表的儿童本位创作，但是占主流地位的却是以叶圣陶童话、冰心儿童散文为代表的非儿童本位创作。这样，在儿童文学观与儿童文学创作之间，就存在着一种严重的错位。

到了发展期阶段，随着时代语境的变化，儿童文学观念也发生了很大的变化，由强调"儿童本位"的西方模式转向重视教育功能的"社会本位"的苏联模式。在这一观念的影响下，左翼儿童文学积极创办儿童刊物，通过革命现实主义的叙事方式揭示底层社会儿童的凄凉处境及社会的黑暗现实，以激励儿童成长为社会所需要的"儿童战士"，加入到革命战争与民族救亡的队伍中来，具有鲜明的政治性与教育性。

张天翼是左翼儿童文学的代表性作家。他的儿童文学创作，尤其是长篇童话的创作，在继承叶圣陶现实主义风格的基础上，以其大胆的想象、幽默讽刺的风格、儿童化的叙述，将现代儿童文学提升到一个新的高度，成为叶圣陶、冰心儿童文学创作之后的又一座高峰。

第一节
中国现代儿童文学发生期概况

新文化运动，既是中国现代文学的起点，也是中国现代儿童文学的起点。

在思想变革方面，新文化运动的健将们极力批判以老者为本位的儒家文化，发出"救救孩子"及"幼者本位"的呼声，才有了对"儿童"的发现。在报刊出版业方面，当时创办发行了不少儿童类的报刊，刊发过不少适合儿童阅读的作品。在西方文学的译介方面，当时的翻译家们译述了一批西方经典儿童文学作品。这些因素共同促进了儿童本位观的建构。

发生期的儿童文学创作，经历了从对外国儿童文学作品的译述、对古代某些适合儿童的传统作品的改编，再到原创的过程。叶圣陶创作的童话集《稻草人》标志着中国文学童话的诞生，开启了中国儿童文学的原创历程。

一、发生期儿童本位观的建构

中国传统文化以儒家文化为主流，而儒家文化是一种重集体轻个人，以长者为尊的文化。这种奉行"君君、臣臣、父父、子子"及"父为子纲"的伦理文化，使得我们这个民族在很长一段时间把儿童当作成人的附庸，轻视儿童的地位，忽视儿童的身心特征。加上儒家"文以载道"的思想，及僵化、死板的封建教育，这些都严重阻碍着儿童文学的发生与发展。

直到晚清，深切的民族危机、救亡图存的时代主题，使一批有识之士认识到儿童的重要价值——儿童承载着民族国家的希望，儿童群体开始摆脱成人的附庸地位，浮出历史地表。晚清的翻译家与小说理论家已经注意到儿童群体的存在。翻译大家林纾译述了上百种外国小说，虽然这些作品绝大多数是给成人看的，但从林纾写的序跋中可以看出，有些译本是有意为少年读者而译述的——《春觉斋著述记》的编者在该书"书录·小说类"部分的引言中曾指出林译"或以稚童读本为笔记"[1]，林纾在翻译的《伊索寓言》前面撰写的序中说："盖欲求寓言之专作，能使童蒙闻而笑乐。"[2] 说明林纾已经有了朦胧的儿童读者意识，只是有意为儿童译述的

---

[1] 朱羲胄编述：《春觉斋著述记》卷三，上海：上海书店，1993年版，第1页。
[2] 朱羲胄编述：《春觉斋著述记》卷三，上海：上海书店，1993年版，第58页。

作品不多。梁启超作为晚清"舆论界之骄子",一方面在《少年中国说》中批判封建社会"父为子纲"的伦理纲常,把国家与社会的希望寄托在生机活泼的少年身上;一方面大力提倡"小说界革命",把小说作为"欲兴一国之民"的利器,而儿童读者纳入了他的视野之中。他在作为其"小说界革命"理论准备的《译印政治小说序》中说:"在昔欧洲各国变革之始,其魁儒硕学,仁人志士,往往以其身之所以经历,及胸中所怀,政治之议论,一寄之于小说。于是彼中缀学之子,黉塾之暇,手之口之,下而兵丁、而市侩、而农氓、而工匠、而车夫马卒、而妇女、而童孺,靡不手之口之。"① 于市侩、工农、车夫马卒之外,并列出"妇女""童孺",可见梁启超并没有忽视作为弱者的妇女及儿童群体的重要性。梁启超把中国富强的希望寄托于"少年"身上——所谓"少年富则国富,少年强则国强",重视儿童的生命力,并将小说的读者群扩大到"童孺"那里,显示出一种新的儿童观与小说观。

作为传播文明的三大利器之一的报刊,对中国现代儿童观的生成起着不可或缺的作用。事实上,梁启超的《少年中国说》与《译印政治小说序》就都是发表于当时非常有影响的报刊《清议报》上的。梁启超对儿童的重视引起了其他进步报刊的呼应。《杭州白话报》称"少年乃为国之宝",《童子世界》的创刊号上《论童子世界》一文宣称救国的"责任尽在吾童子……二十世纪中国之存亡,实系于吾童子之手

---

① 任公(梁启超):《译印政治小说序》,《清议报》,1898 年第 1 期。

矣。则虽谓二十世纪之世界为吾童子之世界也亦宜"①。《童子世界》第五期发表了《论童子为二十世纪中国之主人翁》一文，认为中国"一线的希望不可断绝者，惟吾童子耳"②。第二十八期钱瑞香的《敬告同志者》一文再次强调"中国存亡悬诸吾童子之掌上"③。类似的言论频繁地出现在晚清的报刊上，儿童群体的重要性在晚清的舆论界日益突出。与此同时，晚清还出现了一批面向儿童的报刊。1875 年，我国最早的画报《小孩月报》出版于上海。从其名称就可以看出，它是针对儿童而办的报纸。虽然它的宗教色彩浓厚，但里面每期都会刊登一至数则不等的伊索寓言、莱辛寓言、拉封登寓言，如《农人救蛇》《鼠蛙相争》《狮熊争食》等，专门供儿童阅读。1897 年 11 月 1 日，综合性周刊《蒙学报》正式创刊，每期分上下编，上编的对象是 5—8 岁的儿童，分文学类、数学类、智学类、史事类、舆地类等；下编的对象是 9—13 岁的儿童，分类跟上编大体保持一致。这显示出其编者已经有明确的儿童读者意识，而且注意到了儿童的年龄分层。1903 年 4 月 6 日，日报性质的《童子世界》创刊。《童子世界》很注重儿童的接受能力，其于《改良告白》中申明："今定报中除论说外，一律编成官话，务求浅近，益合于童子之程度，由渐而进。"改版后复申："本报之文字多合于童子之程度，妇孺皆可卒读。"④ 1903 年 11 月 1 日，《中国

---

① 钱瑞香：《论童子世界》，《童子世界》，1903 年第 1 期。
② 钱瑞香：《论童子为二十世纪中国之主人翁》，《童子世界》，1903 年第 5 期。
③ 钱瑞香：《敬告同志者》，《童子世界》，1903 年第 28 期。
④ 胡从经：《晚清儿童文学钩沉》，上海：少年儿童出版社，1982 年版，第 115—116 页。

白话报》创刊于上海，是一份鼓吹革命的白话报纸。它为儿童读者开辟了"歌谣"专栏，发表了一些适合儿童阅读的诗文，如《告少年兄弟》（保华）、《告幼年诸姊妹》（吴弱男女士）等。1908年11月由孙毓修编辑的《童话》丛书创刊。①《童话》丛书充分考虑了儿童读者的特点："开本不大，纵为十九厘米，横为十三厘米，便于翻阅。封面采用铜版画，十分精细。字体为三号大字，每页排九行，每行二十字，视觉效果很好。"②它采用的文体不再是古奥的文言文，而是口语化的白话文，通俗浅易，便于儿童阅读与接受。

　　孙毓修在《〈童话〉序》一文中，分析了儿童读者的审美心理，指出七八岁的儿童有通过读物去了解人情世故的心理需求，继而对当时以文言写的教科书进行了批驳，指出儿童不喜欢看文言写的教科书与读物，而喜欢看浅易明快且有趣的读物。孙毓修对儿童读者也具有从年龄加以区分的意识："文字之浅深，卷帙之多寡，随集而异。盖随儿童之进步，以为吾书之进步焉。"③他不仅这样说，而且把这一意识落实到编辑的实践中：《童话》丛书第一集的读者为7—8岁的儿童，每本书的页数为22—26页之间，字数在4000字左右；第二集的读者为10—11岁的儿童，每本书的页数为

---

① 关于《童话》丛书的出版时间，国内研究者多认为是始于1909年。但朱自强在《中国儿童文学与现代化进程》一书中认为是始于1908年11月，理由如下：日本学者新村彻在《中国儿童文学小史》一文中，两次明确指出《童话》丛书出版于1908年11月，因新村彻之说有目睹原始出版物之依据，故从新村彻之说。后来朱自强又在《现代儿童文学文论解说》中说："我所见到的《童话》丛书第一集第一编《无猫国》是重印本，其版权页上标注的'戊申年十一月初版，中华民国十一年六月十四版'。"朱自强的分析有道理，有铁证，从朱说。
② 朱自强：《中国儿童文学与现代化进程》，杭州：浙江少年儿童出版社，2000年版，第133页。
③ 孙毓修：《〈童话〉序》，《东方杂志》，1908年第5卷第12期。

42—46 页之间，字数增加近一倍，使用的文字也稍微文雅一些。这些报刊的创刊出版，体现了对儿童群体特征的进一步认知，孕育着儿童文学观念的萌芽。

晚清的翻译小说、报刊文章及儿童刊物的创刊出版，清晰地呈现了当时社会对儿童的重视，被封建文化所埋没的儿童的生命价值得到一定程度的彰显，这对于有着数千年历史的传统文化无疑是一种有力的冲击。但整体而言，晚清时期对儿童的重视，主要是出于社会责任与民族国家命运的考虑，是在改良群治这一时代主题的背景下，意识到儿童对于国家未来的重要性，蕴含着"一贯主导的政治功能（'群治'）因素"[1]。儿童主要是作为晚清先觉者宣传爱国、新民等启蒙思想的对象，及实现改造社会的政治目的而争取的生力军，对儿童独立的精神个性和生命特质仍缺乏体认，使对儿童的认知仅限于"成人生活的预备"层面，不具备现代的品格。

现代儿童观的建构，是在"五四"新文化运动的健将们手里完成的。"五四"时期，新文化运动以《新青年》为主要阵地，以十分激进的态势对传统文化发起了猛烈的攻击。陈独秀的《复辟与尊孔》《宪法与礼教》《吾人最后之觉悟》，吴虞的《吃人与礼教》《儒家主张阶级制度之害》《家族制度为专制主义之根据论》，易白沙的《孔子评议》，鲁迅的《狂人日记》等，以论文或小说的形式集中批判以三纲五常为核心的封建礼教，对孔子及儒家思想给予不遗余力的重击，进而发出"救救孩子"的呼声，表达了启蒙者对儿童生命形态

---

[1] 班马：《前艺术思想》，福州：福建少年儿童出版社，1996 年版，第 229 页。

的关注与重视。

在新文化运动的健将们中，鲁迅作为中国现代儿童观的经典中心①，其儿童观值得特别关注。鲁迅的儿童观比较复杂，而且在不同阶段有所变化。在"五四"时期，鲁迅确立了以"立人"为旨归的启蒙主义儿童观。1919 年 11 月，鲁迅发表了《我们现在怎样做父亲》，在这篇杂文里正式阐释其启蒙主义儿童观。鲁迅首先批判了传统"长者本位"的伦常观，把儿童理解为"人之子"，具有进化论的哲学内涵，有别于封建文化中的"奴之子"和西方文化中的"神之子"。他还提出："此后觉醒的人，应该先洗净了东方古传的谬误思想，对于子女，义务思想须加多，而权利思想却大可切实核减，以准备改作幼者本位的道德"②，在此基础上进而说道："孩子的世界，与成人截然不同；倘不先行理解，一味蛮做，便大碍于孩子的发达。所以一切设施，都应该以孩子为本位"③，建构出他的"以孩子为本位"的儿童观。相对于近代"成人生活的预备"儿童观及旨在对礼教的批判而发出"救救孩子"的呼吁，"以孩子为本位"的儿童观无疑朝现代儿童观方向迈出了强有力的一步。

明确提出儿童本位的现代儿童观，是在鲁迅的弟弟周作人的手里完成的。周作人在《儿童问题之初解》（1912 年）中质疑了"成人本位"的儿童观，主张在人格权利上儿童与成人平等，并倡导"儿童研究"，这是周作人"儿童本位"

---

① 徐妍在《鲁迅论儿童文学·前言》中写道："鲁迅是中国现代儿童观的经典中心。"并在后面对这一观点进行了详细说明。见鲁迅著，徐妍辑笺：《鲁迅论儿童文学》，北京：海豚出版社，2013 年版。
② 唐俟（鲁迅）：《我们现在怎样做父亲》，《新青年》，1919 第 6 卷第 6 期。
③ 唐俟（鲁迅）：《我们现在怎样做父亲》，《新青年》，1919 第 6 卷第 6 期。

论的出发点。在《儿童研究导言》（1913 年）中，周作人把儿童研究称为"儿童学"，揭示了儿童在生理、心理上与成人的不同，并将儿童期分为四个阶段：婴儿期、幼儿期、少年期、青年期，对每个阶段的生理、心理特征都以简要的语言给予说明。《儿童研究导言》中提出的儿童在生理、心理上与成人不同，及《儿童问题之初解》中提出的儿童在人格权利上与成人平等，是"中国的'儿童的发现'的两个逻辑支点"，构成了周作人的"儿童本位"论。[①]

真正标志着中国自己的儿童文学理论诞生的文献，是周作人的《儿童的文学》。周作人是新文化运动的健将，凭借《人的文学》《平民文学》《新文学的要求》等文章，系统地建立了"人的文学"的观念。他在发现"人"及"人的文学"的基础上，进一步发现了"儿童"与"儿童的文学"，明确提出了"儿童本位"的现代儿童观。1920 年 10 月 26 日，周作人在北京孔德学校做了一次以《儿童的文学》为题的演讲。在这篇重要的文章里，周作人肯定了儿童生活的独立地位与价值，把儿童生活与成人生活平等看待，认为儿童期与成年期都是人生不可或缺、同等重要的阶段，这种观点对当时的社会无疑具有振聋发聩的意义。在承认儿童生活的独立地位的基础上，周作人谈了儿童生活的内在需求与外在需求，认为儿童生活有文学方面的需求，儿童教育应该顺从儿童的这种需求而供给文学读物，并指出儿童文学的三重功能："（1）顺应满足儿童之本能的兴趣与趣味；（2）培养并

---

① 参见朱自强编著：《现代儿童文学文论解说》，北京：海豚出版社，2014 年版，第 28 页。

指导那些趣味；（3）唤起以前没有的新的兴趣与趣味。"① 周作人还对儿童进行了分期，分为婴儿期（1—3 岁）、幼儿期（3—10 岁）、少年期（10—15 岁）、青年期（15—20 岁），详细地探讨了幼儿前期、幼儿后期与少年期三个年龄段孩子的心理特征，及对童话、诗歌、寓言、天然故事、传说、戏曲、写实故事等各类文体在思想上、艺术上的不同要求，并从"儿童的"与"文学的"两个层次提出儿童文学在艺术上的标准。这篇文章首次提出了"儿童文学"这一概念，而且是"中国第一篇最为系统地论述儿童文学的论文"②，在中国现代儿童文学史上具有标志性的意义。它不仅发现了儿童，而且进一步发现了儿童的文学，对儿童文学的功能、思想及艺术等方面的特点都有精彩的论述，更清晰、深入地阐发了"儿童本位"的儿童观及儿童文学观的内涵，为中国现代儿童文学理论的发展打下了坚实的基础。

周作人还有多篇专门论及儿童文学的作品。在《童话略论》（1913 年）、《童话研究》（1913 年）及与赵景深的通信《关于童话的讨论》（1922 年）中，对童话进行探本溯源，并对童话进行分类，对童话的内涵进行界定，还对童话的变迁、功能、特征等进行了详细论述，打破了之前童话与儿童小说混为一谈的局面。童话由此成为一种重要的文体，甚至是儿童文学中最重要的文体。周作人还在《儿歌之研究》（1914 年）、《儿童剧》（1923 年）、《关于儿童的书》（1923 年）、《科学小说》（1925 年）、《神话的辩护》（1924 年）等

① 周作人：《儿童的文学——1920 年 10 月 26 日在北京孔德学校所讲》，《新青年》，1920 年第 8 卷第 4 号。
② 朱自强：《现代儿童文学文论解说》，北京：海豚出版社，2014 年版，第 77 页。

篇目中，论及儿歌、儿童剧、科学小说、神话等文体，坚持儿童本位的观点，替被时人排斥于儿童文学大门之外的神话进行辩护，对《小朋友》这种"稍近于儿童"的刊物过于政治化而进行批评，对当时社会过于实用主义的儿童文学观有一定程度的纠偏，对维护儿童文学的审美性与儿童性起到了积极的作用。1932 年儿童书局出版了周作人的《儿童文学小论》一书，收录了他自 1913 年以来发表的有关儿童文学的主要论文 11 篇。这本小书，是周作人对中国儿童文学做出的重大贡献，奠定了他作为中国现代儿童文学理论奠基人的地位。

在"五四"时期，周作人率先推出"儿童本位"的现代儿童观，为中国现代儿童文学理论打下了坚实的基础。但正如方卫平所说："周作人当然只是一个代表，一个我们用来说明问题的文化样本。而这个样本所暗示和流露的，则是一种全新的文化语码和文化心态。"[1] 与周作人同时期的，还有不少人也持儿童本位论的观点。郭沫若在《儿童文学之管见》（1921 年）中说："儿童文学，无论采用何种形式（童话、童谣、剧曲），是用儿童本位的文字，由儿童的感官以直愬于其精神堂奥，准依儿童心理的创造性的想象与感情之艺术。"[2] 从这一观念出发，他认为儿童文学的创作应"以儿童心理为主体，以儿童智力为标准"，这跟周作人的儿童本位观是一致的。文学研究会的郑振铎在《儿童文学的教授法》（1922 年）中也说："儿童文学是儿童的——便是以儿童

为本位，儿童所喜看所能看的文学。"① 作为编辑的郑振铎是把"儿童本位"的理念践行于自己主编的《儿童世界》中去的。还有由魏寿镛与周侯予合著的《儿童文学概论》（1923年，商务印书馆，这也是中国第一部儿童文学专著）一书写道："我们承认人有独立的生活，便不能不承认儿童也有独立生活。因为这几年的生活，一方面固然是成人生活的准备，一方面自有独立生活的意义和价值。决不能把人的全生活，指定那一截是真正的生活；他一世的成长，成熟，老死的生活，都是真正的生活。因此之故，所以儿童不是缩小的成人，也不是成人的一片；是一个有独立生活的生物。因为他有独立生活，所以便有内外——心理生理——两面的生活的需要；文学便是他们需要的一种东西。"② 这里的观点跟周作人《儿童的文学》中的观点如出一辙。类似的儿童本位论的表述，在"五四"时期有关儿童文学的文论中不胜枚举。

可以说，"儿童本位论"经由周作人的大力提倡与批评实践，及郭沫若、郑振铎等人的积极响应，蔚然成风，成为"五四"前后儿童文学领域的一种共识，在当时的儿童文学理论方面占据主导地位。

二、发生期儿童文学的原创历程

中国儿童文学的创作不是一开始就走上原创道路的。晚

---

① 郑振铎：《儿童文学的教授法》，王任叔、张承哉笔录，《时事公报》，1922 年 8 月 10—12 日。
② 魏寿镛、周侯予：《儿童文学概论》，上海：商务印书馆，1923 年版，第 12 页。

清，翻译家林纾、周桂笙、周作人等陆续从西方译介过来一批儿童文学作品，包括《格林童话》、《伊索寓言》、《一千零一夜》、凡尔纳的科幻小说等。"五四"时期，译介西方儿童文学作品又出现了一个新高潮，王尔德、安徒生的童话，莱辛、拉·封丹、克雷洛夫的寓言，《爱丽丝漫游奇境记》《格列佛游记》《鹅妈妈的故事》等世界经典儿童文学作品相继涌入。西方儿童文学作品的引入，主导了当时中国的儿童文学界。这一状况可证诸中国最早的儿童文学读物《童话》丛书。从 1908 年 11 月创刊，至 1923 年 9 月停刊，《童话》丛书一共出版了三集合计 102 种作品，其中外国作品编译有 64 种，中国历史故事 36 种。[1] 可见，创刊 15 年来，《童话》丛刊发表的作品占主导地位的是对外国儿童文学作品的编译。西方儿童文学作品的大量引入——即便是经过改造、变形的引入，为中国原创儿童文学提供了文体、技巧、风格等多方面的参考资源，对当时刚刚萌芽且"先天不足"的儿童文学[2]，无异于一次输血。

由于当时的编译不是全译，而是带有很强主观色彩的译述，编译人会删去或增添一些情节，并且往往给故事添加一个教训的尾巴，因而含有一定程度的创作成分，如孙毓修编译的《海公主》（《童话》第一集第五十六编），只是大体保留了安徒生《海的女儿》的故事框架。在叙事方式上，即便

---

[1] 关于《童话》丛刊的出版数据取自朱自强《中国儿童文学与现代化进程》一书。见朱自强：《中国儿童文学与现代化进程》，杭州：浙江少年儿童出版社，2000 年版，第 132 页。

[2] 王泉根指出，中国儿童文学与西方儿童文学相比较，有两个"先天不足"：缺乏神话的传统，缺乏古典童话传统。见王泉根：《中国儿童文学概论》，长沙：湖南少年儿童出版社，2015 年版，第 183—185 页。

是写到相同的故事情节，如小人鱼的五个姐姐分别在十五岁时浮出海面见到不同的景色，《海的女儿》主要运用场景，是通过五个姐姐之口讲述出来的，而《海公主》主要运用概要，三言两语就概括了五个姐姐的见闻。在故事情节方面，两者也有诸多不同之处：与《海的女儿》相比，《海公主》增加了一个"入话"式的开头；删掉了不少重要情节，如小人鱼的老祖母讲述人类世界的故事、老祖母与小人鱼关于人与人鱼有没有永恒的灵魂的对话、小人鱼的五个姐姐以自己美丽的头发作为代价去救小人鱼的故事、小人鱼失去舌头也就失去了最动人的声音及跟王子相处不能说话等情节，在《海公主》里都被省略掉了；完全改变了原初故事的结局：王子另娶他人后，海公主"气愤不过，走到海边，向水中一跳，陡时沉入海底。从此以后，她的结局，便不得而知"——而在《海的女儿》中，小人鱼丢掉了原本可以挽救自己性命的刀子，为了王子的幸福，自己甘愿变成了泡沫。故事结束，孙毓修还添了三段教训的话："……必不可为之事，必不可成之志，断不要去尝试。若是见异思迁，到头来不但枉费精神，一无所得，反致误导终身。如海公主的往事，便是前车之鉴。"孙毓修这般对西方儿童文学作品的编译，代表着当时儿童文学翻译领域的一种普遍性的做法，这固然有损原著的精神，甚至削弱了原著应有的广度与深度——将一篇具有很强感染力与悲剧意味的童话变成了一篇结局不明的教化文章；但是不得不承认，其中包含了编译者一些创作的成分——哪怕这种创作是一种带有负面意义的创作。而编写中国历史故事，如孙毓修的《丈人女婿》，虽是从古代的史书中取材，讲述了汉高祖刘邦与女婿张敖的故事，但毕竟不是简单地将古代史书翻译成半文半白的语言，在故事的剪裁与加工中，仍能见出编写者的创作成分。

虽然"五四"前后的儿童文学主要是编译西方儿童文学作品，与采集改编民间口头创作或改编某些适合儿童的传统作品，但是也有少数几篇创作成分较浓的作品，这主要以茅盾的《书呆子》（1919年3月）、《一段麻》（1919年5月）为代表。这两篇作品最初是被当作童话发表的，其实它们是儿童小说。《书呆子》写一个叫南散的学生，读书十分用功，总是捧着书看，被同学们叫做"书呆子"。后来南散通过刚读到的书本知识，救了被蜜蜂围困的万尔，从此万尔再也不敢瞧不起书呆子了。《一段麻》写罗先生接到邮政局寄来的两个小包，让罗伦与罗理去打开，罗伦解开绳子的结得到一条细麻绳，而急躁的罗理把麻绳给剪断了。后来罗伦用这条麻绳抽陀螺玩，并凭借它在射箭比赛会上赢得了锦标，让罗理后悔不已。这两篇作品语言半文半白，含有说书人的套话（如"欲知这故事讲的何事，且看下文"），且文中通常有陈腐的说教（如《书呆子》中说："希望小学生看了，不用功的变为用功，用功的更加用功，再不把'书呆子'三字笑人，那就好了。"）。正因为如此，我们认同朱自强的这一观点："茅盾的《书呆子》是悖于反对'文以载道'的'五四'新文学精神的，它即使能成为中国最早的创作儿童文学作品，但却不能成为中国儿童文学创作的现代性起点"。①

茅盾的《书呆子》《一段麻》等发表之后，陈衡哲的

---

① 朱自强：《中国儿童文学与现代化进程》，杭州：浙江少年儿童出版社，2000年版，第178页。

《小雨点》（1920年9月1日《新青年》第8卷第1号）是中国现代儿童文学史上第一篇白话童话。其发表的时间比叶圣陶的第一篇童话《小白船》早了一年半，写作时间则更早，应该是作者1917年留学美国的时候。^① 这篇作品当时是被当作小说发表的，其实是一篇拟人体的科学童话。^② 相比茅盾的《书呆子》等作品，它至少有两个方面的进步：一是《小雨点》使用的是生动浅易的白话文，胡适对它评价道："当我们还在讨论新文学问题的时候，莎菲（陈衡哲）即已经用白话作文学了。"^③ 金燕玉将其誉为"第一篇真正可以称为白话创作的现代文学童话"。^④ 而《书呆子》等的语言是半文不白的；二是《小雨点》基本没什么说教意味，尤其是结尾，突破了《书呆子》等教训的口吻。但是作为历史专业人士的陈衡哲，其文学创作（包括儿童文学创作）只不过是"一种内心冲动的产品"^⑤，并非自觉地为儿童创作的。由于缺乏自觉的儿童文学创作意识，陈衡哲只成就了《小雨点》一篇偶拾之作，对后来儿童文学的创作影响不大，未免不是一个遗憾。

　　中国儿童文学创作的现代性起点，是叶圣陶早期自觉创

① 汤素兰、谭群：《湖南儿童文学史》，长沙：湖南少年儿童出版社，2015年版，第50页。
② 《小雨点》叙述了小雨点的一次冒险之旅：先是被风伯卷到屋外，垂在一只红胸鸟的翅膀上，然后跌在一片草叶上，又滚到泥沼里，会见涧水哥哥，一同到河伯伯那里去；然后去了海公公的宫里，但小雨点想家，海公公便让它回家了；小雨点遇见一朵干渴得快死的青莲花，甘愿让青莲花吸到它的血管里挽救它的性命；青莲花被一个小女孩摘走，后来被弃在园子里，死了；小雨点落在死池旁的草上，在死池的开导下，它睡在草上，等第二天的太阳出来，它就又回家了。
③ 陈衡哲：《〈小雨点〉自序》，上海：新月书店，1928年版。
④ 金燕玉：《中国童话史》，南京：江苏少年儿童出版社，1992年版，第222页。
⑤ 陈衡哲《〈小雨点〉自序》，上海：新月书店，1928年版。

作的系列童话。做过小学教员的叶圣陶，对儿童的心理非常熟悉，对当时社会不能满足儿童对儿童读物的正常需求感到非常痛心，因此多次呼吁作家要深入儿童的内心，为儿童创作出优秀的儿童文学作品。叶圣陶的儿童文学创作冲动，是受了西方儿童文学的直接影响。叶圣陶曾回忆说："'五四'前后，格林、安徒生、王尔德的童话陆续介绍过来了。我是个小学教员，对这种适宜给儿童阅读的文学形式当然会注意，于是有了自己来试一试的想头。"① 正是有了这种"试一试的想头"，应《儿童世界》（1922年1月创刊）主编郑振铎的稿约，叶圣陶于半年时间之内陆续创作出《小白船》《燕子》《芳儿的梦》等23篇童话。1923年11月，这些作品结集为《稻草人》出版，成为中国现代儿童文学史上第一部原创童话集。

叶圣陶《稻草人》之后，冰心以《寄小读者》为代表的儿童散文创作掀起另一个创作高潮。除此之外，发生期儿童文学创作在多个领域都取得了较好的成绩。儿童小说方面有凌叔华的《小哥儿俩》，儿童诗歌方面有俞平伯的《忆》，儿童戏剧方面有黎锦晖的《麻雀与小孩》《月明之夜》《小小画家》等12部儿童歌舞剧。这些作品，虽然没有受到像《稻草人》与《寄小读者》那么大的关注，但它们是中国现代儿童文学史不可或缺的一部分。它们之中的某些作品，随着时代语境的不同而日益焕发出夺目的光彩，其价值也需要重新评估。

---

① 叶圣陶：《我和儿童文学》，见叶圣陶等著：《我和儿童文学》，上海：少年儿童出版社，1980年版，第3页。

第二节
以叶圣陶为代表的发生期中国儿童文学创作

　　发生期的儿童文学创作，如果以当时周作人建构的儿童本位论来衡量，大致可以归纳为两类：一类是以叶圣陶的童话集《稻草人》为代表的非儿童本位的创作，以写实为主，占主流地位；一类是以凌叔华的《小哥儿俩》为代表的儿童本位的创作，以写意为主，仅占次要地位。

　　发生期的儿童文学创作，以叶圣陶的童话为代表。叶圣陶童话是一种具有民族性的文学童话。叶圣陶童话的语言是全新的白话文，这跟之前的文言或半文半白的儿童文学译写或改写形成了鲜明的对比。叶圣陶的童话创作虽然直接受到外国儿童文学作家王尔德、安徒生的启发与影响，但从具体的作品来看，叶圣陶的童话没有夹杂着西化的语言，情节结构也没有落入西方童话的模式和窠臼。叶圣陶笔下的人物是中国的渔妇、农夫、乞丐、儿童、邮递员、民间艺人，而不是西方的国王、王子、公主、巫婆、精怪。叶圣陶描写的童话环境，是长江黄河、山野平原等典型的中国景观和有着溪流、杨柳、荷塘、鲤鱼、燕子、稻草人的江南水乡。叶圣陶的童话，集中体现了新文化运动的启蒙话语与"五卅"惨案后的阶级话语，充满了浓郁的民族气息。可以说，叶圣陶的童话是完全"中国化"的童话，具有鲜明的中国风格与中国气派，"这就使中国文学童话走上不受外国童话左右的自主发展的道路，以独有风貌汇入 20 世纪世界文学童话的潮流，缩短了中国童话与世界童话的差距"。①

叶圣陶童话也是一种具有现代性的文学童话。启蒙话语是"五四"时期占主流地位的话语，在叶圣陶童话中也有鲜明的表现。叶圣陶通过塑造全新的儿童形象以及呈现洁净、纯真的儿童世界，来反衬成人世界的迂腐与守旧，用儿童来反映新旧世界的伦理、道德、观念的冲突，具有明显的启蒙色彩。叶圣陶还在童话中，通过对封建思想的批判及对帝国主义、资本主义侵略的反抗，以及在文本中建构独立、平等、民主、友爱的民族国家雏形，来表达自己对民族国家的想象。这些体现了叶圣陶的现代性诉求。

叶圣陶童话具有不同层次的审美形态，开拓了中国诗意唯美童话、现实批判童话，甚至部分作品具有成长文学的特质与属性。叶圣陶早期创作的《小白船》《芳儿的梦》等作品，开创了中国唯美童话的先河，为儿童营造了一个美好的

---

① 陈晖：《论中国文学童话的产生》，《广州师院学报（社会科学版）》，1997 年第 1 期。

田园世界与童心世界，表达了对爱与美、真与善、童心与童趣的高度礼赞，具有浓郁的抒情色彩。可惜社会时局的动荡不安和民族危机的加剧让叶圣陶不再沉浸在"儿童的天真的国土"，而是选择了直面黑暗的社会现实，将现实生活中的腐朽、黑暗、斗争融入作品中，创作出《画眉》《瞎子和聋子》《跛乞丐》《稻草人》这样的现实批判型童话，形成了深刻影响中国童话创作风格与进程的现实主义风格。此外，叶圣陶的部分作品，比较符合"离家—遭遇—征服—蜕变"的成长文学叙事模式，具有成长文学的属性。如在《梧桐子》中，梧桐子向往外面的世界，挣脱了树枝告别母亲，落在田边上，被一个姑娘捡到带回了家，后来被麻雀衔住向外面飞去，掉进了泥巴里，在历经艰难险苦之后最终发芽成为一棵树。作品展现了梧桐子离家至成长过程中蜕变的心路历程，细微呈现了梧桐子内心的情感。作者在文章末尾写道："他很快活，至今还笔挺地站在那儿，身子只顾往高里长。"[1] 这样的结尾暗合了成长文学中主角经历身心的历练，最终得以成长、成熟的叙事模式。再如《祥哥的胡琴》写孤儿祥儿四岁开始拉胡琴，起初拉得很难听。后来在泉水、风儿、小鸟的启发与帮助下，祥儿会拉出美妙的曲子，被请到都市的音乐厅里表演。但音乐厅的听众都不愿听，祥儿就把田野变成他的音乐厅，为底层的群众而演奏。祥儿的经历也体现了主角经历挫折困顿后的觉醒与蜕变，具有成长小说的意味。

叶圣陶的童话有着鲜明的个性。叶圣陶童话创作的一个特点是以"微小事件"来表现社会生活。叶圣陶在童话创作

---

[1] 叶绍钧：《梧桐子》，《儿童世界》，1922 年第 2 卷第 7 期。

之前，是一位有着近十年教龄的小学教师，也是一位成熟的小说家。叶圣陶的早期小说，多以普通人的日常生活为题材，善于从微小事件来表现他所熟知的教育界现状与城乡人们的生活状态，这种创作倾向对他的童话创作有一定影响。无论是其早期的童心主义的《小白船》，还是后期现实主义的《稻草人》，叶圣陶都是以微观叙事来呈现社会现状。《小白船》写的是一个小男孩与一个小女孩，坐在一艘小船上，突然被风刮到二十多里之外的地方，然后被一个男人送了回来的故事。《芳儿的梦》写的是芳儿为妈妈准备生日礼物。这些事即便放到现实世界中，也不过是稀松平常的小事。在后来创作的现实主义童话中，他着眼的依然是微小事件：《花园外》写的是穷苦孩子长儿想要进花园，却因为没钱买门票而被拒，及长儿对花园的想象；《克宜的经历》写克宜从农村来到城市，在店铺里当学徒，及再到医院里当练习生的故事；《跛乞丐》写的是跛乞丐的"左脚为什么跛了"的故事。这些都是通过描写个体的遭遇来反映当时的社会现实。即便是叶圣陶童话的代表作《稻草人》，写的也不过是老妇人、渔妇、被丈夫卖掉的女人这三个人的悲惨遭遇而已，还是以微观叙事来表现底层社会的苦难生活。

叶圣陶童话创作的第二个特点是喜欢对景物及现实作静态的、客观的描写。郑振铎在《〈稻草人〉序》中热情地赞美叶圣陶童话中"完美而细腻的描写"，并摘录了《小白船》《梧桐子》《鲤鱼的遇险》《花园之外》四篇童话中共 5 段文字作为例证。这 5 段诗意的文字，基本上都是静态的描写。其实叶圣陶的童话，不管是早期的童心色彩很浓的童话，还是后期现实主义风格的童话，都有很多描写风景与人物的文

字，而这些描写很少是放在故事的动态发展中去写的。另外，叶圣陶对于社会现实，是一个冷静的观察者。他书写现实时，尽量把自己的思想情感隐藏在客观叙述的背后，少有议论与说教的文字。如《跛乞丐》中跛乞丐由于对小动物的善心耽误了自己的工作，被罚去两个月的工钱，还让自己的左腿跛了，这已经十分地悲惨，作者还以不动声色的文字描写邮政局开除了他，他不能做什么事便成了乞丐。这种冷峻的客观描写，最为典型的是《稻草人》。叙述者仿佛就是文中不会说话也不会行动的稻草人一般，他只是一个旁观者而已，虽然像稻草人一样有一颗热心肠，外部表现却十分冷淡。飞蛾糟蹋老农妇的稻子，渔妇无力拯救生病的儿子，被赌徒般的丈夫卖掉的女子走投无路，现实如此悲惨，但作者只作客观的描写，不表态，不发表议论。或者说，作品的态度与思想其实蕴含在表面客观的描写文字之中了，需要读者去细心体会。

叶圣陶童话创作的第三个特点就是对现实有一定的讽刺性。叶圣陶虽然客观冷静地描写现实，但在这客观冷静背后，蕴含着作者对腐朽黑暗现象的批判。在《傻子》中，作者对那位好战却又忍受不了失败的国王有一定的讽刺，虽然他最后被善良、宽容的傻子感化了，以后再也不打仗了。在《地球》中，作者写地球上怎么会有山有海有平地的故事，一方面讴歌了拿锄头的人的勤劳善良，一方面也讽刺了柔弱的人的好吃懒做，所以索性让这些柔弱的人蜕变为寄生于"小草的根""大树的皮"的虫子。在《富翁》中，作者写有一个地方的人靠挖金子成为了富翁，都不干活了，以致后来都饿死了。这是对"待你成了富翁，你就有福了"思想的讽刺。在《画眉》《瞎子和聋子》《克宜的经历》《快乐的人》《稻草人》《牧羊儿》，乃至后期创作的《古代英雄的石像》《皇帝的新衣》《含羞草》《书的夜话》《熊夫人幼稚园》中，作者对黑暗残酷的社会现实都有一定程度的批判。

叶圣陶童话也存在一些问题。第一个问题是重现实，轻幻想。叶圣陶把现实生活引入童话，扩大了童话的题材，虽然为中国儿童文学开创了现实主义的道路，却也对童话这种幻想性强的文体造成了一定的压抑。童话集《稻草人》共有23篇作品，真正具有"超自然成分"的作品只有《梧桐子》《鲤鱼的遇险》《画眉》《祥哥的胡琴》《瞎子和聋子》《小黄猫的恋爱故事》《稻草人》《牧羊儿》《聪明的野牛》等不到10篇拟人体童话。拟人体童话，"本身幻想力就比较贫弱，当那些拟人体形象进入现实世界时，幻想的色彩在相当大的程度被冲洗褪色了"。[①] 而叶圣陶的拟人体童话，也只不过某种植物或动物会说话而已，并没有多少超出此外的幻想。第二个问题是在建立现实维度时，没有采用小说的方法。一个典型的表现就是叶圣陶很多童话受民间文学的影响，情节以三段式的故事结构而不是小说结构为主。《稻草人》中的稻草人要亲眼看到老农妇、渔妇、被丈夫卖掉的妻子三个人的悲惨遭遇才倒在田地中间。《画眉》中的画眉飞出鸟笼，要看到街上拉黄包车的人、大户人家的厨师、胡同里靠卖艺为生的黑大汉及女孩子的不幸生活，才决定不回去了，要为这些不幸的人而歌唱。《祥哥的胡琴》中的祥儿，要经过泉水、

---

① 朱自强、何卫青：《中国幻想小说论》，上海：少年儿童出版社，2006年版，第98页。

风儿、鸟儿的教导，才能拉出美妙的音乐。《一粒种子》中那粒种子要经国王、富翁、兵士三人之手未能发芽，掉进农夫的麦田里才发芽开花。这些作品中的故事，都是在同一个水平面上的简单并列，并不是同一故事的前后接续，缺乏一种立体的纵深感。第三个问题是故事情节淡化，少有悬念与冲突，趣味性不强。如《地球》写地球上怎么会有山有海有平地的故事，《新的表》是一个教儿童认表、用表的故事，情节很平淡，知识性有余而趣味性不足。其他诸如《小白船》《傻子》《芳儿的梦》等，大多故事性较弱，缺乏一定的曲折性，因而趣味性不强。童话作为一种叙事性文学，一方面固然要有诗意的表现，一方面也需要加强叙事性——故事过于平淡，对儿童来说阅读就少了很多的乐趣。

叶圣陶童话存在的最大问题是过多地表现了成人的悲观与绝望。叶圣陶把现实生活引入童话，把目光由虚幻的梦境转向现实的底层大众，表现他作为成人对现实的感受，这都没有问题。但过多地掺入"成人的悲哀"，表现对社会、人生的一种悲观绝望，却是值得商榷的。在童话《稻草人》中，那个死了丈夫又死了儿子的老太太即将面临着水稻遭受虫灾的后果，穷困的渔妇与生病的小孩丝毫看不到希望，而被好赌与贪杯的丈夫卖给别人的女人投河自尽了，连稻草人最后也无力地倒下了，结局竟是这般的绝望。在《画眉》中，从笼子里飞出去的画眉，在外面看到很多不幸的人，这些人为了生存，不得不去做没有意义，也没有什么趣味的事情，让画眉发出"世界上，到处都有不幸的东西，不幸的事儿"的感叹，世界显得无比灰暗。在《瞎子和聋子》中，风车让一个瞎子与聋子互换，瞎子变成聋子，聋子变成瞎子，结果新聋子目睹了许多很不舒服的事情，新瞎子听见了很多不愉快的声音，一个喊"不要再看"，一个喊"不要再听"，这个世界显得了无生趣。在《跛乞丐》中，那个善良的邮递员为了救野兔，自己被猎人打中了左腿，结果邮政局便开除了他，因为他跛了，从此便成了跛乞丐，结局甚是凄凉。在《快乐的人》中，写最快乐的人两次被人骗了他的黄金，后来他死了——他的透明无质的膜被刺破了。叶圣陶的现实主义风格童话，大多充斥这种悲哀、残酷、绝望的情绪，这已经远远超出儿童心理所能接受的范围。这正如论者指出的："儿童文学（包括童话）'为人生'这绝没有错，儿童文学（包括童话）表现成人的情感也没有错。童话集《稻草人》和《〈稻草人〉序》的问题在于，其主张表现的人生和'成人的悲哀'的绝望性。儿童文学不是任何的成人观念和情感都可以投注进去的容器。《稻草人》《瞎子和聋子》《克宜的经历》，这些童话没有鼓励儿童走进人生（哪怕是苦难的人生）的欲望。这是问题的关键所在。"[1] 儿童文学，尤其是童话，其情感的表达要是健康、明朗的，要给儿童带来光明与希望，而不能给儿童的心理投下沉重的阴影。国际安徒生奖得主凯斯特纳说得好："在我们当前这个世界里只有对人类持有信心的人才能对少年儿童有所帮助。他们还应当对诸如良知、榜样、家庭、友谊、自由、怀念、想象、幸福与幽默……的价值有所了解。所有这些就像恒星一样在我们上空闪耀，并一直存在于我们当中。谁能把它们展现给儿童并讲

---

[1] 朱自强编著：《现代儿童文学文论解说》，北京：海豚出版社，2014年版，第198页。

给儿童听，谁也就引导儿童从沉寂中走出来，跨入充满友爱的世界。"① 叶圣陶的童话是"稍近于文学"而不是"稍近于儿童"，更适合的是接近成年的少年看，而不大适合低龄儿童读。这一点 1932 年贺玉波在《叶绍钧的童话》一文中指出过："固然，他（叶圣陶）的大部作品所含的灰色的悲哀太重，不适合于幼小的儿童阅读，但是给一般将近成年的儿童去看，也未尝不可。因为他们对于人世间的真相已经渐渐明白了；黑暗，丑恶，痛苦与悲哀，他们已经开始领略了。"②

继叶圣陶《稻草人》之后，影响最大的原创儿童文学作品当属冰心的儿童散文集《寄小读者》。从 1923 年 7 月 29 日起，冰心连续在《晨报》副刊开辟的"儿童世界"专栏中发表旅美通讯，书写自己去美国留学的途中及在美国时的所见所闻所感，热情地歌颂了奇光异彩的大自然、伟大无私的母爱及纯洁无邪的童心，宣扬她的"爱的哲学"，受到当时读者的欢迎。

《寄小读者》是一部文学价值很高的儿童散文。它的语言清新而秀丽，细腻而亲切，既有古典的韵味，又有现代的气息。它以通讯的形式书写作者在异国他乡的见闻感受，可以叙事，可以写景，可以抒情，可以议论，具有很强的包容性，是一种集游记、书信、日记、随笔于一体的大散文。它里面有不少对大自然山川风物的精彩描写，也有不少对童真

---

① 转引自韦苇：《外国童话史》，南京：江苏少年儿童出版社，1991 年版，第 412 页。
② 贺玉波：《童话评论》，选自贺玉波：《现代中国作家论（第一卷）》，上海：光华书局，1932 年版，第 182 页。

童心热情歌颂的文字，还有不少对母爱的虔诚赞美篇章。这其实已经涉及刘绪源在《儿童文学的三大母题》中提出的自然、顽童、爱的母题。这些文字，让现在的儿童来看，仍是可以打动其心的。

但是，偏离儿童本位，过于成人化，这一问题也存在于冰心的《寄小读者》中。冰心于 1923 年旅美期间为《晨报》副刊写的 29 篇通讯稿，名义上是写给国内的小读者的，但其中有好几篇是写给她的父母及弟弟的：如《通讯九》是冰心写给父亲的一封信，描写她病中的生活和感想，既写她病中的种种情形，也写同学对她的关心和挂念，还写她对父亲的想念和回忆；《通讯十三》是冰心写给母亲的一封信，写她养病的杂感及周围的环境；《通讯二十四》是冰心写给父母的信，写 C 夫人、F 女士、K 教授等人在白岭为她送别，为她过一次中国的瓜果节，以及她对伍岛生活的反省。冰心在《通讯一》中说："我若不是在童心来复的一刹那顷拿起笔来，我决不敢以成人烦杂之心，来写这通讯。"冰心是一个葆有童心的作家，但她的童心却并没贯彻到《寄小读者》的创作始终。在后面的通讯稿中，冰心还是融入了不少成人的"悱恻的思想"。这是她自己都承认了的——她在《通讯二十七》中写道："小朋友，我觉得对不起！我又以悱恻的思想，贡献给你们！"从客观事实来说，"悱恻的思想"不只是偶尔出现在个别通讯稿中，而是《寄小读者》普遍存在的一个突出问题。冰心通讯稿中的"悱恻的思想"与叶圣陶《稻草人》等童话中表现出的"成人的悲哀"本质上是相通的，都是以成人的观念代替儿童心理的表现。对于这点，茅盾 1934 年发表的《冰心论》中指出过："我们说句老实话，

指名是给小读者的《寄小读者》和《山中杂记》，实在是要
'少年老成'的小孩子或者'犹有童心'的'大孩子'方才
读去有味儿。在这里，我们又觉得冰心女士又以她的小范围
的标准去衡量一般的小孩子。"① 就是冰心自己，后来也多次
就《寄小读者》作出反省。她在 1932 年时说："一九二三年
秋天，我到美国去。……结果，在美三年中，写成了二十九
封寄小读者的信。我原来是想用小孩子口气，说天真话的，
不想越写越不像！这是个不能避免的失败。"② 在《〈小桔灯〉
初版后记》中也说："我真想写给儿童看的东西，是从一九
二三年起写的《寄小读者》，那本是《北京晨报》的《儿童
世界》栏因为我要出国，特约我为儿童写游记的。但是那些
通讯也没有写得好。因为刚开始写还想到对象，后来就只顾
自己抒情，越写越'文'，不合于儿童的了解程度，思想方
面，也更不用说了。"③ 冰心的这些话，并非自谦之词，而是
肺腑之言，是符合《寄小读者》实际情况的。

虽然发生期的儿童文学以叶圣陶、冰心的这种非儿童本
位的创作为主流，但毕竟还是存在着少数符合儿童本位的作
品。凌叔华的儿童小说集《小哥儿俩》便是这少数作品之
一。1926 年，凌叔华在《现代评论》上发表了第一篇儿童小
说《小英》。这篇作品写三姑姑出嫁前后，小英的见闻感受。
通过小英的视角，写三姑姑受婆家欺辱、压抑的新婚生活。
小英对做新娘也由渴望、向往变为排斥、害怕。凌叔华后来
陆续写出《小哥儿俩》《搬家》《小蛤蟆》《凤凰》《弟弟》等

① 茅盾：《冰心论》，《文学（上海 1933）》，1934 年第 3 卷第 2 期。
② 冰心：《我的文学生活（〈冰心全集〉自序）》，《青年界》，1932 年第 2 卷第 3 期。
③ 冰心：《〈小桔灯〉初版后记》，北京：作家出版社，1960 年版。

多篇写意的儿童小说。这些作品都是凌叔华用心感受儿童生活的结果，其创作风格完全迥异于当时占主流的儿童文学作品。如《小哥儿俩》，写七叔叔给大乖、二乖两兄弟送了一只八哥，两兄弟要教八哥说话与唱歌，后来八哥被一只野猫吃掉了，两兄弟要打死野猫替八哥报仇。但是当兄弟俩见到野猫生出的小猫之后，报仇的心思便忘了——他们完全被小猫们的可爱迷住。当他们发现野猫和小猫们直接躺在破烂的纸上时，便萌发了同情之心，并且开始想办法为它们垫一个温暖舒适的窝、搭建两间房子。几句话就写出兄弟俩的纯真与善良：刚刚还要打死野猫为八哥报仇，一见到野猫生下的四只小猫后，仇恨之心立泯。《小哥儿俩》充满了一种生机活泼的童趣，没有一点成人的说教；故事虽不曲折，却有丰富的蕴含与无穷的余味，具有"写意画"的特点，是周作人最欣赏的有意味的"没有意思"的一类作品。又如《凤凰》，写枝儿在路边看老人用面捏凤凰，枝儿也想要一个，可她没带钱，妈妈又出门去了。这时一个穿黑背心的男人帮她给了钱，并借看凤凰之名诱使枝儿去他家，结果被王升、花匠找到了，救了出来。作者注重写枝儿的天真、纯洁，不疑心大人们（人贩子）的诡计。所以结尾并未指出那个穿黑背心的男人是拐卖儿童的骗子，也没有对枝儿进行"不要相信陌生人"之类的训诫，而是让读者自己去领会，是一篇童趣十足、完全符合儿童心理的有意味的"没有意思"的佳作——同样的题材，同样的内容，若是到了叶圣陶、茅盾及后来的张天翼手里，肯定会变成一篇"有意思"的载道文字。凌叔华的儿童小说，大抵都是这类有意味的"没有意思"的作品，开启了一种全新的书写方式，可惜当时及后来没有得到

应有的重视。

有趣的是，茅盾自己的儿童文学创作是教化味十足的，如《书呆子》《一段麻》，但他却很欣赏凌叔华这类有意味的"没有意思"的作品。茅盾指出凌叔华的这几篇"写小孩子的作品"不同于叶圣陶、张天翼的创作风格，认为"叶张两位先生的给小孩看的作品似乎都是观察儿童生活的结果；而且似乎下笔时'有所为而为'，所以绝不是'写意画'"。①言下之意，凌叔华的作品是"无所为而为"，是写意画。茅盾也指出凌叔华在创作时"没有正面的说教的姿态，然而竭力描写着儿童的天真等等"，认为这一"写意画"的形式在当时文坛不多见，可以加以改进和发展，丰富现代儿童文学的创作。② 相比茅盾，美学大师朱光潜对凌叔华的儿童小说创作给予了更高的评价："在这里我们看到人，典型的人，典型的小孩子像大乖、二乖、珍儿、凤儿、枝儿、小英，典型的太太姨太太像三姑的祖母和婆婆，凤儿家的三娘以至于六娘，典型的佣人像张妈，典型的丫鬟像秋菊，跄跄来往，组成典型的旧式的贵族家庭，这一切人物都是用笔墨描绘出来的，有的现全身，有的现半面，有的站得近，有的站得远，没有一个不是活灵活现的。小说家的使命不仅在说故事，尤其在写人物，一部作品里如果留下几个叫一见永不能忘的性格，……那就注定了它的成功，如果这个目标不错，我相信《小哥儿俩》在现代中国小说中是不可多得的成

---

① 惕（茅盾）：《再谈儿童文学》，《文学（上海1933）》，1936年第6卷第1期。
② 参见惕（茅盾）：《再谈儿童文学》，《文学（上海1933）》，1936年第6卷第1期。

就。"① 朱光潜认为凌叔华塑造了众多典型的儿童及成人形象，是"现代中国小说中不可多得的成就"。无疑，朱光潜是把凌叔华的儿童小说放在中国现代小说中来打量的，如果放在中国现代儿童小说中来看，其意义就更加重大了——就儿童小说这一体裁而言，中国现代儿童文学史上还找不出能够跟凌叔华的儿童小说相媲美的作品。

凌叔华的儿童小说，语言简洁平易，活泼灵动，是一种完全儿童化的语言；她塑造的儿童形象天真纯洁，是血肉丰满的典型儿童；她不采取说教的姿态，只讲述有意味的"没有意思"的故事，使小读者不知不觉受到道德方面的影响，这些无疑都是符合儿童的审美心理的，是一种"儿童本位"的创作。

属于"儿童本位"创作谱系的，除了凌叔华的儿童小说，还有俞平伯的儿童诗集《忆》、丰子恺的儿童漫画集《子恺画集》与儿童散文、黎锦晖的儿童剧《麻雀与小孩》等。俞平伯也是文学研究会的成员，1925年12月出版了他的诗集《忆》，这是中国现代儿童文学史上第一部描写儿童生活的儿童诗集。这本诗集共36篇，是俞平伯对已经飘逝的童年梦的追忆。如《第一》（即第一首），写作者童年时和姐姐一起吃橘子，姐姐选了一个好看的，把不好看的给了他。② 虽然情节简单，但童真的语言中，透出一种鲜活的童

---

① 朱光潜：《论自然画与人物画》，选自凌叔华：《小哥儿俩》，武汉：湖北教育出版社，2011年版，第207页。
② 俞平伯《第一》全诗如下：有了两个橘子，/一个是我的，/一个是我姐姐的。/把有麻子的给了我，/把光脸的她自己有了。/"弟弟，你的好，/绣花的呢。"/真不错！/好橘子，/我吃了你吧。/真正是个好橘子啊！

趣。此外，《第六》写梧桐子落，小孩捡梧桐子当弹子玩；《第十一》写爸爸的大斗篷；《第十二》写跟小孩子捉迷藏的趣事，以及其他一些篇目写到骑竹马、喝糖粥、讲故事、做游戏、过除夕，都是以近乎儿童口语的优美文字，记录平凡的儿童生活，表达对童年的缅怀之情。王泉根认为《忆》的显著特色是"天性可掬的儿童情趣，生动细腻的童心刻绘，温暖真切的亲情追怀"，[①] 甚为中肯。《忆》中大多是一些童心流露之作，蕴含着浓烈的童趣在其中，是符合儿童本位的创作。丰子恺也是文学研究会的成员，他跟冰心一样，也是一个童心崇拜者。20 世纪 20 年代，他最有代表性的儿童文学创作当属儿童漫画。1927 年 2 月出版了他的《子恺画集》，这是中国现代儿童文学史上第一部漫画集。

丰子恺的漫画，多以儿童为题材，常以他的儿女为模特，如《阿宝》《瞻瞻底车（二）脚踏车》《爸爸还不来》《阿宝两只脚，凳子四只脚》《穿了爸爸的衣服》《瞻瞻底梦》《阿宝赤膊》，都是以丰家的孩童生活为对象的漫画。丰子恺不仅画出了儿童的形体，更重要的是画出了儿童的精神。《阿宝》中的阿宝，专注于用纸折东西，却又带点憨态与可爱。《瞻瞻底车（二）脚踏车》中的瞻瞻，头上只留了一小撮头发，把两把蒲扇当作脚踏车，其顽皮淘气可见一斑。《爸爸还不来》中妈妈手上抱着一个小的，牵着一个大一点的孩子，站在门口等着爸爸的回来，孩子们对爸爸的强烈渴望，及等待的焦急心情跃然纸上。丰子恺的儿童漫画大抵

---

① 王泉根：《中国儿童文学概论》，长沙：湖南少年儿童出版社，2015 年版，第 61 页。

如此。

黎锦晖是一个在音乐、戏剧、电影、文学、教育等多个方面都有重要贡献的人，但他最重要的成就是在儿童文学方面，其中又以儿童歌舞剧影响最大。在 20 世纪 20 年代，黎锦晖接连创作了十二部儿童歌舞剧，影响较大的有《麻雀与小孩》（1922 年）、《月明之夜》（1923 年）、《春天的快乐》（1924 年）等。他的儿童歌舞剧使用的是儿童化的口语，故事情节大都比较简单，却充满了奇妙的幻想，具有童话一般诗意的意境，如广为传诵的《麻雀与小孩》之一《飞飞曲》：

（老麻雀）飞飞，飞飞，飞飞，这个样子飞飞，飞飞，飞飞。

（小麻雀）飞飞，飞飞，飞飞，这个样子飞飞，飞飞，飞飞。

这个样子飞，飞，飞，飞，慢慢飞。
这个样子飞，飞，飞，飞，慢慢飞。

……

这样的语言，就仿佛出自儿童之口，稚嫩、鲜活，充满童趣。句子的重复，尤其是飞字的重复，让人有一种朗朗上口的韵律感。在这简明天真的文字中，我们能看到小麻雀刚开始学飞的稚拙与可爱。在这篇作品中，老麻雀耐心地教小麻雀学习飞行，小麻雀失踪后，老麻雀十分着急难过。当小男孩看到老麻雀为她的小女儿而伤心，意识到自己把小麻雀

关在屋子里做错了，赶紧向老麻雀道歉，让老麻雀把小麻雀领回去。既写出了老麻雀对小麻雀深挚的爱，又写出了孩子与大自然之间的友爱。对爱的表达，是黎锦晖儿童歌舞剧的一个共同主题。《葡萄仙子》《三蝴蝶》《小羊救母》《七姐妹游花园》《小利达之死》《神仙妹妹》《月明之夜》，都从不同角度表现世间最宝贵的"爱"的题材内容。黎锦晖儿童歌舞剧的艺术特色，诚如有学者所说："优美的意境，善良的形象，美与爱的主题共同构成了黎锦晖儿童歌舞剧梦幻、诗意的童话世界。"[1] 黎锦晖的儿童歌舞剧完全考虑到了儿童的心理特点，自然也是属于儿童本位这一谱系的。

然而，发生期的儿童文学是以叶圣陶、冰心的非儿童本位的创作主导着。而凌叔华、俞平伯、丰子恺、黎锦晖等的儿童本位的创作在当时却被忽视，而且在很长一段时间内没有得到应有的重视。又由于当时童话是儿童文学最重要的体裁，童话几乎就是儿童文学的代名词，所以以叶圣陶为代表的童话创作，对当时儿童文学创作的影响非常大：一方面，童话集《稻草人》为中国儿童文学开创了一条现实主义的创作道路，成为中国儿童文学的主潮；另一方面，童话集《稻草人》以成人为本位的创作，对后来的儿童文学创作又有着负面的作用。

整体而言，发生期的儿童文学创作在审美方面有如下几个特点：从内容来看，它们描写的主要是成人的生活而非儿童的生活——叶圣陶风格转变后的童话及冰心的《寄小读

---

[1] 汤素兰、谭群：《湖南儿童文学史》，长沙：湖南少年儿童出版社，2015年版，第82—83页。

者》都是写成人生活的，过多地渗透了"成人的悲哀"；从风格来看，它们以客观现实为原点，着力去表现真实的社会现状，以现实主义为主要风格。这一阶段儿童文学创作的贡献主要在两个方面：第一，中国儿童文学史从此有了自己原创的作品，童话方面以叶圣陶的《稻草人》集为代表，儿童散文方面以冰心的《寄小读者》为代表，儿童小说方面以凌叔华的《小哥儿俩》为代表，诗歌方面以俞平伯的《忆》为代表，漫画方面以丰子恺的《子恺画集》为代表，儿童剧方面有黎锦晖的《麻雀与小孩》等为代表。儿童文学的众多体裁中大半都有了原创作品，开启了中国现代儿童文学的原创历程。第二，以叶圣陶为代表的发生期儿童文学，形成了中国风格和中国气派，给中国的儿童文学开了一条自己创作的路——现实主义风格的创作之路。从此，中国现代儿童文学乃至当代儿童文学，就沿着这一道路一直向前走。

第三节

张 天 翼 与 中 国 现 代 儿 童 文 学 的 发 展

　　随着时代语境的变化，相比发生期，以左翼儿童文学为代表的发展期，在理论及创作方面发生了很大的变化。

　　左翼思潮是上个世纪 30 年代文学的主流思潮，在我国文学体系的建构中具有关键性作用。在左翼文学思潮和左翼作家的文学实践的影响下，中国现代文学实现了从"文学革命"到"革命文学"、从叙述个体命运的微观叙事到叙述群体生活的宏大叙事的转变。文学越来越紧密地跟政治、教育结合在一起，开始由个人情感的抒发转变为对民族解放、国家命运的书写。左翼儿童文学是左翼文学的有机组成部分，随着社会的发展融入社会革命与民族救亡的时代潮流。

　　左翼儿童文学作家注重翻译和介绍苏联马克思主义文艺理论，以此来指导现实的文学斗争和儿童解放。沈起予翻译了高尔基的《儿童文学的"主题"论》，详细论述了儿童文学各方面的主题，茅盾译介的《儿童文学在苏联》介绍苏联儿童文学的创作及理论批评的最新情况，孟昌翻译了高尔基的《文学论》一书，把《论不负责任的人们及论今日的儿童读物》《把文学——给予儿童》等儿童文学文论收录了进去，这些文章都强调儿童文学对儿童教育的重要性。这一时期儿童文学观念已由初期以儿童学、进化论为基础，强调"儿童本位"的西方模式转向以教育学、阶级论为基础，重视教育功能的苏联模式。

左翼儿童文学的现实性转变，体现在对外国儿童文学的译介和本土儿童文学的创作两个方面。"五四"时期以对欧美儿童文学作品的译介为主，强调对童心、诗心的颂扬。郑振铎为《小说月报·安徒生号》写的"卷头语"说："安徒生是最伟大的童话作家，他的伟大在于以他的童心与诗才开辟了一个童话的天地，给文学以一个新的式样与新的珠宝。"[①] 鲁迅、周作人兄弟翻译的《爱罗先珂童话集》《格林童话》《伊索寓言》等都是崇尚儿童本位的代表。从 20 年代中后期开始，残酷的现实将"五四"时期营造的"童年的梦"击得粉碎，中国儿童文学译介由欧美转向苏联，走上了一条重视教育功能的道路。鲁迅开始注重把儿童和国家的前途命运联系在一起，通过翻译高尔基的《俄罗斯童话》与班台莱耶夫的《表》等具有教育意味的苏联儿童文学作品，来

---

① 载于《小说月报》，1925 年 8 月第 16 卷第 8 期。

培养儿童的人格，使他们成为"人的战士"①。

左翼儿童文学创作，是为民族救亡及现代化国家建设服务的，以阶级话语与民族国家话语为主要内容，以革命现实主义为主要风格，具有鲜明的政治性与革命性。叶圣陶的《古代英雄的石像》（1929 年）、《"鸟言兽语"》（1936 年）是其这一阶段的代表性童话。前者叙述一位雕刻家雕刻了一个古代英雄的石像，石像受到人们尊敬便骄傲起来，看不起砌成石台的伙伴。后来底下的石头摇动，石像倒下摔成了碎片。后者以 1930 年代儿童文学界关于"鸟言兽语"的讨论为题材，从动物的视角来批判那些瞧不起包含"鸟言兽语"的童话的"教育家"，并叙述了人们为生存而游行抗议，及一个被侵略的民族奋起反抗。其他如《蚕和蚂蚁》《皇帝的新衣》《含羞草》《绝了种的人》等童话，大都像前面两篇一样，体现了这一阶段"批判力量的加强、现实主义的深化、政治倾向性的鲜明"的特点，② 跟 1920 年代创作的《稻草人》集形成了鲜明的对比。巴金的童话集《长生塔》（1936 年），虽然是幻想性的情节，却有很强的现实针对性，主要表现统治者的荒淫残暴、人们的悲惨遭遇及其反抗斗争，具有明显的政治色彩。茅盾的《大鼻子的故事》（1935 年）、《少年印刷工》（1936 年）、《儿子开会去了》（1936 年），这三篇代表性的儿童小说围绕抗日救国的主题，从不同侧面反

① 旅隼（鲁迅）：《新秋杂识（一）》，《申报·自由谈》，1933 年 9 月 2 日。鲁迅在该篇结尾处说："仗自然是要打的，要打掉制造打仗机器的蚁冢，打掉毒害小儿的药饵，打掉陷没将来的阴谋：这才是人的战士的任务。"
② 蒋风主编：《中国儿童文学发展史》，上海：少年儿童出版社，2007 年版，第 139 页。

映了特定时代阶级矛盾与民族矛盾交织在一起的状况。陈伯吹的童话代表作《阿丽思小姐》借助阿丽思的游历，展现了当时中国阶级压迫及受日本帝国主义侵略的社会现实，阿丽思成了弱小民族反抗外族侵略的化身。中篇童话《波罗乔少爷》则通过夸张的手法，塑造了一个懒惰、不讲卫生、自以为是的资产阶级少爷，欲以对这一反面形象的讥讽与批判，来告诫儿童读者不要做"少爷"。这两篇童话集中体现了当时社会的阶级话语与民族话语，政治倾向性也是非常鲜明的。

张天翼是左翼儿童文学具有开创性和探索精神的重要代表，他的儿童观及儿童文学创作都集中体现了左翼儿童文学的特点，并且以其创造性的想象，幽默讽刺的风格，夸张、怪诞、象征等手法，以及儿童化的叙述，赋予了左翼儿童文学一种新的特质，将现代儿童文学提升到一个新的高度，成为叶圣陶、冰心儿童文学创作之后的又一座高峰。

叶圣陶的《稻草人》出版以后，儿童文学并没有沿着叶圣陶所开创的现实主义道路上继续前行，而是从古书中寻找素材，将一些陈旧的文言故事翻译出来，走了一条倒退的路。这方面鲁迅有精辟的批评："十来年前，叶绍钧先生的《稻草人》是给中国的童话开了一条自己创作的路的。不料此后不但并无蜕变，而且也没有人追踪，倒是拼命地在向后转。看现在新印出来的儿童书，依然是司马温公敲水缸，依然是岳武穆王脊梁上刺字；甚而至于'仙人下棋''山中方七日，世上已千年'；还有《龙文鞭影》里的故事的白话译。"[1]

张天翼便是在这样的背景下，继承并发展了叶圣陶的现

---

[1] 鲁迅：《〈表〉译者的话》，《译文》，1935年第2卷第1期。

实主义，创作出具有战斗性的革命现实主义作品。张天翼善于撷取表现现实矛盾的题材，以阶级矛盾作为儿童文学作品的深层结构，体现了他作为无产阶级革命作家的立场，也体现了"左联"在上世纪三四十年代对于左翼作家的要求。1931年11月，"左联"执委会通过了《中国无产阶级革命文学的新任务》的决议。该文件从创作的题材、方法、形式三个方面提出"最根本的原则"，其中关于题材涉及五个方面：

> （1）作家必须抓取反帝国主义的题材……（引者省略）；（2）作家必须抓取反对军阀地主资本家政权以及军阀混战的题材——分析这些和帝国主义的关系，分析中国社会的阶级关系，描写广大群众的数重的被压迫和被剥削的痛苦情形，广大的饥饿，巨大的灾祸，描写军阀混战的超过一切大灾祸也造成一切大灾祸的战祸，描写农民和兵士对于军阀混战的憎恶及其反抗的斗争和兵变，等等；（3）作家必须抓取苏维埃运动，土地革命，苏维埃治下的民众生活，红军及工农群众的英勇的战斗的伟大的题材；（4）作家必须描写白色军队"剿共"的杀人放火，飞机轰炸，毒瓦斯，到处不留一鸡一犬的大屠杀；（5）作家还必须描写农村经济的动摇和变化，描写地主对于农民的剥削及地主阶级的崩溃，描写民族资产阶级的形成和没落，描写工人对于资本家的斗争，描写广大的失业，描写广大的贫民生活，等等。[1]

---

[1]《中国无产阶级革命文学的新任务——1931年11月中国左翼作家联盟执行委员会的决议》，《文学导报》，1931年第1卷第8期。

张天翼的儿童文学创作，在选材方面集中体现了第（2）与第（5）两点，着重"描写广大群众的数重的被压迫和被剥削的痛苦情形""描写农民和兵士对于军阀混战的憎恶及其反抗的斗争和兵变""描写地主对于农民的剥削及地主阶级的崩溃……描写工人对于资本家的斗争，描写广大的失业，描写广大的贫民生活"。同时，这也体现了张天翼对马克思主义理论的自觉运用。马克思非常强调阶级斗争的作用，认为阶级斗争是历史前进的动力。张天翼早在1927年加入共产党时，就确立了对马克思主义的信仰。成为左翼作家中的一员后，他就更加自觉地以唯物辩证法作为创作的指导思想。

张天翼的儿童文学作品，是政治性、教育性、艺术性三者结合的经典范例。在《大林和小林》中，以阶级矛盾为题材，叙述无产阶级对统治阶级的反抗，这体现了政治性。他通过对比大林和小林不同的人生遭遇，来突出小林的勤劳勇敢及遇到剥削压迫敢于反抗的精神，批判大林的好吃懒做及拜金主义的思想，以激起儿童读者的反抗斗争意识，这体现了教育性。他运用夸张、怪诞、变形、象征等手法，讲述一个又一个极富游戏精神的幽默故事，塑造了一批形象鲜明的反面人物形象，拓宽了现代童话的幻想边界，这体现了艺术性。在这个意义上，我们可以说张天翼的童话创作，在社会建构需求下的政治诉求、教育功能和儿童文学艺术之间实现了一种默契的平衡。

张天翼的儿童文学创作体现了中国现代儿童文学由抒情为主的艺术范型向叙事性艺术范型的转变。朱自强说："儿童文学是故事（叙事性）文学，这是由儿童读者的审美形态

决定的。儿童的思维是故事性思维，他们总是将生活故事
化，通过人物形象、事件来体会生活，对儿童文学揭示的生
活的真理，儿童虽然不能以理性去分析它，但却可以凭故事
思维去感受它。"① 他认为中国儿童文学的现代化必然是从抒
情性走向叙事性，说："摆脱抒情的、静态的、空间的
'诗'，走向叙事的、动态的、时间的散文，是背负特有传统
的中国儿童文学的特有的现代化进程。"②

  在张天翼之前，儿童文学的创作以叶圣陶的童话集《稻
草人》与冰心的儿童散文《寄小读者》为代表。叶圣陶早期
的童话作品故事性不强，如《小白船》《芳儿的梦》《梧桐
子》等，更像是一篇篇抒情的散文诗，而不是叙事的童话。
即便是由童心主义转向现实主义的童话，其叙事性仍是比较
弱的。如他那篇代表作《稻草人》，虽然它写了稻草人目睹
的三件悲惨的事，但这三件事之间没有内在的逻辑关联，也
没有矛盾冲突，故事缺乏一波三折的曲折变化，其情节是民
间故事三段式的结构，这样的童话对于"故事性思维"的儿
童，是缺乏趣味性的。冰心的《寄小读者》主要记叙她在国
外旅行所见到的风景及感受，叙事性也不强，更多的是对风
景的描摹与抒发自己对人生尤其是生病的感受，表达她的
"爱的哲学"。关于《寄小读者》中的抒情多于叙事，冰心在
1992 年写的《我与古典文学》一文中也指出来过："我的初
期写作，完全得力于古典文学，如二三十年代的《寄小读

---

① 朱自强：《中国儿童文学与现代化进程》，杭州：浙江少年儿童出版社，2000 年
 版，第 47 页。
② 朱自强：《中国儿童文学与现代化进程》，杭州：浙江少年儿童出版社，2000 年
 版，第 48 页。

者》《往事》等，内容是抒情多于叙事，句子也多半是文言。"[1] 抒情与文言，构成冰心早期文体的核心要素，可以见出中国抒情传统对冰心儿童散文写作的潜在影响。

张天翼在叶圣陶、冰心的基础上，大力发展了童话及儿童文学的叙事性。张天翼的儿童文学作品基本上都是以故事为中心，情节具有一定的曲折性，有强烈的戏剧冲突，极少景物描写的文字。如《大林和小林》中，几乎每一章都有冲突：第一章是大林、小林跟怪物的冲突，兄弟俩被怪物追赶，结果机智逃脱；第二、三章是小林跟皮皮的冲突，皮皮捡到小林，把他作为私人财产拍卖；第四、五、六章是小林等童工与资本家四四格的冲突；第十一章是鳄鱼小姐与红鼻子王子的冲突；第十四章是十二个鸡蛋人与叽哈的冲突；第十五章是小林、乔乔等火车司机跟大林（即唧唧）、红鼻子王子等统治阶级的冲突；最后一章是写新国王与小林、乔乔等铁路工人的冲突。跟叶圣陶童话、冰心的儿童散文比起来，张天翼长篇童话的故事情节无疑更丰富多彩、曲折离奇，因而更具趣味性与可读性。

在篇幅上，张天翼一改占据主流地位的短篇童话的创作形式，突破童话创作的篇幅局限，创作了恢宏的长篇童话。尤其是《大林和小林》的创作，奠定了张天翼在中国现代儿童文学史上的经典地位。《大林和小林》（1932年）发表之前，自1908年孙毓修主编的《童话》创刊以来的20多年时间内，代表性的长篇童话只有沈从文的《阿丽思中国游记》（1928年），及陈伯吹的勉强算为长篇的《阿丽思小姐》

---

[1] 冰心：《我与古典文学》，《古典文学知识》，1992年第3期。

（1931年）。沈从文的《阿丽思中国游记》由于"不能把深一点的社会沉痛情形，融化到一种纯天真滑稽里，成为全无渣滓的东西，讽刺露骨乃所以成其为浅薄"，沈从文自己也承认"这次工作的失败"。① 陈伯吹《阿丽思小姐》也同样模仿卡洛尔的《爱丽思漫游奇境记》，但由于过强的教化思想，不仅对当时的政治事件（如"九一八"事变）生吞活剥，还不时"穿插小学自然课本里的动植物常识和作文知识、修辞手法"等品德教育及知识性的内容②，因而写得也并不成功。正是在这样的前提下，《大林和小林》的诞生具有里程碑式的意义，它一方面继承了中国现代童话的奠基者叶圣陶的现实主义的创作道路，另一方面以他天才的想象与才华，将当时长篇童话乃至整体童话的创作水平推向一个高峰。

《大林和小林》之后，长篇童话还有贺宜的《凯旋门》。在《凯旋门》中，贺宜以童话的形式来写当时日本帝国主义对中国的侵略与国民党对人们的压迫，时事性与政治性都很强，可以当作时事政治小说来读。由于作者一味地图解政治，表达自己对于现实的批判，却又缺乏张天翼的幽默、讽刺及简洁传神的叙事才华，艺术水平远远不及《大林和小林》。而张天翼继《大林和小林》后，还相继创作了长篇童话《秃秃大王》与《金鸭帝国》，它们的艺术水平虽也不及《大林和小林》，但这些作品对于中国儿童文学的现代化进程有着重要意义的。朱自强曾指出，"中国儿童文学的总体发展的趋势之一是从短篇走向中、长篇"，"几乎各国儿童文学

---

① 沈从文：《〈阿丽思中国游记〉后序》，武汉：长江文艺出版社，2014年版。
② 参见刘绪源：《中国儿童文学史略》，上海：少年儿童出版社，2013年版，第45页。

的早期都是短篇的时代，可以说中、长篇作品出现的早晚，从一个方面决定着一个国家的儿童文学成熟的早晚"，"中、长篇作品的数量和质量是衡量一个国家儿童文学发展水平的一项重要指标"。① 而在中国现代儿童文学史上，创作长篇童话的作家并不多，接连写出三部长篇童话的只有张天翼一人。更何况，除了贡献了三部长篇童话，张天翼还创作过《回家》《洋泾浜奇侠》两部长篇儿童小说，以及《奇怪的地方》一篇中篇儿童小说。如果加上新中国成立后写的长篇童话《宝葫芦的秘密》，张天翼贡献了七部中、长篇儿童文学作品，这无疑对中国儿童文学的现代化进程有积极的推进作用。

---

① 朱自强：《中国儿童文学与现代化进程》，杭州：浙江少年儿童出版社，2000 年版，第 46、47、302 页。

第二章

张 天 翼 推 动 的 中 国 现 代 童 话 的 成 长

　　童话是中国现代儿童文学各种文体中最重要的文体，很长一段时间，童话就是儿童文学的代名词。在一定程度上，童话的成就代表着中国现代儿童文学的艺术高度。中国现代童话史上，以叶圣陶与张天翼两人的成就最大，一个是开创者，一个是集大成者。

　　中国的现代童话开端于叶圣陶。叶圣陶《小白船》等童话在《儿童世界》上发表，以及童话集《稻草人》的出版，标志着中国原创童话的诞生，为中国现代童话创作奠定了基础。但叶圣陶的童话，前期作品的叙事性不强，可以看作是带有唯美主义倾向的抒情童话；后期作品虽然加强了叙事，但渗透了过多"成人的悲哀"，实质是一种成人化的表达，偏离了儿童本位的方向。加上《稻草人》集中近一半的作品是拟人体童话，本身幻想力就比较贫弱，"当那些拟人体形象进入现实世界时，幻想的色彩在相当大的程度被冲洗褪色了"①。所以，叶圣陶的童话集《稻草人》在中国原创童话这条路上有筚路蓝缕之功，但在艺术上还没有达到成熟的水平。

张天翼作为现代儿童文学史上最重要的作家之一，其最大的功劳在于他创作了《大林和小林》《秃秃大王》等长篇童话。他在童话方面的成就决定了他在中国现代儿童文学史上的地位。张天翼的童话具有现代时期其他童话不具备的品质：幽默与讽刺。幽默、讽刺童话是张天翼的独创，也是张天翼区别于其他现代儿童文学作家的标志。

童话作为儿童文学的一种，具备两个基本的属性：文学性与儿童性。张天翼的童话在这两个方面都有过人的表现。在文学性方面，他的童话一方面充满了大胆的奇思异想，拓展了现代童话的幻想空间，一方面在技巧方面进行了诸多有益的探索，综合运用漫画、变形、象征、戏仿等修辞，丰富了现代童话的表现手法。在儿童性方面，他的童话以儿童化的方式来表现儿童熟悉的生活，从叙述语、人物语言到修饰

---

① 朱自强编著：《现代儿童文学文论解说》，北京：海豚出版社，2014年版，第202页。

语，都是一种儿童化的语言。

　　在文学性与儿童性两方面，张天翼的童话一定程度上超越了同时代的童话作品。正是在这个意义上，我们说张天翼的长篇童话标志着中国现代童话在艺术上的成熟，代表着中国现代儿童文学的最高成就。

第一节
解 放 想 象 力

在现代儿童文学史上，存在着一条提倡写实、压抑幻想的主线。儿童小说是写实性的，不用多说。童话是儿童文学中最富于幻想色彩的文体，"幻想是童话最本质的存在，是童话艺术生命的根本，是童话的灵魂"。[①] 拥有超自然的幻想是童话跟儿童小说的根本区别。冯飞在《童话与空想》中高度肯定了幻想的价值："空想在童话上，其占重要位置，尤不待言。可说除空想无童话，空想确是童话的真生命"，"童话上的这种空想，从科学上看来，非常紧要；并且从文学上道德上乃至其他一切上看来，都有甚深的意义，伟大的价值"。[②] 然而这种观点在当时并没有引起时人的重视，而是淹

---

① 陈晖：《儿童文学的世界——我的文学课（教师版）》，北京：北京师范大学出版社，2011 年版，第 37 页。
② 冯飞：《童话与空想》，《妇女杂志（上海）》，第 8 卷第 7 期。

没于强大的现实主义话语的海洋之中。

作为现代儿童文学的奠基者，叶圣陶对幻想是持一种贬抑态度的。他在《文艺谈（八）》中说："老太太和老佣妇讲的，若是写录出来，不就是儿童文艺么？以我现在的见解来观察，觉得那些故事殊不足以当儿童文艺之目，因为那些故事都含有神怪和教训的质素。"认为"真的儿童文艺决不该含有神怪和教训的质素"。[1] 由此可见，其对神怪类幻想儿童文学的贬斥十分明显。而作为现代儿童文学史上第一部童话集的《稻草人》，即便是早期童心主义的童话，其幻想力也是比较弱的。这点朱自强曾指出过："《稻草人》里童话大多是拟人体童话，本身幻想力就比较贫弱，当那些拟人体形象进入现实世界时，幻想的色彩在相当大的程度被冲洗褪色了。关于这一特点，我们读一读《画眉》《玫瑰和金鱼》，特别是《稻草人》这样的童话就能得到验证。"[2] 而当叶圣陶由孩童时的梦境转向黑暗的现实社会时，郑振铎还积极地替叶圣陶这一转变辩护："把成人的悲哀显示给儿童，可以说是应该的。他们需要知道人间社会的现状，正如需要知道地理和博物的知识一样，我们不必也不能有意地加以防阻。"[3] 两个当时儿童文学领域重量级的人物，一个以创作来践行现实主义，一个从观念上支持现实主义，从中可以窥见发生期儿童文学现实主义势力的强大。

1930年代，现实主义的话语可以从当时关于"鸟言兽

① 叶圣陶：《文艺谈·八》，选自《叶圣陶论创作》，上海：上海文艺出版社，1982年版，第17页。
② 朱自强编著：《现代儿童文学文论解说》，北京：海豚出版社，2014年版，第202页。
③ 郑振铎：《〈稻草人〉序》，《文学》（原名《文学旬刊》），1923年10月15日。

语"的讨论中见出端倪。尚仲衣对包含"鸟言兽语"的童话
持否定态度，认为"纵使把童话全部流放了，儿童读物仍有
极广极富的园地"，[①] 固然体现了一种贬抑幻想的极端功利主
义思想，但吴研因只反对尚仲衣对"鸟言兽语"式童话的否
定，他自己不赞成"纯粹神话"，"决不至于做'幻想童话'
的忠臣"，[②] 表明吴研因在贬低幻想童话方面，和尚仲衣不过
是"五十步笑百步"而已。而参加这场"鸟言兽语"讨论的
陈鹤琴、"儿童文艺研究社"等，都没有对尚仲衣否定"神
怪"童话提出批评，这表明他们也是否定"神怪"童话的。
而张匡在《儿童读物的探讨》中提出神话物话的选择标准中
有一条："有封建思想的文字，不使混入，就是国王，王后，
王子，公主等材料，皆在摈弃之列。"[③] 把国王等材料全部摈
弃，这无疑是矫枉过正了，其中也透露了对这类幻想性童话
的偏见。

茅盾在《关于"儿童文学"》中也指出："在材料方面，
千万请少用些舶来品的王子，公主，仙人，魔杖，——或者
什么国货的吕纯阳的点石成金的指头，什么吃了女贞子会遍
体生毛，身轻如燕，吃了黄精会终年不饿长生不老——这一
类的话罢!"[④] 范泉在《新儿童文学的起点》中一样强调现实
而排斥幻想："因为处于苦难的中国，我们不能让孩子们忘
记了现实，一味飘飘然地钻向神仙贵族的世界里，尤其是儿

---

① 尚仲衣:《再论儿童读物——附答吴研因先生》,《儿童教育》,1931 年第 3 卷第 8
期。
② 吴研因:《读尚仲衣君〈再论儿童读物〉乃知"鸟言兽语"确实不必打破》,《申
报》,1931 年 5 月 19 日。
③ 张匡:《儿童读物的探讨》,《世界杂志(上海 1931)》,1931 年第 2 卷第 2 期。
④ 江(茅盾):《关于"儿童文学"》,《文学(上海 1933)》,1935 年第 4 卷第 2
期。

童小说的写作，应当把血淋淋的现实带还给孩子们，应当跟政治和社会密切地联系起来。"① 这些材料，都表明上世纪三四十年代儿童文学界对公主王子及神怪类幻想童话的一致否决，幻想在一定程度上被崇尚现实主义风格的时代精神所压制，这种情况至少延续到了"文革"结束为止。

在文学观上，张天翼与叶圣陶、茅盾、胡风一样，崇尚写实，压抑幻想。他反对写虚假的鬼神故事，提倡写自己熟悉的题材与人物。他在《〈奇怪的地方〉序》中先是反驳了那些写"魔鬼""神仙"故事的书，提出要说真的事情："只要不是一个洋娃娃，是一个真的人，在真的世界上过活，就要知道一些真的道理。看好书是学真道理。听好故事也是学真道理。"② 在《〈秃秃大王〉序》里又进一步否定天使、神仙、菩萨等说："可是你看见过天使神仙没有呢？——没有！可是你看见过那个宝贝葫芦么？——也没有。原来这全是瞎想出来骗人的。有些是古时候的人没有常识，就想出一个菩萨来，这些故事应该请古人去听。有些人呢，自己不长进，就空造一个神仙来帮助自己。还有一些人呢，那就故意叫我们上当，叫我们懒惰，就好来调摆我们。"③ 从这些话可以看出，张天翼倡导的是一种写实的儿童文学。张天翼有一次在儿童小说里问小读者："我要请你告诉我：你爱听哪一种故事。一种故事是空想出来的，有魔鬼，有神仙，有本事很大的国王，有得到宝贝的王子。一种故事是真的，没有魔鬼，没有神仙，国王跟普通人一样。王子也没有会飞的毯子，要

---

① 范泉：《新儿童文学的起点》，《大公报》，1947 年 4 月 6 日。
② 张天翼：《〈奇怪的地方〉序》，上海：文化生活出版社，1940 年版。
③ 张天翼：《〈秃秃大王〉序》，上海：上海多样社出版社，1936 年版。

是不坐飞机，就飞不起来。"① 其实对于空想出来的故事与真的故事，张天翼心中早有明确的价值判断：真的故事有重要价值，因为它可以告诉小读者一些"真的道理"；而空想出来的故事，不仅无益，反而会欺骗小读者，害了小读者。

虽然张天翼在创作上推崇现实主义的写实方法，但在实际的童话创作中，却又一定程度上彰显了幻想力。张天翼的儿童文学观与创作，两者之间存在着一定的矛盾，厘清这一对矛盾，才能对张天翼的儿童文学创作有具体而深入的把握。

张天翼创作《大林和小林》时，社会上流行的关于兄弟俩、神仙、菩萨、宝葫芦等的民间童话。在这样的创作语境中，张天翼反其道而行之，超越了民间童话的幻想方式，构筑了一个让幻想发生在比较真实的环境里的童话世界，以让儿童明白"真的世界"上的"真的道理"。在《大林和小林》中，张天翼创造出一个又一个光怪陆离的幻想：平平的帽子飞上天挂在了月亮的尖角上，等月亮圆时帽子才掉下来；咕噜公司里的童工会被"坏极了的坏蛋"四四格变成鸡蛋，只要拿铁球对鸡蛋打一下鸡蛋就能变回人形；棍子打不死四四格，要把铁球扔上一百丈高才能打死他，小林向高空扔铁球，由于用力过大，过了好几个小时才落下来；而打死了四四格，还有第二四四格、第三四四格出来；叭哈先生的家门口有一块一里路长的牌子，书房的桌子是蔻蔻糖做的，椅子是胡桃糖做的……

在《大林和小林》中，咕噜公司、叭哈先生的家都有一

① 张天翼：《〈奇怪的地方〉序》，上海：文化生活出版社，1940年版。

定的幻想色彩，但幻想色彩最浓的是皇家小学校与富翁岛。大林自从到了叭哈家，就过上了养尊处优的生活。叭哈把他送到皇家小学校念书。对于皇家小学校，作者描述道："这个学校很大很大，从大门走到后门有五十里路。这个学校里有一万二千个教室，有六千位教师。学生一共有十二个。"①以夸张的笔触写皇家小学校之大、老师之多、学生之少，以突出其作为贵族学校的奢侈。接着又写皇家小学校的规矩：没有课程表，学生高兴上什么课就上什么课，但是上一课须缴一回学费，而且学费很贵。随着学校里的算术老师出场，他们在争夺唧唧（即大林）来上他们的课时所唱的词，又揭露了他们水平之低下。皇家小学校开运动会，参加赛跑的居然只有唧唧、乌龟和蜗牛，而且五米赛跑却跑了五个半小时，又以极度夸张的手法写出这些贵族子弟的懒惰与无能。

唧唧是作者批判讽刺的对象，但也是被赋予最多幻想色彩的人物形象。如果说小林的经历具有现实象征性，那么大林的经历则充满了夸张幻想性。作者通过唧唧独自体验的奇幻之旅叙述他的结局。唧唧坐着被怪物推着失控的火车掉到大海里，爬出来后又被鲸鱼吞进肚中。由于唧唧奇臭无比，被鲸鱼吐了出来。唧唧后来在蜜蜂与蚂蚁的帮助下，被一阵大风吹到了富翁岛上。富翁岛上遍地是金银财宝，就是没有人干活。富翁们空守着一堆金银珠宝，自己不会找水喝、弄吃的，结果一个个活活饿死在岛上。唧唧的这些经历充满了奇幻的色彩，与《木偶奇遇记》中变成驴子的皮诺乔掉进海

---

① 张天翼：《大林和小林》，选自《张天翼儿童文学全集（二）》，北京：中国少年儿童出版社，2002年版，第350页。

里的经历相类似：两者都掉入了海中，在即将逃离时被鲸鱼（皮诺乔是被鲨鱼所吞）吞进肚中，最后在他者的帮助下抵达了陆地空间。在这段经历中唧唧和皮诺乔都经历了地理空间的三重转换。由此可以推测，唧唧的这一段经历的构思可能受到了《木偶奇遇记》①的影响。但是由于被赋予了不同的思想意蕴，这两个人物形象最后被安置到不同结局的地理空间。皮诺乔到达的是通往幸福的小草屋，唧唧到达的则是对于失去自理能力的他而言趋向死亡的富翁岛。张天翼通过虚拟富翁岛这么一个幻想空间，讽刺了叭哈及唧唧信奉的"只要有钱，什么事都可以办到"的价值观，是对拜金主义思想的一种委婉批判。《大林和小林》中突出的幻想色彩及批判精神，引起国内学者的广泛关注及好评。日本学者伊藤敬一认为在这部童话里，张天翼"创造出一个接一个的幻想，又将它巧妙地与现实的悲剧以及阶级斗争结合起来，产生有趣的效果"。②而国内评论家胡风说："就我读过了一半的《大林和小林》说，作者摆脱了以往的儿童文学的传统，他的新奇的想象和跳跃的笔法所传达的内容是儿童的兴味和理解力为基础的社会的批判。"③可见，张天翼童话中不同于以往的幻想精神，在当时就引起了评论家的注意。

秃秃大王同样是一个幻想色彩很浓的人物形象。他长相怪异，奇丑无比，并且他的牙齿会随着情绪的变化而变形。

---

① 1927年，《木偶奇遇记》以《木偶的奇遇》的名字在《小说月报》第18卷上连载，由徐调孚翻译。1928年6月，结集为《木偶奇遇记》，由开明书店出版，是夏丏尊主编的《世界少年文学》丛刊中的一种。

② ［日］伊藤敬一：《张天翼的小说和童话》，见沈承宽等编：《张天翼研究资料》，北京：中国社会科学出版社，1982年版，第459页。

③ 胡风：《关于儿童文学》，选自胡风：《文艺笔谈》，北京：生活·读书·新知三联书店，2012年版，第107页。

生气的时候牙齿会变长，长到可以将他的身体挂在天上；高兴的时候牙齿会变短，短到牙齿消失。秃秃大王的情绪如同孩童一般善变，所以作品中他的牙齿历经多次变形，这一点与卡洛尔笔下的爱丽丝在兔子洞中身体的变形，有异曲同工之妙。这样的夸张与想象，带有一点荒诞与幽默，能让儿童读者会心一笑。

最典型的幻想空间便是秃秃宫——它是秃秃大王的宫殿。它像皇宫或总统府一样大。但它并没有皇宫或总统府那么阔气，反而给人一种阴森、恐怖甚至恶心的感觉，因为里面充斥的是骷髅做的灯笼、人皮做的彩球、人骨头做的椅子，还有满是粪便、苍蝇、蛆虫的"养蛆池"。它更像是阴曹地府，像民间故事中邪恶的鬼怪巫婆的住所一样令人毛骨悚然。作者以此来突出秃秃大王的残暴、荒淫与肮脏。

在童话中，幻想可以是局部的，也可以是整体的。根据幻想空间的大小，我们可以说《大林和小林》与《秃秃大王》的幻想空间是局部的。而最后一部长篇童话《宝葫芦的秘密》中，张天翼创造性地运用梦作为幻想空间，其幻想空间是整体的。全书四十一节，只有三节半（一、二、四十一三节，加四十后半节）是写现实世界的事情，其余篇幅全部是写梦中王葆跟宝葫芦的故事。整个故事按照入梦——梦境——梦醒的叙事时序来写。为了给读者一种阅读上"发现"的惊奇感，对于入梦叙述者只是用暗示性的语言来表达："后来我究竟想了些什么，连我自己也不知道了，因为我睡睡上来了。睡呀睡的，忽然听见一声叫……"① 这里只是暗示后面的内容是梦境，它只是为后来揭示梦境埋下的一个伏笔，读者一般不会注意到。梦境是这篇作品的主体内容。在梦中，王葆钓到了一个宝葫芦，它可以满足王葆的愿望，让他想要什么就可以得到什么。王葆由此过了一段特殊的幸福日子。但很快，王葆发现宝葫芦替他变出来的东西都是从别人那偷来的，给他带来无穷无尽的烦恼，尤其是数学考试时，宝葫芦把苏鸣凤的试卷偷给他，让老师发现了，当着众人的面出大丑，以至于王葆下决心抛弃宝葫芦，把宝葫芦的秘密说了出来。王葆梦醒时倒有明确的交待："我刚一跑……不知道怎么一来，我现在记不清了——我忽然睁开了眼睛……你猜是怎么回事？——我发现我原来在床上躺着呢。不错，我是在家里：我在我自己的床上躺着。只听见奶奶说话：'瞧瞧你！睡了那么久！'"② 这就直接告诉读者，前面的内容都是他做的一个梦而已。

除了梦这一幻想空间，作者还创造了富有幻想色彩的宝葫芦形象。宝葫芦外形上没什么特别，就是一个"满身绿里透黄，像香蕉苹果那样的颜色"的葫芦，但它有神奇的魔力，能为主人变出任何他心里想要的东西，满足他内心的欲望。它为王葆变出了熏鱼、卤蛋、葱油饼、核桃糖、花生仁、苹果、冰糖葫芦、霸王鞭等好吃的食物，又为王葆变出弹射式飞机模型、电磁起重机、望远镜等玩具，还为王葆做

---

① 张天翼：《宝葫芦的秘密》，选自《张天翼儿童文学全集（四）》，北京：中国少年儿童出版社，2002 年版，第 162 页。

② 张天翼：《宝葫芦的秘密》，选自《张天翼儿童文学全集（四）》，北京：中国少年儿童出版社，2002 年版，第 345 页。

数学作业、画地图，给王葆节省了大量的时间，让他有足够的时间做自己想做的事情。宝葫芦还扮演了王葆的伙伴与知心朋友的角色，它与王葆几乎形影不离，经常与王葆进行各种形式的谈话，有时也会捣一下乱，给王葆带来烦恼。由此，宝葫芦就不仅仅是一个有魔力的法宝，更像是一个带有孩子气的顽童。

相比前面的几部童话，《宝葫芦的秘密》的幻想性无疑要强很多。正是因为如此，有学者把它作为中国儿童文学史上非自觉的幻想小说代表[①]，并说它"几乎距登上世界幻想文学艺术形式的新高峰幻想小说便只差一步了"[②]。然而遗憾的是，教化的儿童观一定程度上束缚了作者的想象力。他让宝葫芦成为不劳而获的思想的象征物，让王葆毁灭了它，并让王葆从梦中醒来，从中"得了一个经验教训"——消除不劳而获的思想，靠自己去争取幸福的生活。张天翼以传统故事中的宝物形象吸引了读者的阅读兴趣，却又在主题思想的诉求下压抑了幻想，打破了读者的期待视野，给他们的阅读带来一种惊异与陌生感。美好愿望与现实的落差，限制了现实与幻想之间的张力空间，降低了作品在幻想艺术上的水准，最终与世界经典的幻想文学形成差距。这对于一个童话大师来说，未免不是一个遗憾，当然也是中国现代儿童文学的遗憾。

以梦作为故事空间，以梦来结构全篇，这在唐传奇里就

---

① 参见朱自强、何卫青：《中国幻想小说论》，上海：少年儿童出版社，2006年版，第105页。

② 朱自强：《中国儿童文学与现代化进程》，杭州：浙江少年儿童出版社，2000年版，第341页。

有成功的表现。《南柯太守传》写东平人淳于棼梦到自己在槐安国娶了公主，又拜为南柯太守，享尽荣华富贵，醒来发现槐安国不过是一个蚁穴而已。张天翼在《大林和小林》第十七章写唧唧从鲸鱼肚中出来后，来到一个岛上，遇到一群蚂蚁，他问蚂蚁是从哪里来的，蚂蚁们回答"大槐国的"。所以有理由相信张天翼写《宝葫芦的秘密》受到过《南柯太守传》的影响。当然，英国著名的童话《爱丽丝漫游奇境记》也是以梦作为故事的主体，张天翼也有可能受到了这部作品的影响。

尽管如此，我们拿张天翼的《大林和小林》《秃秃大王》《宝葫芦的秘密》来跟《稻草人》《阿丽思中国游记》《长生塔》《阿丽思小姐》《凯旋门》等有代表性的现代童话对比，就会发现张天翼长篇童话的幻想色彩要浓厚很多，代表了当时中国童话在幻想上所能达到的高度。[①] 叶圣陶的童话虽然有一些拟人化的动物植物，如《梧桐子》中的梧桐子，它挣脱了树枝，想去广大的世界去旅行，却并没有自主行动的能力，而是被一个姑娘捡到带回了家，后来又被麻雀衔住向外面飞去，掉进了泥巴里，发芽长大成树。其童话的创作基本上遵循着物性特征，使得笔下的拟人化形象并不能翱翔于广阔的天空，而是匍匐在现实的大地上。叶圣陶的童话中也缺乏独立的幻想空间与具有魔法的形象，《芳儿的梦》中也写

---

① 汤素兰在接受周益民的访谈时，曾说过："我希望大家能读读张天翼的童话《大林和小林》或者《秃秃大王》。不管它的主题思想如何，至少在某种程度上代表了我们中国的童话在幽默和幻想上曾经达到的一个高度。"见周益民编著：《故事、儿童和作家的秘密——走进儿童阅读》，北京：中国轻工业出版社，2016年版，第183页。可见，在汤素兰看来，张天翼的《大林和小林》或者《秃秃大王》代表了当时中国童话在幻想上所达到的高度。

了梦境，《花园外》也有长儿关于花园的幻想，但这些幻想因素都没形成一个独立自主的空间，它们只是强大现实的点缀物与附属品。《阿丽思中国游记》虽然借用了两个童话中的人物，但这两个人的"中国游记"却严重地缺乏《爱丽丝漫游奇境记》中的幻想色彩，几乎就是一本记载当时中国现实社会的"实录"。《长生塔》中父亲讲述的关于长生塔的故事，带有很强的民间故事的意味，故事也没有什么幻想色彩，而且父亲多次"这只不过一个故事而已"的强调，其实是对幻想精神的一种否认。《阿丽思小姐》模仿《爱丽丝漫游奇境记》的写法，主要也是写阿丽思的一个梦，故事前半截还有较强的幻想色彩，写阿丽思一个人从家里逃了出来，在外面遇见袋鼠、萤博士、金钱蛙等奇遇，但写到后面，把日本侵华的"九一八"事件、侵占中国东三省、蒋介石的不抵抗政策等政治事件生硬地搬进来，童话里的故事跟当时社会现实一一对应，就几乎成了一部儿童版的"抗日简史"。《凯旋门》以米米国发动对大华国的侵略战争，来影射日本对中国的侵略。以大华国军民的顽强抵抗，米米国侵略军惨遭失败，来讴歌中国人民的团结一致，批判日本帝国主义的侵略，主题显得生硬与僵化，叙述的故事幻想性也很弱，简直就是对中国抗日那段历史的生硬图解。可以说，张天翼童话中的幻想力远远超出了同时代儿童文学作家的作品，代表了当时幻想性儿童文学的最高水平。

张天翼的长篇童话，为中国的儿童文学不仅创造了颇富幻想色彩的叭哈先生、秃秃大王、宝葫芦等形象，还创造了诸如"皇家小学校""富翁岛""秃秃宫"及关于宝葫芦的梦这样的幻想空间。幻想人物与幻想空间的存在，拓宽了张天翼童话的叙事空间，让他的童话故事丰富多彩，摇曳多姿，既能在大地上行走，也能在天空中遨游。跟同时代过于写实，匍匐于现实的童话作品相比，张天翼童话一个接一个的神奇幻想，使他在中国现代儿童文学史上大放异彩。

　　童话是一种幻想性文学，又最能代表中国现代儿童文学方面的成就，因而想象力的解放程度一定程度上代表了中国现代儿童文学发展的高度。相对于叶圣陶及同时代其他儿童文学作家的童话，张天翼的长篇童话无疑在想象方面有重要突破，代表了当时童话幻想所能达到的高度，因而张天翼的长篇童话其实也代表了中国现代儿童文学发展的最高水准。①

---

① 上世纪80年代，刘再复在《高度评价为中国现代文学立过丰碑的作家》中还这么评价张天翼的儿童文学创作："张天翼继叶圣陶、冰心等儿童文学先驱之后，把我国现代儿童文学提高到一个新的水平，特别是解放后，他倾注了全副心力于儿童文学，成为新中国社会主义儿童文学的开山祖。他的《大林和小林》《罗文应的故事》《宝葫芦的秘密》等，以进步的思想、高尚的情操、天真的眼光、谐趣的笔墨，给我国少年儿童的心灵以深刻的影响……在张天翼之后，我国的儿童文学至今还未超越他的水平。"可见，到上个世纪80年代为止，张天翼的儿童文学创作仍标志着中国儿童文学的最高水准。朱自强在《中国儿童文学与现代化进程》一书中说："在国外，七十年代以前的中国儿童文学得以被人了解和认识，也大都离不开张天翼的童话《大林和小林》《宝葫芦的秘密》。"见朱自强：《中国儿童文学与现代化进程》，杭州：浙江少年儿童出版社，2000年版，第327页。从这段话中，我们可以得知：不仅在国内学者眼中张天翼的儿童文学创作代表了当时中国儿童文学的最高水准，而且在国外学者眼中，张天翼的《大林和小林》《宝葫芦的秘密》也代表了"七十年代以前"中国儿童文学的最高水平。

第二节
探 索 幻 想 艺 术

　　童话是幻想的艺术，童话的幻想性需要依托一定的艺术手段来实现。在叶圣陶的童话中，运用得最多的幻想手段是拟人。张天翼的童话中，也运用了拟人手法，如《大林和小林》中的皮皮是一只狗，平平是一只狐狸，包包也是一只狐狸，还有鳄鱼小姐，都是拟人形象，但这些形象在书中基本上是一些次要的角色。张天翼童话中的人物形象，主要是以常人为主，因此拟人手法并非张天翼童话在艺术表现方面的特色。

　　张天翼在创作上是一个勇于探索的作家，他在童话中尝试运用了漫画、变形、象征、荒诞、审丑、戏仿等多种幻想手法，有效地营造出一个不同于现实世界的幻想世界。

一、漫画技法的借用

张天翼将漫画的技法运用到儿童文学创作中来，为其作品着上一层独特的亮色。他对漫画技法的运用，一方面得益于对鲁迅小说的借鉴，一方面得益于其在上海美专的学习经历——1924 年，张天翼中学毕业后，曾在上海美专学过绘画，对绘画的技巧非常熟悉。

张天翼的漫画技法包括四个要素：夸张、单纯、对比、笑，其中最主要的是夸张。鲁迅曾说："漫画要使人一目了然，所以最普通的方法是'夸张'。"[1] 也就是说，通过夸张的手法来揭示事物的本质特征，是漫画的主要特征。在张天翼的童话中，夸张是用得最普遍、最有特色的一种修辞格，具体又表现为四个方面：外貌、食量、动作、遭遇。外貌描写方面的夸张，如《大林和小林》中写叭哈的肚子很大，"好像一座山一样"；叭哈的嘴唇很厚，"有人说曾经有一个臭虫从他上嘴唇爬到下嘴唇，足足爬了几个钟头才爬到"；写唧唧的体重，"唧唧身体不知道有多么重，三千个人也拖他不动"；再如《秃秃大王》中写秃秃大王肮脏的外表，"这时候正是夏天，有几千几万苍蝇拥在秃秃大王身上，因为秃秃大王是不洗脸，也不洗澡的，脏得要命"。食量描写方面的夸张，如《大林和小林》写四四格在叭哈的大宴会上，"吃了七十二头牛，一百只猪，六只象，一千二百个鸡蛋，

---

[1] 鲁迅：《漫谈"漫画"》，选自《鲁迅论儿童文学》，北京：海豚出版社，2013 年版，第 149 页。

三万只公鸡",后来又吃了七百头牛,一千六百五十斤面,八百三十二只猪。动作描写方面的夸张,如唧唧在五米赛跑中落后乌龟和蜗牛,跑了五个半小时。遭遇方面的夸张,如《大林和小林》中的大林,由一个孤儿蜕变为富翁的儿子,后来掉进大海,进入鲸鱼的腹中,最后饿死于遍地是金银珠宝的富翁岛。张天翼童话中的这些夸张,既能"造成强烈的童话氛围和童话趣味"①,收到一种喜剧效果;也能"揭露了剥削阶级不劳而获、穷奢极侈的寄生生活与愚蠢无能、臭不可闻的丑恶嘴脸,收到入木三分的刻画与无情鞭挞的讽刺效果"②。

"单纯",指的是突出所写事物的某一个方面的特点。如《大林和小林》中的唧唧,作者主要突出的是他的懒惰。当唧唧还是叫大林的时候,曾对弟弟小林说:"我将来一定要当个有钱人。有钱人吃得好,穿得好,又不用做事情。"③透露出大林好逸恶劳的思想。自从唧唧做了大富翁叭哈先生的儿子后,唧唧便过上一种他梦想的有钱人的生活。他有两百个听差,无论什么事都用不着自己动手,平时说话都是听差们代替他说。他每天只顾着吃,吃饭时都用不着自己动手,夹菜、咀嚼,都由听差来代劳,用不着唧唧自己来费劲。此外,还有蔷薇公主的虚荣,红鼻子王子的自私,四四格的残酷,在书中都特别突出,成为人物的标志性特点。

"对比",主要包括对作品中人物的性格、命运的对比,

---

① 陈晖:《儿童文学的世界——我的文学课(教师版)》,北京:北京师范大学出版社,2011年版,第39页。

② 王泉根:《现代中国儿童文学主潮》,重庆:重庆出版社,2000年版,第269页。

③ 张天翼:《大林和小林》,选自《张天翼儿童文学全集(二)》,北京:中国少年儿童出版社,2002年版,第268页。

及情节上的前后对比。人物上的对比，最典型的是《大林和小林》。大林、小林虽然出生于同一个家庭，性格却形成鲜明的对比：大林懒惰，渴望成为有钱人；小林勤劳，崇尚劳动的价值。虽然大林后来成为大富翁叭哈的儿子，过上了有钱人的生活，却以饿死而告终。小林经历了四四格咕噜公司的严酷剥削，但靠自己的反抗逃了出来，又靠自己的勤劳努力成为一名火车司机，结局是幸福的。情节上的对比，如《秃秃大王》中小明与冬哥儿，最初求神仙、菩萨去救自己的爸爸妈妈，结果被骗；后来明白不能依靠神仙、菩萨，要依靠自己，继而去团结老米等村里人，一起去攻打秃秃宫，最终救出爸爸妈妈等众人，取得了胜利。这种情节上的对比，是想告诉小读者：神仙、菩萨是骗人的，要靠自己，要团结群众，才能取得最终的胜利。

"笑"，指的就是夸张所达到的效果。这一点在本章第一节里有详细论述，此不赘述。

漫画技法的运用，使张天翼童话中的人物个性非常突出，主题十分鲜明，且能让儿童发笑，容易给儿童留下深刻的印象。

二、变形、象征等手法

张天翼对变形手法谙熟于心。在《大林和小林》中，咕噜公司的童工给四四格做了两年金刚钻之后，只要四四格对他说："一二三，变鸡蛋，一二三，变鸡蛋！"那么这个童工马上就会变成鸡蛋——乔乔就是这样变成鸡蛋的，被四四格吃掉。由童工变成的鸡蛋，只要用铁球把它打碎，依旧可以重新恢复原形。小林就是这样拯救了乔乔这个女孩。乔乔和小林他们又按照这样的方法拯救了更多的童工。叭哈也跟四四格一样，会把给他做事的苦工变成鸡蛋给吃掉。而变形的指令"一二三，变鸡蛋"，简单有趣，类似于儿童熟知的"一二三，木头人"的个体转换游戏，生发出"一二三，变×××"的无限联想，从而拓展了幻想的广度和文本的游戏性。这里的变形属于"全部变形"与"突变"，能为作品造成较强的幻想效果。

在《秃秃大王》里，秃秃大王这个反面形象给人印象深刻的一点就是他的牙齿会变长变短：生气的时候，牙齿就变长；高兴的时候，牙齿就缩短。在第一章《出宫打猎》中，秃秃大王因为歌唱得不好而发怒，作者写道："忽然牙齿长了三尺，和秃秃大王的身子一样长了。秃秃大王还是在那里发怒，牙齿又长了一尺，又长了两尺，又长了三尺。牙齿已经插到了地上。后来牙齿长到了五丈，长到了十丈，二十丈，秃秃大王的身子就像旗子一样挂在天上了，牙齿像是旗杆。"① 这里，属于"部分变形"与"渐变"，而且变形与夸张、比喻结合起来，既能增强作品的幻想性，也能增加人物、故事的趣味性。生发油涂在筷子上可以长出毛，变成毛笔。这样的毛笔蘸着生发油能写信。冬哥儿凭借这个方法，帮助小明识破了大狮的骗局，抓住了大狮。类似这样的变形显示了张天翼丰富的想象力，也给文章增添了一种奇趣，拓

---

① 张天翼：《秃秃大王》，选自《张天翼儿童文学全集（四）》，北京：中国少年儿童出版社，2002年版，第15页。

展了审美空间。

童话中经常运用变形的主要是神魔童话或魔幻童话，在现实主义风格童话中运用变形，且运用得颇为成功的中国现代童话家，张天翼大概是最突出的一个。这一点，只要跟叶圣陶、巴金、陈伯吹、贺宜等人的童话比较一下，就很明白了——在这些作家的童话中，几乎很少运用到变形这种手段。实际上，变形这种幻想手段，对于中国作家来说并不陌生。童话变形艺术的代表作《爱丽丝漫游奇境记》[①] 早在1922 年就被引进到了中国，经由周作人等人的推荐，很快成为了当时的畅销书，对中国现代儿童文学的理论和创作产生了深远的影响。虽然张天翼在变形艺术上最接近卡洛尔，但是据可查证的资料显示他从未谈及这部当时影响非凡的童话作品，因此不能确定他是否受其影响。不过张天翼非常推崇中国传统文学中的《西游记》，不仅将《西游记》中的人物运用到自己的寓言创作中，还写了七八千字的《〈西游记〉札记》。作为神魔小说的《西游记》，大量地运用了变形艺术。由此可以推测，张天翼作品中大胆奇特的变形艺术的灵感应该来自以《西游记》为代表的传统文学。

象征，"指借助某一具体事物体现或表达某种抽象的思想、概念与情感"。[②] 张天翼在创作童话之前，乃至创作现实主义的讽刺小说之前，受西方波德莱尔等的作品及鲁迅散文诗集《野草》的影响，尝试写过一些带有象征主义的散文与

---

① 1916 年，孙毓修在《欧美小说丛译》中首次介绍了卡洛尔和他的这部童话。1922 年，由赵元任翻译，商务印书馆出版发行以后，几乎每年更新一版。
② 陈晖：《儿童文学的世界——我的文学课（教师版）》，北京：北京师范大学出版社，2011 年版，第 39 页。

小说。

张天翼 1926 年 12 月发表的散文《黑的颤动》（原载《晨报副刊》1926 年 12 月 23 日第 1794 号），以抒情性的文字描述了神秘的、可怕的夜，这个"夜"象征着当时黑暗的现实，还有文中"被夜的黑手打了还不怕"的风，以及敢于在夜间歌唱的秋虫、叫了几声的古怪的鸟、一天到晚吠着的狗等，虽然难以坐实它们象征的内容，却无疑带有很浓的象征主义色彩。1927 年 9 月发表的短篇小说《走向新的路》与 1928 年 8 月发表的日记体小说《黑的微笑》，都或多或少地运用了象征主义手法。

到了 1930 年代，张天翼又将象征主义的手法运用到童话创作之中。《大林和小林》中的人物、情节、环境都蕴含着象征性。《大林和小林》中的怪物象征着国家机器，他每天要见叭哈一次，服从叭哈的命令。四四格被打死了，怪物就被派去抓人。十二个被变成鸡蛋又恢复人形的苦工要找叭哈算账，怪物又跑过来保护叭哈，吃掉了五个跑得慢的苦工，还踏死了几个厨子。叭哈死了之后，怪物又成了唧唧的"最忠心的奴隶"。从这些情节来看，怪物象征着服务于以叭哈、唧唧为代表的统治阶级的国家机器。小林需要流下十几身汗到泥土里，才能制造出一百颗金刚钻，而每一颗金刚钻可以卖十万块钱。这里透过四四格对小林的剥削，象征着马克思的剩余价值理论。小林用铁球打死了四四格，却又出现了第二四四格，第二四四格打死了，又出现了第三四四格，这象征着资本主义制度，说明小林、乔乔等的对手不是某个资本家，而是整个资本主义制度。另外，《大林和小林》中的富翁岛，也是带有象征性的幻想空间。如果说《彼得·

潘》中的"永无岛"象征着人类永恒的童年梦想，那么富翁岛象征的是拜金主义者的金钱至上论思想——那里遍地都是金元、银元、钻石，岛上的人个个都是富翁，但就是没有人替他们干活，所以他们都饿死在上面，这暗含了张天翼对这种思想的批判。

在张天翼的《宝葫芦的秘密》中，那个对儿童颇有吸引力的宝葫芦，被张天翼赋予了一种象征性——不劳而获的思想观念。宝葫芦作为一个宝物，本身就是一种幻想手段。宝葫芦可以为主人公王葆带来他想要的东西：王葆钓不到鱼，宝葫芦便在桶里给他"变出"（其实是偷来的）鲫鱼、鲤鱼及一批名贵的金鱼；王葆想要吃好吃的，宝葫芦便把熏鱼、花生仁、苹果、冰糖葫芦等东西呈在他眼前；宝葫芦还"变出"了名贵的花草、弹射式飞机模型、电磁起重机等各种王葆想要的东西；宝葫芦甚至还可以为王葆做数学作业，为他做任何想做的事，这让王葆过上了一段幸福的生活。然而，张天翼笔下的宝葫芦并不具备真正的法力，它给王葆"变出"的东西其实不过是从别人那里偷来的。这样，宝葫芦就不是一个纯粹带给儿童快乐的宝物，而成为不劳而获的思想观念的象征物了。因为不劳而获的思想观念是一种不好的思想，所以张天翼赋予了宝葫芦以贬义的色彩，安排了王葆当着众人的面毁掉宝葫芦的情节。宝葫芦的销毁，象征着思想中不好一面的清除。宝葫芦是一个幻想性的事物，不劳而获是张天翼从当时身边的儿童身上发现的问题，通过象征的手法，张天翼将幻想与现实连接了起来，赋予了作品应有的思想价值和艺术价值。

三、荒诞的审美形态

　　荒诞在现代主义小说中，一般用来表达存在的虚无及生存的无意义。但在张天翼的长篇童话中，却往往用它来营造幻想空间。

　　张天翼对童话人物的命名，带有荒诞的色彩。《大林和小林》中亲王的名字——"从前有个国王他有三个儿子后来国王老了就叫三个王子到外面去冒险后来三个王子都冒过了险回来了后来国王快活极了后来这故事就完了亲王"。这大概算得上文学作品中人物名字最长的一个了。之所以取这么长的名字，是因为在亲王的眼中贵族的名字总是很长很长的。这是张天翼对虚伪、无聊的贵族的一种讽刺，也是对民间故事三段式情节结构与故事类型化的否定。《秃秃大王》中秃秃大王的手下，有百巴拉唧、二七十四，还有不说话就是叫他的"——"；《金鸭帝国》中的大粪王、保不穿泡、香喷喷、格隆冬、瓶博士、黑龟教授、磁石太太等人物，他们如同绰号一般的名字突出了童话荒诞幻想的特质，让读者在愉悦的笑声中感受幽默，认识他们虚伪可憎的本质。

　　张天翼也善于在荒诞的情境中刻画反面人物，具有鲜明的批判色彩。《大林和小林》中的一个官儿包包，说话没有逻辑，答非所问，如他审问小林他们为何偷金刚钻卖，小林们说"我们没有偷，这些金刚钻是我们自己造的"，而包包接着说："是呀，我可长得很美丽。所以你们偷了东西，就得罚你们。"当小林申辩没有偷，包包仍然是自说自话。包包说话语无伦次，前后之间毫无内在逻辑，突出其自恋、臭美与昏庸无能的性格。《秃秃大王》第七章写秃秃大王审案子，他让那个老头子与女人不停地重复案情一直到第二天，直到他们非常疲倦、一点力气也没有。终于等到他审判了，却要求他们交审判的钱。那个老头与那个女人都没有钱，秃秃大王就把他们争夺的五个老虎判给了自己，并把那个老头与那个女人狠狠地惩罚了一番。通过这样一个荒诞的审判现场，张天翼刻画出一个不讲逻辑、不懂道理、贪财、残暴的剥削者形象。

张天翼的荒诞往往跟夸张在一起，带有浓厚的幽默色彩。秃秃大王怕别人偷他的钱，每天把所有的钱吃进去，第二天再拉出来。《大林和小林》第二章写小林被皮皮捡到，成了他的财产，小林反驳，皮皮从国王的法律书中找到了相关的规定："法律第三万八千八百六十四条：皮皮如果在地上拾得小林，小林即为皮皮所有。"① 国王法律竟然有几万条，似乎包罗了现实中可能发生的一切情形，十分夸张，也显得非常荒谬，但这种荒谬能带来喜剧的效果。同时用一种反逻辑的荒诞，揭示出国王的法律空有其名，只是他用来实施专制、维护权威的工具。后面写小林不小心碰到一棵大树，把耳朵碰掉了，乔乔可以给他装回去。而乔乔的鼻子掉了，却不知道掉在哪里。结果他们在火车站旁边的一所小屋子门口看到一则招领鼻子的启事，找回了鼻子。鼻子掉了都不知道，这本身就带有一点童趣，鼻子还被当作遗失的物品一样对待，竟然贴出招领鼻子的公告，这就像儿童玩的游戏一

---

① 张天翼：《大林和小林》，选自《张天翼儿童文学全集（二）》，北京：中国少年儿童出版社，2002 年版，第 279 页。

般，童趣十足。

由此可知，荒诞的运用，在增强其作品幻想色彩的同时，还具有批判功能与幽默效果。

四、自然主义的审丑倾向

与叶圣陶早期童话中对田园的诗意描写带给人一种梦幻和谐的美感不同，张天翼的长篇童话中对反面人物的外貌、动作、环境、血腥暴力场面的描写，带有自然主义的审丑倾向。

自然主义强调写人生黑暗污丑的一面，宣称不愿"按理应的面貌来改变本来就是的面貌。绝对的诚实正如十足的健康一样并不存在。在所有人的身上都有人的兽性根子，正如人人身上都有疾病的根子一样。故某些小说中的那些如此纯洁无瑕的少女，那些如此忠贞不渝的少男们都是压根儿站不住脚的；……我们不加以理想化：这就是为什么人们要指责我们喜欢在垃圾堆里行走"。[1] 张天翼曾提到对自己影响最大的八位作家，其中有一位就是自然主义的代表作家左拉。张天翼以讽刺见长，紧盯现实生活中的丑恶、残酷、庸俗，善于书写病态人格与丑恶鄙俗的社会文化，其文学创作（包括成人文学与儿童文学）与左拉的自然主义强调写黑暗、丑陋的一面暗合，呈现出一种审丑的倾向。童话一般给人以美好

---

[1] 左拉：《戏剧中的自然主义》，伍蠡甫、胡经之：《西方文艺理论名著选编》，北京：北京大学出版社，1996年版，第201页。

的遐想，是对现实中不能实现的愿望的满足。但张天翼的童话着力表现的不是美而是丑，其中构建的幻想空间和意境都与传统童话相去甚远。

张天翼童话中的审丑，首先表现在对反面人物的外貌描写上。《大林和小林》中对鳄鱼小姐的外貌是这样描写的："她长着一双小眼睛，一张大嘴。她的皮肤又黑又粗又硬，头发像钢针一样。……她脚上穿着顶贵的丝袜和跳舞鞋，可是腿子很短。"① 这么几句话，鳄鱼小姐就丑态毕露了。《秃秃大王》这样写秃秃大王的外表："秃秃大王只有三尺长。眼睛是红的。这时候正是夏天，有几千几万苍蝇拥在秃秃大王身上，因为秃秃大王是不洗脸，也不洗澡的，脏得要命。苍蝇最爱和脏的人做朋友。秃秃大王的脸上有绿毛，原来秃秃大王永不洗脸，脸上发霉了。秃秃大王的脸上还长出了三四个小菌子哩。"② 秃秃大王的丑，比鳄鱼小姐更甚，让人有些恶心。一般的童话着力表现正面人物形象，而张天翼的讽刺幽默童话塑造了大量奇形怪状的反面人物，而这些反面人物是作为审丑的对象出现的。

值得注意的是，在民间童话中美丽的公主、英俊的王子、威武的国王等富有美好意象的人物形象，到了张天翼的童话中全被赋予了一种审丑的意义。在《大林和小林》中，国王老态龙钟，经常会因为被自己的长胡子绊倒摔跤而哭，显得孱弱无能；王子却长得太高了，加上他有一个红鼻子，

① 张天翼：《大林和小林》，选自《张天翼儿童文学全集（二）》，北京：中国少年儿童出版社，2002 年版，第 282 页。
② 张天翼：《秃秃大王》，选自《张天翼儿童文学全集（四）》，北京：中国少年儿童出版社，2002 年版，第 10 页。

是一个像小丑一样的丑角；蔷薇公主走起路来活像一只鸭子，脸也像鸭子，嗓音也跟鸭子叫唤一样，无疑更是一位丑陋的人物。这些人物不仅长得丑，张天翼还赋予他们诸多不好的品质，国王荒唐滑稽——凭借一部荒诞的法律把小林判给了皮皮，以及贪吃、懒惰、爱哭；王子行为不检，偷别人的东西，还权欲熏心——国王掉在海里，他不想去救国王，而是忙着回去继承王位；蔷薇公主弱不禁风，说话语无伦次，还自恋臭美。在民间童话中，神仙与菩萨都是乐于助人的，而在《秃秃大王》中，张天翼却把神仙与菩萨塑造成两个贪财的骗子。在民间童话中，宝葫芦是可以满足主人公所有美好的愿望的，但在《宝葫芦的秘密》中，却被张天翼塑造成一个小偷。张天翼童话中的这些审丑的人物形象，由于完全不同于儿童所熟悉的民间童话人物，打破儿童的期待视野，给他们的阅读带来一种陌生感。

其次，审丑表现在对人物的动作描述上。《金鸭帝国》写了一种金鸭人最爱玩的游戏——"鸭斗"。里面写大粪王跟保不穿泡的一场"鸭斗"："'预备！'土生叫。接着又吹了一声哨子。那两个比赛者就以各种音阶叫了起来：'呷，呷，呷，呷，呷……'一面叫，一面那么蹲着倒退着走。身子摇摇摆摆，屁股拱呀拱的，还走出种种姿势来——这么一步一步地向场子中央走进。场子中央画了个椭圆形的圈子，这两人背对背地退走到这个圈子里。两个人已经靠得不到一尺远了，于是各人把屁股一拱，两个臀部互相一撞。谁要是倒到了地下，就输一分，裁判员就吹哨子，各人就收起臀部，又蹲着摇到出发点……"这里的"鸭斗"描写，通过"呷，呷，呷"地叫，及"蹲""摇摇摆摆""拱呀拱""撞"等动作描写，活脱写出金鸭人"鸭斗"之丑态与可笑。

再次，审丑表现在对反面人物所处环境的描写上。《秃秃大王》中的秃秃宫，里面挂满了灯笼，灯笼是人的骷髅做的。还挂了彩球，彩球是人皮做的。而秃秃大王坐的椅子是人骨头做的，秃秃大王的手巾是人皮做的。秃秃宫里放了一万瓶用人血做的红酒，里面有秃秃大王三万多个妻子。秃秃宫很大，里面有花园，"花园里的东西都是黑的。黑的花，黑的草，黑的地，亭子是人的骨头做的。亭子顶上放着一个骷髅头。"① 亭子旁边有个池子，是号称秃秃宫十景之一的养蛆池。池子里满是粪便，奇臭无比，池子上面有几百万个苍蝇，还有十几万条蛆爬上爬下。这主要是用来突出秃秃大王的残暴与肮脏，给人一种恐怖与恶心感。

最后，审丑表现在对血腥、暴力的场面描写中。《秃秃大王》中，作者为了突出秃秃大王的惨无人道，多次详细地书写了取人血的过程，并如话家常一样讨论了人肉的吃法。如秃秃大王审判一个女人与一个老头子争夺五只老虎的案子，在胡乱地判了案之后，让手下拿刀子在那个老头子与女人的手臂上各戳一刀，然后用酒瓶把他们流出来的血接住，拿给秃秃大王喝。后面又写秃秃大王鞭打由君及冬哥儿的爸爸、妈妈：

> "——"和百巴扑唧叫狼兵把牢房里的人拖出来。由君和冬哥儿的妈妈和爸爸不肯出来。"——"就拿鞭子打他们，打得身上有一条一条红的，血流到了地下。

① 张天翼：《秃秃大王》，选自《张天翼儿童文学全集（四）》，北京：中国少年儿童出版社，2002 年版，第 35 页。

秃秃大王叫道：

"快拿一个瓶子来接着这些血。"

有一个狼兵就拿一个酒瓶来接血。

冬哥儿的妈妈和爸爸和由君都昏过去了，因为被
"──"打昏了。

"──"对那些狼兵说：

"把这几个人绑起来，杀掉，放到锅子里去煮！多
放点酱油！"

"肠子要不要洗？"有一个狼兵问。

秃秃大王把红眼睛睁得很大很大，发怒道：

"当然不要洗！洗了就不好吃了，你连这一个道理
都不懂！该杀！杀掉你！'──'，把这个狼兵也绑起来
杀掉他！哇哇哇！"①

这样的暴力、血腥的场面在《秃秃大王》中还有不少。
它们能够直接刺激人的感官，引起读者对于所写人物──反
动统治者生理上和心理上同步的厌恶与痛恨，从而唤起读者
的反抗──这正是张天翼童话创作的初衷所在。从童话文体
发展的历史来看，血腥恐怖场面一般出现在民间童话中，与
反面人物的居住环境和结局联系在一起，创作童话则极少涉
及，例如《蓝胡子》中那个小房间血迹斑斑的地板上躺着多
个女人的尸体；《亨塞尔和格莱特尔》中的女巫被推进烤炉
烧死。但是民间童话对反面人物的残忍，往往只用简单的一

① 张天翼：《秃秃大王》，选自《张天翼儿童文学全集（四）》，北京：中国少年儿
　童出版社，2002年版，第124—125页。

两句概括，一般不会进行具体的描绘。张天翼童话中的暴力血腥场面则与反面人物的行为结合在一起，并进行了详细叙述，它揭示了统治阶级吃人的本质，但也容易给儿童心灵留下阴影。

五、对他人作品的戏仿

张天翼有戏仿的天分，这不仅表现在《齿轮》等讽刺小说上，在其童话中也有鲜明的体现。[①]

在张天翼的童话中，戏仿成分最明显的便是《金鸭帝国》。在该书的"引子"部分，作者为了解释余粮族人的来历，以及他们的国家为什么叫金鸭国，有意戏仿《圣经》，虚拟出一本《余粮经》来。这部《余粮经》包含三篇故事，都是讲余粮族人的来历，第一篇叫做《山兔之书》，叙述余粮族人的由来及进入原始社会；第二篇叫做《鸭宠儿之书》，叙述余粮族人由原始社会进入奴隶社会；第三篇叫做《金蛋之书》，叙述余粮族人由奴隶社会进入封建社会。这三篇"书"的内容明显是戏仿《圣经》的，如《鸭宠儿之书》中金鸭上帝造出"鸭神"与"鸭粪女神"后，让他们结成夫妻，住在天堂里享福，结果"鸭神"受"鸭粪女神"的唆使，去偷了金鸭上帝嘴里所吐的火，结果遭到了金鸭上帝的处罚：

---

① 安敏成曾指出张天翼长篇小说《齿轮》表面上戏仿屠格涅夫，暗地里戏仿茅盾早期的小说《幻灭》，以表明他对茅盾某些艺术特征极为反感，尤其是他精细的场景描写和对心理探讨的偏爱。见［美］安敏成：《现实主义的限制》，姜涛译，南京：江苏人民出版社，2011 年版，第 138 页。

"偷人家的东西，是不能饶恕的。我罚你们到世界上去：你们必须劳苦，才可以生存。你们以后要生男育女，使你们受家庭负担的痛苦。"

于是鸭神和鸭粪女神就降落在世界上。他们必须亲自去做活，才能够养活自己。他们生了许多子女。他们的子女又生了许多子女。都是这样劳苦着。①

这段情节明显戏仿了《圣经》中的《创世记》。在《创世记》中，亚当和夏娃住在伊甸园，被张天翼置换成鸭神与鸭粪女神住在天堂。而蛇引诱夏娃，夏娃再引诱亚当偷吃禁果，被张天翼置换成鸭粪女神诱使鸭神偷取上帝口中所吐的火。上帝处罚亚当，说的是："你必终身劳苦，才能从地里得吃的，地必给你长出荆棘来，你也要吃田间菜蔬。你必汗流满面才能糊口，直到你归了土，因为你是从土而出的，你本是尘土，仍要归于尘土。"对照本节前引第一段，就知道两者的细微差别。两者都强调了"劳苦"，但《圣经》里强调的是耕种农作物的劳苦，而张天翼强调的是"家庭负担的痛苦"。《圣经》中神圣、庄严的文风被张天翼戏拟成滑稽、可笑的文字，这跟他借丑化余粮族人以丑化日本，以及其对日本帝国主义的批判主旨是相一致的。

从《〈秃秃大王〉序》中还可以看出，张天翼的长篇童话《大林和小林》《秃秃大王》《宝葫芦的秘密》等一定程度上可以看作是对当时流行的民间童话的戏仿。他说："还有

---

① 张天翼：《金鸭帝国》，选自《张天翼儿童文学全集（三）》，北京：中国少年儿童出版社，2002年版，第10页。

呢，是讲有两兄弟，哥哥是坏人，弟弟是好人。哥哥抢弟弟的钱。哥哥欺辱弟弟。……小朋友你想想看看，后来怎样？你很快地就答道：'后来哥哥穷了。弟弟成了富翁了。'"①从这段话来看，当时的小朋友对"两兄弟的故事"无疑是很熟悉的，"两兄弟的故事"应该是当时流行的民间故事。张天翼反感于这类故事，有意戏仿了这个故事，创作出《大林和小林》，哥哥仍然是坏人，弟弟仍然是好人，只是哥哥并没有"穷了"，而是成了大富翁的儿子；而弟弟并没有成了富翁，而是成了一名无产阶级铁路工人。张天翼给民间的"两兄弟的故事"赋予了新的内涵，不再是简单的道德叙事——好人有好报，坏人有恶报，而是以表现时代特征——阶级矛盾为主的革命叙事。这篇序里还谈到当时民间童话里充斥着神仙、菩萨或宝葫芦帮助受欺负及贫穷的孩子变成了富翁或过上了幸福的生活，而《秃秃大王》中对骗子神仙及菩萨的讽刺，以及《宝葫芦的秘密》赋予宝葫芦一种负面形象，在某种程度上都可看成是张天翼对相关民间童话的戏仿。

　　《宝葫芦的秘密》在进入主故事之前，用了较多的篇幅来讲述奶奶给他讲的各种关于宝葫芦的故事。② 这些关于宝葫芦故事的叙述，可以看作是民间宝葫芦故事的接受史。将

---

① 张天翼：《〈秃秃大王〉序》，选自《张天翼儿童文学全集（四）》，北京：中国少年儿童出版社，2002 年版，第 4 页。

② 《宝葫芦的秘密》中写道："我就这么着，从很小的时候起，听奶奶讲故事，一直听到我十来岁。奶奶每次讲的都不一样。上次讲的是张三劈面撞见了一位神仙，得了一个宝葫芦。下次讲的是李四出去远方旅行，一游游到了龙宫，得到了一个宝葫芦。王五呢，他因为是一个好孩子，肯让奶奶给他换衣服，所以得到了一个宝葫芦。至于赵六得的一个葫芦——那是掘地掘来的。不管张三也好，李四也好，一得到了这个宝葫芦，可就幸福极了，要什么有什么……后来呢？后来不用说，他们全都过上了好日子。"

上述所引文字对照一下《宝葫芦的秘密》中的主体故事，我们发现它就是张天翼对当时流行的关于宝葫芦的民间童话的戏仿：在民间童话中，宝葫芦让得到它的人"要什么有什么"，最后"全都过上了好日子"；在《宝葫芦的秘密》中，王葆得到了一个宝葫芦，他想要什么就有什么，但这个宝葫芦为他带来无尽的烦恼与痛苦，以至于最后非得毁掉它才能过上好日子。这是在相反方向上的戏仿，否定了宝葫芦这个神物，要儿童读者正视现实，不要沉溺于不劳而获的幻想。

《大林和小林》中不少人物及情节带有明显的戏仿成分。在民间童话中，国王、王子、公主等基本上是正面的：国王通常是威武且代表正义的，王子通常是英俊善良的，公主通常是美丽聪明的。而在《大林和小林》中，张天翼却故意将这些人塑造得丑陋不堪。他们要么昏庸无能（如国王），要么偷盗成性（如红鼻子王子），要么自恋臭美（如蔷薇公主），颠覆了民间童话的常见人物形象。在情节上，《大林和小林》也有一些地方明显是戏仿的，如小林给大林写的一封信，信封上写着："速寄 哥哥先生收 小林缄"，这明显是戏仿契诃夫《万卡》中万卡给爷爷写信的情节——万卡在寄给爷爷的信封上写下：寄交乡下祖父收，然后在下面添了几个字：康司坦丁·玛卡雷奇。可见，戏仿在张天翼每一部童话中都有运用，是一种具有普遍性的艺术技巧。

此外，在张天翼的儿童小说乃至童话剧，都运用了戏仿的手法。如儿童小说《洋泾浜奇侠》既有对塞万提斯《堂吉诃德》的戏仿，也有对鲁迅《阿Q正传》及张恨水《啼笑因缘》的戏仿。在《堂吉诃德》中，同名主人公痴迷于骑士小说，分不清现实与幻想，把乡村客店当作城堡，把老板当作城堡的主人，硬要老板封他为骑士。后来他又把风车当巨人，把羊群当军队，把一群罪犯当作受迫害的绅士，并且把邻村的一个挤奶姑娘想象为他的女主人，给她取了个优雅的名字叫杜尔西内雅。而在《洋泾浜奇侠》中，主人公史兆昌也沉迷于剑侠的幻想中，拜太极真人为师，把卖弄风骚以换取金钱的何曼丽当作救国女侠，并跟她有一段短暂的恋情，跟何曼丽分手之后又幻想有一个配得上他的十三妹，日本军队进攻之时，他还幻想着十三妹来救他。史兆昌身上只有堂吉诃德拥有的幻想，却缺乏堂吉诃德的理想主义及勇敢、正义的精神。史兆昌身上又有阿 Q 的影子。阿 Q 是以精神胜利法为突出特征的，史兆昌在这方面虽然表现得没那么明显，但他在幻想自己成为武功高手，乃至飞剑杀死日本鬼子，成为抗日的民族英雄方面，无疑跟阿 Q 是精神相通的。《洋泾浜奇侠》还有不少情节明显是在戏仿《啼笑因缘》，如第八节"恋爱不忘正道"中写史兆昌给何曼丽的摩登爱国歌舞团捐了 30 只洋后，"史兆昌可着了慌：不知道要怎么对付。……他读过的书本上没有交代过。十三妹可是这么个劲儿？还有那部叫什么因缘的，恋爱是有的：那位公子哥儿在娘们儿身上花过许多银子钱，所以她们就爱他。史兆昌已经做到了这一步。可是那部书没说出——要是那位天桥儿的十三妹坐在那公子哥儿大腿上闭着眼，公子哥儿该怎么对付。没说到……"① 张天翼提到的"那部叫什么因缘的"自然就是指当年火遍大江南北的《啼笑因缘》。史兆昌给卖弄风骚

① 张天翼：《洋泾浜奇侠》，选自《张天翼儿童文学全集（一）》，北京：中国少年儿童出版社，2002 年版，第 98 页。

的何曼丽捐钱，跟《啼笑因缘》中樊家树给天桥上唱鼓书的沈凤喜赏钱，有内在的相似性。而张天翼的童话剧《大灰狼》，无疑是戏仿民间童话"狼外婆的故事"。

张天翼的戏仿赋予了原故事全新的时代内涵、主题思想及结构形态，是在幻想艺术方面一次有益的探索。

综上所述，张天翼在童话中综合运用了多种幻想手段，有的手段甚至融合在一起，如《秃秃大王》中写秃秃大王生气时牙齿便变长，秃秃大王便会像旗杆一样升在高空，这是变形与夸张的叠加；再如《宝葫芦的秘密》中宝葫芦的形象，它既是一个宝物，又象征着不劳而获的思想观念，象征与宝物便叠加在一起。正是因为如此，张天翼的童话才能在现实主义传统下取得幻想力的突破，达到一种理想的幻想效果。此外，由于变形、象征、审丑、戏仿这些手法是现代小说常用的一些技巧，这使得张天翼的童话在革命现实主义风格的主导下，又具有一定程度的现代主义色彩。

第三节
创立幽默讽刺童话

中国现代童话史上，叶圣陶创作出一批具有诗意抒情的童话，如《小白船》用散文诗般的文字表达对田园风光的赞叹，《芳儿的梦》以温馨的梦境传递对童心的礼赞，《祥哥的胡琴》则通过写清风、泉水、小鸟对祥哥琴艺的帮助来歌颂大自然的神奇与美妙，成为抒情童话的奠基者。而张天翼在抒情童话之外，凭借他的喜剧天赋创造出幽默讽刺童话，成为另外一种具有现代意义的童话作品，丰富了现代童话的美学风格。

张天翼童话的幽默首先表现在游戏精神上。张天翼童话的游戏精神，具体表现在三个方面：主要人物的刻画、情节的设置、语言游戏功能的深入挖掘。在刻画人物方面，张天翼善于运用夸张、荒诞的手法，塑造出令人发笑的人物形象。如《秃秃大王》中的秃秃大王，他的头光滑得苍蝇都无法落脚，他长期不洗澡肮脏得脸上长出绿菌，他带着手下去打猎却打的是蚂蚁。他一生气牙齿就会变长，身体会像旗子一样升到高空，颇具游戏的意味。在情节设置上，张天翼往往通过戏剧化的场景来推进故事，表达意识形态方面的旨趣。如《大林和小林》中写大林的遭遇，他由一个贫苦的孤儿，被包包送给富翁叭哈做儿子，过着养尊处优的生活，变成一个好吃懒做的大胖子，乃至于参加皇家小学校的运动会，跟乌龟、蜗牛赛跑，还跑在最后一名。后来他坐火车掉进了海里，被一只鲸吃进了嘴里，由于他奇臭无比，居然被鲸从胃里吐了出来，又经由蜜蜂、蚂蚁的帮忙，被风吹到了富翁岛上，在遍地是金银珠宝的岛上，他最后竟然活活被饿死！这一系列的情节均带有儿戏化的意味，突出地体现了游戏性的特点。

在语言游戏功能的挖掘方面，张天翼一方面通过揭示语言与行为、心理的矛盾，来博读者一笑。如《秃秃大王》第九章写大狮拿着冬哥儿写的纸条去骗小明，树林子的鸟问他去什么地方，大狮皱眉毛说道："我不睬你们，我不说话。我一定不说话，我说一声'一二三'，我就不说话了。我说得到就做得到，我说，我不说话了，我就不说话了。如果我说话，我就是狗。我既然不说话，所以我就不睬你们。你叫我说话，我也不肯说，因为我刚才已经叫过'一二三'了。我一句话也不说。哼，一个字也不说。……"[1] 口头上说不

---

[1] 张天翼：《秃秃大王》，选自《张天翼儿童文学全集（四）》，北京：中国少年儿童出版社，2002年版，第82页。

说话了，实际上却在不停地在重复说话，言行上明显地自相矛盾，让人一笑。那些鸟又问大狮秃秃大王有没有打他，表面上大狮极力拒绝回答鸟儿们的问题，其实在自我陈述的过程中，却把自己的秘密全部暴露了出来。① 这其实讽刺了大狮的愚昧无知、语言啰嗦，让儿童读者捧腹一笑。另一方面，又通过语义的突变、前后的反差来达到幽默的效果。如《大林和小林》第四章写小林、木木及四喜子偷了咕噜公司的金刚钻出来卖，被法官包包判为罚足刑。巡警把小林三个带到足刑室，先把他们绑起来，再把他们的鞋子和袜子脱去，就开始上"足刑"了："足刑并不是用鞭子打，是……啊呀，不得了，可真难受极了！原来是……啊呀！可真难受！小林叫：'啊呀，不行不行！这么着不行！'四喜子也叫着：'放了我呀，放了我呀！哎哟！'木木脸上都是眼泪：'啊呀，真要命！轻一点吧，轻一点吧！啊呀啊呀！'"这种描写，让人对"足刑"是一种什么样的严刑峻法充满了好奇，但作者故意悬置足刑的内情，通过三位受刑者的叫喊，进一步刺激读者把它想象成一种残酷的刑罚，然后作者才故作轻松地告诉读者："现在我趁他们不叫的时候说出来吧。足刑是什么呢？原来是——搔脚板！"足刑就是搔脚板，把严肃的惩罚跟孩子的游戏画上等号，这种语义的突变让人忍

---

① 当那些鸟又问大狮秃秃大王有没有打他时，大狮是这么说的："汪汪汪，我不说话呀，我不睬你们呀。我既然不说话了，我就不睬你们。我既然不睬你们，那么你们问我'今天秃秃大王有没有打你？'我当然不会告诉你们道：'今天秃秃大王并没有打我。'我当然不说呀，我也不告诉你们昨天的事。我既然不说话，不睬你们，所以你一定不会知道昨天秃秃大王打了我一个嘴巴……"大狮的这一处回答占了近一页的篇幅，不但完全回答了那些鸟的问题，还把上一个问题——到什么地方去——也回答了："你们刚才问我'你到什么地方去？'我也不告诉你们，因为我很忙，我要快一点到老米家里去骗小明来。"

俊不禁。第十章写大林来到叭哈的家里，叭哈叫唧唧（即大林）一起去看病人，但这个病人却是一只臭虫！病人在我们脑海里习以为常地认为是指生病的人，但在这里却是指一只生病的臭虫，这种语义的突变、前后的反差，给人一种出乎意料的笑意。《秃秃大王》第二章写秃秃大王跟几个大臣去打猎，至于打什么猎没有交代，后面却告诉大家他们打的是蚂蚁。秃秃大王兴师动众，打猎的对象居然是蚂蚁，这前后语义的反差也是非常大的，给人一种幽默之感。此外，张天翼童话中穿插的韵文，也体现了其对语言游戏功能的挖掘。这方面笔者在本章第四节第三小节"游戏化的修饰语"中有详细论述，此不赘述。可以说，在中国现代童话作品中，张天翼的童话是最富于游戏精神的。

其次，张天翼童话的幽默还表现在对怪癖的描写上。张天翼往往赋予反面人物一些怪癖，这些怪癖让他们成为讽刺对象的同时，也成了幽默的佐料。张天翼笔下的怪癖大致又可分为两类：一种是语癖，如《大林和小林》中的四四格，由于鼻孔太大，说起话来鼻孔里就有回声，所以他说起话来，一句话要说两遍，比如他对小林说："今天你的工作很好，很好。我给你一个铁球奖励你，奖励你。"① 每句话都要重复一下句尾的几个字。还有一种是兴趣癖，如《大林和小林》中的叭哈喜欢养臭虫，臭虫生病还请医生给它打针，臭虫死了，还给它安排葬礼。《秃秃大王》中的秃秃大王喜欢养蛆，在他的花园里建了一个养蛆池，并把它作为秃秃宫的

---

① 张天翼：《大林和小林》，选自《张天翼儿童文学全集（二）》，北京：中国少年儿童出版社，2002 年版，第 89 页。

十景之一。《金鸭帝国》中上流社会的金鸭人喜欢玩撞屁股的"鸭斗"，并且举行"鸭斗"比赛，方法是比赛者一面学着鸭子"呷呷呷"的叫声，"一面那么蹲着倒退着走。身子摇摇晃晃，屁股拱呀拱的，……两个人已经靠得不到一尺远了，于是各人把屁股一拱，两个臀部互相一撞。谁要是倒到了地下，就输一分，裁判员就吹哨子"。不管是语癖也好，还是兴趣癖也罢，它们都是区别人物的特殊标记，也是对反面人物丑态的嘲讽，同时也起到了一定的幽默效果。

再次，张天翼的幽默还表现在其作品中充满了童趣。《秃秃大王》第五章写小明与冬哥儿的爸爸妈妈被抓到秃秃宫去了，他们哭了起来，文中写道："但是哭有什么用呢？小明和冬哥儿也知道哭是没有用的。冬哥儿说：'哭是没有用的呀。我们要想一个好法子，去救妈妈和爸爸和姊姊呀。''你也不哭了罢。我也不要哭了罢。一、二、三！不哭！'他们就不哭了。小明说：'我们想一个什么法子呢？'冬哥儿揩揩眼泪道：'我来想一想罢。'冬哥儿就走来走去地想着，一、二、三！想出来了。"① 这种叙述是充满了稚趣的，展现了小明与冬哥儿本真的稚气与憨态，符合儿童的阅读心理与审美趣味。

此外，张天翼童话中插入的大量韵文，也是具有幽默意味的。如《秃秃大王》中骗子大狮被小明及村人识破真相后，他试图讲述自己的"悲惨经历"骗取大家的同情，但大家没有上当，而是用绳子把大狮吊着，让他带路去秃秃宫，

① 张天翼：《秃秃大王》，选自《张天翼儿童文学全集（四）》，北京：中国少年儿童出版社，2002年版，第40页。

先后插入 6 首童谣，其中有一首是这样的："这不管三七得八十，/要拿绳子吊大狮。/不管三九四十八，/要叫他在地下爬。"这首童谣带有数字歌的味道，却有意地违背常识，调动读者参与进来，带有幽默的意味。虽然同时代的陈伯吹与沈从文都在其儿童文学作品中大量运用了韵文，但跟张天翼的韵文相比，他们的韵文整体而言不具有幽默的效果。

张天翼童话中的幽默风格是最能体现其天才的地方，也是其作品最大的优点。张天翼童话中动人而有趣的故事，让孩子们的心智在开怀大笑中得到释然，让他们的想象力在游戏化的奇思妙想中得到解放。这正如王泉根在《现代中国儿童文学主潮》中所说的："张天翼早期的长篇童话之所以具有艺术生命力，原因当然是多方面的，洋溢在他童话中的毫不蹈袭别人，并使别人也无从蹈袭的独创性的幽默风格，不能不说是其中的重要原因。"①

在中国现代儿童文学史上，张天翼的幽默风格具有特殊意义。中国的现代童话，其他各种元素都具备，就是幽默不够，像张天翼这样的童话幽默大师，极其稀少，当代继之者也不多。俗话说，物以稀为贵。正因为中国现代儿童文学幽默不够，张天翼的幽默童话才显得难能可贵与意义重大。朱自强对上世纪 90 年代末的儿童文学评价道："在 90 年代末出现的众多的儿童文学发展中，我认为对中国儿童文学的现代化进程最具有推动力的是幽默儿童文学和幻想文学的创作浪潮。"② 相比上世纪 90 年代末的幽默儿童文学，张天翼的幽

① 王泉根：《现代中国儿童文学主潮》，重庆：重庆出版社，2000 年版，第 270 页。
② 朱自强：《中国儿童文学与现代化进程》，杭州：浙江少年儿童出版社，2000 年版，第 395 页。

默童话早了半个多世纪。由此看来，张天翼的幽默童话，不仅给孩子们带来数不清的笑声，还在上个世纪 30 年代时就有力地推动了中国儿童文学的现代化进程。

在张天翼的童话中，幽默与讽刺往往联系在一起——"面对旧中国黑暗腐败的社会现实，作为一个年轻、正直、进步、革命的作家，他的幽默意识必然会为一股深沉、强烈的讽刺激情所主导"。[①] 朱自强在《张天翼童话创作再评价》一文中也说："张天翼解放前的成人讽刺小说创作与童话创作有一个共同的底蕴即讽刺与幽默。"[②] 这指出了张天翼解放前的童话中，讽刺与幽默是共同的底蕴。如《秃秃大王》第四章写秃秃大王想吃冰淇淋，却要求冰淇淋煮热烧开了才吃，并为此砍掉了一个厨子的脑袋。从一般的常识性出发，冰淇淋烧开后则失去了它存在的形态和命名的特质。这样违反正常逻辑的描写无疑是很幽默的，但幽默中又蕴含着对秃秃大王愚昧无知及残暴无情的讽刺，或说在对秃秃大王的讽刺中见出一种幽默来。这正如有学者所论的："作为一种特殊的审美形态和表现方法，讽刺和幽默又常常联系在一起，讽刺中渗透着幽默，幽默中蕴藏着讽刺。"[③]

张天翼是一个讽刺小说家，早在儿童文学创作之前，就已经写了不少讽刺小说，并且在《鬼土日记》等作品中显示了他卓越不凡的讽刺天才。[④] 他将这种才能运用到童话创作

---

① 徐侗：《论张天翼的幽默意识》，见沈承宽等编：《张天翼论》，长沙：湖南文艺出版社，1987 年版，第 146 页。

② 朱自强：《儿童文学论》，青岛：中国海洋大学出版社，2005 年版，第 237 页。

③ 王卫平：《中国现代讽刺幽默小说论纲》，《中国社会科学》，2000 年第 2 期。

④ 参见杨义：《中国现代小说史（中）》，北京：人民出版社，1998 年版，第 366 页。

中，便形成了独特的讽刺风格。

在张天翼的童话中，讽刺经常跟讽刺对象的外貌联系在一起。《大林和小林》写蔷薇公主是"一位挺矮的矮个儿"，走起路来像一个鸭子，脸也像鸭子的脸，嗓音也跟鸭子叫声一个样。《秃秃大王》中的秃秃大王只有三尺长，眼睛是红的，脸上有绿毛，还长出三四个小菌子。由于他不洗脸也不洗澡，脏得要命，有几千几万只苍蝇拥在他身上。这些描写会让读者感到厌恶与反胃。在张天翼笔下，这些反面的人物基本上都是作为审丑的对象而存在，故而将他们描绘得极其丑陋。这些描写跟他们带有荒诞色彩的言行结合起来，构成了一种讽刺的效果。

张天翼的童话中也有对统治阶级的讽刺。《大林和小林》中国王的昏庸无能，法官平平的答非所问与说话毫无逻辑，大臣叭哈的奢侈浪费与怪异癖好，红鼻头王子的偷窃成性与冷酷无情，蔷薇公主的自恋臭美与荒唐可笑，对整个统治阶级可谓是毫不留情地嘲讽。《秃秃大王》叙述了作为统治阶级的秃秃大王强抢民女干干，剥削农民由君，专制昏庸，要吃人肉，喝人血，极尽残酷之能事，表达了作者对以秃秃大王为代表的统治阶层的嘲讽与批判。

张天翼还在童话中延续了鲁迅的国民性批判，以国民劣根性作为讽刺的对象。张天翼讽刺的国民劣根性，包括奴性、势利与虚伪做作等。《秃秃大王》里的二七十四、"——"、百巴拉唧等，充当的就是秃秃大王的奴才，他们替秃秃大王捉走了无辜的干干小姐，又剥削欺诈农民由君。还有骗子大狮，更是一个奴性十足的人：为了博得秃秃大王的赏识，不惜把自己的母亲送给秃秃大王做妻子，把自己的父亲送到秃秃宫，被秃秃大王吃掉。大狮身上不仅有奴性，还很虚伪。他知道秃秃大王要去捉小明、冬哥儿等人，便主动扮作好人，把老米、冬哥儿骗进了秃秃宫，还要把小明也骗进来。他陈述自己的故事时，明明暴露出自己害了亲生的父母，却假装诉说自己的悲惨，说父母是被秃秃大王害死的。作者以五章（第六章、第九章、第十章、第十一章、第十二章）的篇幅来刻画这个角色，其目的就在于对这一类人的奴性与虚伪加以尽情的嘲讽。《金鸭帝国》中的保不穿泡，也是一个作者着力刻画的虚伪之徒。他为了跟格儿男爵套近乎，说他的太太非常想念男爵夫人，说男爵夫人叫他的太太常到府上去玩，却不知道男爵夫人死了三十七年了；又说他跟男爵的少爷很熟，却不知道男爵并没有儿子，只有三个女儿。保不穿泡就是靠着那张厚脸皮与虚伪作态，跟格儿男爵混熟的。

张天翼的童话还讽刺了人性中的利欲熏心与欺软怕硬。《大林和小林》中国王、唧唧、蔷薇公主坐的火车被怪物推进了大海之后，商会会长不顾国王等人的死活，却一定要先和唧唧少爷谈救他们上来的报酬，是一个典型的利欲熏心之徒。唧唧在叭哈及皇家小学校的国语老师的金钱教育下，变成一个拜金主义者，结果饿死在遍地是金银财宝的富翁岛，这是对拜金主义者唧唧莫大的讽刺。《金鸭帝国》中的大粪王也是作者重点讽刺的对象。大粪王是一个资本家，他唯利是图，为了跟格儿男爵家走得更近，厚着脸皮向格儿男爵的八十二岁的姐姐老郡主求婚。为了巩固他与香喷喷的商业合作关系，又向香喷喷的女儿求婚。把婚姻当作商业利益的工具，是一种典型的唯利是图的表现。瓶博士为了金钱，把自己整个卖给了大粪王，成为大粪王商业上的"帮凶"。舍利

书店打着鼓励新人的旗号引诱别人买他的书，以此获取利益。瓶博士的老师黑龟教授课上不教授学生研究心得，课后则按照学生问的问题大小收取费用。这些都是张天翼对利欲熏心之徒的无情嘲讽。而亮毛爵士则是一个带有阿Q色彩的欺软怕硬的人物。他自视甚高，却外强中干。他在大凫岛的一位王公家吃饭，看上了王公的翡翠壶，当王公拒绝送给他时，他抓起翡翠壶就走。当王公起身追上来时，由于怕逃跑失了爵爷的文明人身份，更重要的是怕王公众多的家奴，所以他干脆当了俘虏。他出于愤怒，把翡翠壶砸碎了，并揍了王公一拳。表面看来亮毛爵士是很勇敢的，但当他被王公的家奴捉住时，他的"膝头不知不觉屈了下去"，家奴把他拉起，他又屈下，显得软弱怕事，没一点骨气。文中写他跟青凤公子交往闹矛盾，他以为青凤人凡事退让，便咄咄逼人，骂青凤人都是猪。当青凤公子关上房门，要跟他打架时，他便流露出一副无奈的可怜样。亮毛爵士言行的前后矛盾，暴露了其欺软怕硬、色厉内荏的性格。

幽默、讽刺童话的创造，是张天翼对中国现代儿童文学的最大贡献。他给中国现代童话带来了幽默的色彩、批判的精神，丰富了现代童话的内涵，也提升了现代童话的品质。

第四节
从 "成 人 化" 走 向 "儿 童 化"

　　一般而言，儿童文学是成人作家写给儿童看的。儿童文学是"儿童的"文学，又是儿童的"文学"，它具有双重属性：儿童性与文学性。前面论述张天翼童话在幻想性与艺术技巧方面的突破，主要是从文学性这一角度着眼。而对于儿童文学而言，儿童性要比文学性更重要。儿童文学的本质属性是儿童性，儿童文学与成人文学的根本区别就在于是否具有儿童性。

　　儿童作为儿童文学的隐含读者，使得儿童文学作家在创作时必须要考虑儿童的心理、思维及接受能力。儿童文学要求成人作家化身为儿童，以儿童的眼睛去看，以儿童的耳朵去听，以儿童的语言去叙述感知到的世界。然而，在中国现代儿童文学史上，儿童文学创作的成人化现象十分严重，真正的儿童化创作非常少见。

在现代儿童文学史上，张天翼是一个比较特殊的存在。他的儿童文学观是成人本位的教化观，但他的儿童文学创作，尤其是长篇童话的创作，却体现了儿童本位的特点，极大地突出了"儿童性"，扭转了以叶圣陶、冰心为代表的成人化倾向，在充斥着成人本位创作的左翼儿童文学格局中，显得孤峰孑立，具有里程碑的意义。

一、儿童化的叙述语

如果按照人生经验与社会阅历来区分张天翼儿童文学作品中的叙述者，那么大体可以分为两类：儿童叙述者与成人叙述者。

张天翼的前三篇童话都是以成人作为叙述者的。成人叙述者，意味着他有丰富的社会阅历与人生经验，意味着他对社会现实有清醒的认识与判断。但张天翼童话中的成人叙述者，跟其他作家童话中的成人叙述者又有着根本的区别，就是这个成人叙述者有一颗童心。这颗童心使他能够把自己的人生经验同儿童感悟世界的方式融合起来，"化身为孩子，用孩子的心灵想，用孩子的眼睛看，然后用孩子的嘴巴说话"①，使作品的叙述语都打上儿童认知方式的烙印和口语色彩，使得成人叙述者的语言呈现儿童化的特点。

① 陈伯吹：《一篇心理的、幽默的、教育的童话作品——读〈宝葫芦的秘密〉》，《文艺报》，1958年5月26日。

张天翼童话中，成人叙述语儿童化的第一个表现是运用儿童生活中的常见语词，如玩、吵嘴、哭脸、流鼻涕、捉迷藏、猜谜语、搔脚板、冰淇淋、宝葫芦，以及乘法口诀或被错用的乘法口诀，如《大林和小林》中鳄鱼小姐对红鼻头王子说："不管三七二十一，我是要爱你的！"错用的乘法口诀，如第三号听差代替唧唧唱的歌："三七四十八。四七五十八。爸爸头上种菊花。地板上有虫子爬。蔷薇公主吃了十个大南瓜。"还有奇特的人物名称，如大林、小林、叭哈、唧唧、皮皮、包包、四四格、蔷薇公主、鳄鱼小姐、秃秃大王、百巴扑唧、二七十四、"——"等。这些词语构成了一个儿童游戏的故事空间。尽管这些作品中还有一套成人社会里的时代语词，如报酬、谈判、入股、自由、救济、法律、拍卖、骷髅、鸦片烟、价目表、人血酒、御花园、人肉丸子、商会会长、慈善会会长等，但这些词没有构成故事，而是散落、渗透到游戏故事的各个角落，以各种事物和活动的名称出现。成人社会的时代语词意图引导儿童读者的目光从故事的游戏空间向成人社会空间移动，去追寻故事的社会象征意义。① 然而，对社会象征意义感兴趣的主要是成人，儿童真正喜欢的还是游戏故事，他们在游戏故事中流连忘返，却往往忽视故事背后的社会象征意义——这解释了为何像《大林和小林》这样的有图解理论倾向的作品，以及《宝葫芦的秘密》这种教化意图十分明显的作品，小读者仍然喜欢看——小读者喜欢的恰恰是充满游戏的故事空间，而不是故

---

① 参见何群：《张天翼童话的语言学分析》，《山东师大学报（社会科学版）》，1994年第4期。

事后面的"真的道理"。因为有这样的故事空间，所以哪怕作品中充满了成人的说教，他们也可以忍受，并且乐此不疲。

成人叙述语儿童化的第二个表现是其语句以简单句为主，很少复合句。如《大林和小林》中写小林给四四格拿早饭："小林就得给四四格拿早饭。四四格早饭要吃五十斤面，一百个鸡蛋，一头牛。小林拿这些东西真拿不动。幸得有个朋友帮助他。这朋友叫四喜子，也是一个十岁的小孩子，也是制造金刚钻的。"① 再如《秃秃大王》写冬哥儿救他爸爸的情形：

那个厨子磨好了刀子，就举起刀子来。刀子在太阳光下面闪了一闪光。那把刀子就对冬哥儿的爸爸刺过来了。

忽然，有一个小孩子跑了过来。这个小孩子是冬哥儿。冬哥儿对那个厨子打了一拳，厨子手里的刀子就落到了地下。②

这里仅具体分析《秃秃大王》中的两段话。第一段三句话。第一句话包括两个短语，前一个短语是主谓宾结构，后一个短语是谓宾结构，修饰语很少，是两个简单的短语组成的简单句。第二、三句话，都比较简短，结构也比较简单，

① 张天翼：《大林和小林》，选自《张天翼儿童文学全集（二）》，北京：中国少年儿童出版社，2002年版，第288页。
② 张天翼：《秃秃大王》，选自《张天翼儿童文学全集（四）》，北京：中国少年儿童出版社，2002年版，第131页。

修饰语较少，也是简单句。同样，第二段的三句话，也都是简单句。而且这些简单句中的核心词语，是不断地重复的，如第一段中的"刀子"，出现了 4 次，在第一句中充当宾语，在第二、三句中充当主语，使得句子简单好记。第二段中的"小孩子"，虽然只出现了两次，但由于他等同于冬哥儿，加上冬哥儿出现的次数，他也出现了 4 次，并在三句中都充当主语。上述所引《大林和小林》中的文字，大体跟《秃秃大王》的情况差不多，也都是由简单句构成的，修饰语很少，且核心词语都有重复。张天翼的童话，基本是由修饰语很少的简单句所构成。修饰语少，且主要是简单句，词语又多有重复，所以作品的语言便显得简洁、浅易。而这些简单句大多只有主谓或谓宾成分来叙述，说明时间、地点、人物及事件，动词成了句子的贯穿线索与中心点。而张天翼对动词的运用，经常采用跳跃性转换动词的方法，省略一些行为细节，在两个动作之间留下一定的空白。[1] 这样，语言在简洁、浅易之外，又具有明快的特点，使行文变得活泼、紧张，让故事情节富于动感，从而引起小读者的阅读兴趣。

儿童文学跟成人文学的根本区别就在于其读者对象的不同。儿童是儿童文学的接受对象，这决定了儿童文学的语言要适合于儿童的阅读。这其实就对儿童文学作家在语言上提出了很高的要求。正如有论者指出的，"对'儿童'性文学语言的把握是相当难的，不少真诚的作者为此付出了艰苦的努力，但不是过分俯就儿童的天真，成为儿童生活语言的实

---

[1] 参见何群:《张天翼童话的语言学分析》,《山东师大学报（社会科学版）》,1994年第 4 期。

录（这类作品是少数），就是侧重于自我情绪的抒发，语言的成人化倾向十分严重。"① 语言的成人化倾向，在现代儿童文学史上，甚至延伸到当代儿童文学很长一段时间，是一个具有普遍性的问题。而语言的成人化倾向，首先便表现在叙述语的成人化，其次是儿童人物语言的成人化。

我们试比较一下张天翼的童话跟有代表性的现代童话在叙述语上的区别。叶圣陶作为现实主义童话的开创者，跟张天翼的童话风格相近，最有比较价值。就拿叶圣陶的代表作《稻草人》与张天翼的第一部长篇童话《大林和小林》来比较。两部作品的叙述者都是成人，试比较下面两段文字：

> 这是当然的，田野里夜间的风景和情形，只有稻草人知道得最清楚，也知道得最多。他知道露水怎么样凝在草叶上，露水的味道怎么样香甜；他知道星星怎样眨眼，月亮怎么样笑；他知道夜间的田野怎么样沉静，花草树木怎么样酣甜；他知道小虫们怎么样你找我、我找你，蝴蝶们怎么样恋爱，总之，夜间的一切他都知道得清清楚楚。②（《稻草人》）

> 给四四格剃了胡子，小林就去做金刚钻。小林到四四格的秘密地窖里，从一个漆黑的地洞里拿出一些像泥土一样的东西来，就放到桶里去搅上三天三夜，流下十几身汗，就制出一百颗金刚钻，每一颗金刚钻可以卖十

---

① 何群：《张天翼童话的语言学分析》，《山东师大学报（社会科学版）》，1994 年第 4 期。
② 叶圣陶：《稻草人》，选自《叶圣陶童话全集（第二卷）》，北京：人民教育出版社，2006 年版，第 123 页。

万块钱。四四格当然很阔气了。① （《大林和小林》）

　　叶圣陶的文字诗意美好，尤其是排比句的运用，使得语言典雅而富有诗情，这明显是诗人的语言，而不像是儿童的语言。而张天翼的文字，浅易稚拙，简洁明快，明显是儿童的口吻。如果说这还是微观的比较，那么就全篇而言：《稻草人》的叙述语言，诗意隽永，且有不少静止的描写性文字，如上述所引的文字，情节显得有些沉闷板滞；《大林和小林》的叙述语言，浅显明快，很少静止的描写，情节紧张而富于动感。其他有代表性的童话，如中国现代儿童文学史上的第一部长篇童话——沈从文的《阿丽思中国游记》，以及巴金的《长生塔》、贺宜的《凯旋门》，它们的叙述语完全是成人语言。而陈伯吹的《阿丽思小姐》前面十一节着重表述的是阿丽思的天真活泼，叙述语具有儿童的情趣与神韵，可惜从第十二节开始，过强的政治意识及比附现实（如日本对中国的侵略，"九一八"事变，蒋介石的"不抵抗政策"等），还有过强的教化意识，"作品中不时穿插品德教育与知识性的内容，包括小学自然课本里的动植物常识和作文知识、修辞手法等等"，② 使得这种神韵丢失了，如最后一章写阿丽思的一段话："她拉长了脸孔，知道她在愤怒（自然为了金钟儿签了出卖民众利益的协定条文）；看着她铁板的脸孔上还露有一点笑意（自然为了她亲手撕碎了那个不平等协定的条文，又打了自私自利的卖国贼金钟

---

① 张天翼：《大林和小林》，选自《张天翼儿童文学全集（二）》，北京：中国少年儿童出版社，2002 年版，第 288 页。
② 刘绪源：《中国儿童文学史略》，上海：少年儿童出版社，2013 年版，第 45 页。

儿）；看着她踉跄的脚步，知道她是疲倦了（自然为了她已战斗了多次）；看着她攥紧了小拳头，知道她是要抵抗到底的（自然她要报仇雪耻）。"铁板的""踉跄""攥紧"，以及括号里的"民众利益""不平等协定""自私自利""报仇雪耻"等词汇，明显是成人的用语；括号里的解释，也明显看出是来自成人的眼光。这样的语言，儿童看着是不会有多大感觉的。

另外，老舍的《小坡的生日》的叙述语，前半部分基本上是儿童的语言。它写小坡与妹妹的儿童生活，语言简单、自然、浅显，如写小坡过生日，小坡给父母磕了头之后，还给妹妹磕头，"小坡不再答理哥哥，回头对妹妹说：'仙，该给你磕了！'说着便又跪下了。'不要给妹妹行大礼，小坡！'妈妈笑了，父亲也笑了。'非磕不行，我爱妹妹！''来，我也磕！'仙坡也忙着跪在地上。'咱们俩一齐磕，来，一，二，三！'小坡高声地喊。两个磕起来了，越磕越高兴：'再来一个！''哎，再来一个！'随磕随往前凑，两个的脑门顶在一处，就手儿顶起牛儿来，小坡没有使劲，已经把妹妹顶出老远去。"① 这段描写完全是从孩子的心理出发，显得稚气十足，显然是儿童的语言。但后半部分写小坡的梦境，老舍未能彻底地"化身为孩子，用孩子的心灵想，用孩子的眼睛看，然后用孩子的嘴巴说话"，由儿童生活转向南洋荒谬的教育体制、种族歧视等社会现状，着重表达不属于儿童世界的"弱小民族的联合"的思想主题，存在着部分叙述语成人

---

① 老舍：《老舍小说全集（二）》，武汉：长江文艺出版社，1993 年版，第 326 页。

化的现象，这是他自己都承认了的①。

张天翼是一个儿童文学作家，可在他创作儿童文学作品之前，他已经是一个被作为左翼"新人"的小有名气的作家了。他左手写成人小说，右手创作儿童文学，这两者在叙述语上是有明显区别的。我们先看张天翼讽刺小说的代表作《华威先生》中的一段描写华威先生的文字："他永远挟着他的公文皮包。并且永远带着他那根老粗老粗的黑油油的手杖。左手无名指上戴着他的结婚戒指。拿着雪茄的时候就叫这根无名指微微地弯着，而小指翘得高高的，构成一朵兰花的图样。"② 虽然也只有四句话，但前面两句其实构成一个并列的复合句——"并且"是标志性连接词。第四句，"而"字也表明它是一个并列的复合句。而且修饰语较多，"老粗老粗的黑油油的""微微地弯着""翘得高高的""构成一朵兰花的图样"，这样的修饰语在张天翼的童话中是很难找到的。《华威先生》的语言风格是峭拔冷峻，这也是张天翼讽刺小说语言最主要的特色。而张天翼儿童文学，尤其是童话的语言特色是简明浅易。语言（包括叙述语与人物语言）上的不同，是张天翼成人小说与儿童文学作品的一个根本性区别。③

如果联系张天翼后期的童话《宝葫芦的秘密》，那么就能发现，张天翼除了采用成人作为叙述者，还以儿童作为叙

① 老舍在《我怎样写〈小坡的生日〉》中说："这是幻想与写实夹杂在一处，而成了个四不像了。这个毛病是因为我是脚踩两只船：既舍不得小孩的天真，又舍不得我心中那点不属于儿童世界的思想。我愿与小孩们一同玩耍，又忘不了我是大人。这就糟了。"
② 张天翼：《华威先生》，南京：江苏文艺出版社，2009年版，第257—258页。
③ 这一节只论及叙述语的区别，在下一节将论述人物语言的区别。

述者。《宝葫芦的秘密》的故事讲述者是上初一的王葆，他就像一个传统的说书人，在虚拟的情境中面对一大群儿童听众，讲述着自己的奇妙故事。正因为叙述者扮演着说书人的角色，所以他的语言是完全口语化的，如开头："我来给你们讲个故事。可是我先得介绍介绍我自己：我姓王，叫王葆。我要讲的，正是我自己的一件事情，是我和宝葫芦的故事。"这个开头先声夺人，以通俗流畅的儿童口语跟读者建立一种亲切的交流关系，可以引发读者的阅读兴趣。

以儿童作为叙述者，除了张天翼的《宝葫芦的秘密》，其他代表性的童话便是巴金的《长生塔》《塔的秘密》《隐身珠》《能言树》等，它们都是以作为儿童的"我"来作为叙述者的。但是巴金的这些童话里的叙述语明显是成人化的，如《能言树》中的一段：

> 火堆里冒着烟，火势又渐渐地加大了。树枝着了火发出轻微的叫声，好像一些小生物在呻吟。父亲默默地望着火，好像在深思的样子。我不知道他在想些什么。空气似乎突然冷起来。忽然吹起了一阵风，火给风煽旺了，熊熊地燃着。父亲的脸映着火光显得绯红。他始终不做声，好像落进了梦境里似的。①

这段叙述语，文字优美，简洁传神。但从"好像一些小生物在呻吟""好像在深思的样子""好像落进了梦境里似

① 巴金：《能言树》，选自张耀辉编：《巴金和儿童文学》，上海：少年儿童出版社，1990年版，第39页。

的"这样的修饰语，以及"煽旺""熊熊地""绯红"这样的词汇来看，显然只有有文化素养的成人才能写得出，儿童是很难达到这样的水平。对比一下上述张天翼《宝葫芦的秘密》中所引的文字，就更能鲜明地感受到：《能言树》里的叙述语，是较雅致的书面语，不像《宝葫芦的秘密》具有口语化的通俗与浅显。

在张天翼的童话中，其成人叙述者的语言基本上是儿童化的，在现代童话普遍存在叙述语成人化的背景下，显得难能可贵。这可以看作是张天翼与同时代儿童文学作家的一个重要区别，也是他能在现代儿童文学作家中脱颖而出的关键性因素。在后期，张天翼还以儿童作为叙述者，以儿童本色的语言讲述纯正的儿童生活，与其他采用儿童作为叙述者但叙述语却是成人化的童话相比，我们便不得不佩服张天翼对儿童心理、天性、语言及动作的熟悉。

二、儿童化的人物语言

张天翼的童话中多对话，并且主要是以直接引语的形式来呈现。人物语言及对话通常占据作品篇幅的大半，这是张天翼童话的一个特色。概括地说，张天翼童话中的人物语言可以分为两种：儿童的语言与成人的语言。

张天翼童话中的人物以儿童为主，当作者以直接引语来呈现儿童的语言时，能够直接表现出儿童语言的生动性，如《大林和小林》中小林在国王面前陈述被皮皮捡到的前后经过说的一段话："我在地上睡觉。后来这个皮皮先生来了。

后来这皮皮拾起了我。后来皮皮先生说我是他的东西。后来我不服。后来我们来问你这个国王。"① 小林的话语完全是口语化的，尤其是一连串的儿童话语中的习惯用语"后来"，更呈现出一种稚拙与童趣。

按理来说，儿童人物说的话自然是通俗浅显且符合儿童思维特征的儿童语言。张天翼的儿童文学中的人物语言是这样，但同时代不少有代表性的儿童文学作家却并没有做到这一点。如沈从文的《阿丽思中国游记》中阿丽思与灰鹳的一段对话：

> 阿丽思：那你怎么不再娶一房太太？
>
> 　　　　难道是你这样找太太也找不来？
>
> 灰　鹳：一者是我们族类有这规矩，
>
> 　　　　二者是她们都嫌我太阴郁。
>
> 阿丽思：我想去看看令郎行不行？
>
> 　　　　我不知道这事你让我能不能？
>
> 灰　鹳：这在我是应当说很可感谢，
>
> 　　　　只怕是到那里没有怎么款待。②

《阿丽思中国游记》里有大量的人物语言是以韵文的形式来呈现的，尤其是第七章《八哥博士的欢迎会》，整章30多页，而韵文形式的对话占据了绝大多数篇幅，可谓连篇累牍。上述对话中，阿丽思说的"再娶一房太太""看看令郎"

① 张天翼：《大林和小林》，选自《张天翼儿童文学全集（二）》，北京：中国少年儿童出版社，2002年版，第278页。
② 沈从文：《阿丽思中国游记》，北京：人民文学出版社，2009年版，第96页。

等明显是成人的话语。不仅阿丽思的话语成人化，连灰鹳的语言也是成人化的——里面的鸟类简直就是一个个世故的成人，其语言毫无童真可言。

再拿风格相近的叶圣陶童话来比较。叶圣陶《稻草人》童话集里有不少篇目中儿童人物的语言也是成人化的，如《小白船》中男孩儿与女孩儿对那个"脸长得很可怕"的男子三个问题的回答：

> 那个人说："第一个问题，鸟儿为什么要唱歌？"
>
> "他们要唱给爱他们的人听。"女孩儿抢先回答。
>
> 那个人点点头说："算你答得不错。第二问题：花儿为什么这么香？"
>
> 男孩儿回答说："香就是善，花是善的标志。"
>
> 那个人拍手说："有意思。第三个问题是，为什么你们乘的是小白船？"
>
> 女孩儿举起右手，好像在课堂上回答老师似的："因为我们纯洁，只有小白船才配让我们乘。"[1]

男孩儿与女孩儿对于那三个问题的回答，明显不合乎儿童的口吻，尤其是男孩儿的"香就是善，花是善的标志"，这明显是叶圣陶强加给儿童人物的成人话语。这表明，在对儿童人物语言的摹拟方面，叶圣陶是不及张天翼那般接近原生态的儿童语言的。可以说，张天翼笔下的儿童才是真正的儿童，是跟生活中的儿童没有多大区别的儿童；而叶圣陶、

---

① 叶圣陶：《稻草人》，武汉：长江少年儿童出版社，2015年版，第8页。

沈从文等笔下的大部分儿童，却只是大人伪装的儿童——他们的语言、他们的思维，都是成人化的。

如果仔细去阅读张天翼的童话，除去用小说笔法来写的《金鸭帝国》，会发现甚至作品中的成人与宝物的语言也是儿童化的。如《大林和小林》中的叭哈，本质上是一个儿童。他在自己家的白墙上写了许多黑字："这是叭哈先生的家，不准乱涂乱画。你如果乱涂乱画，我搔你脚板一百二十下！"① 在这些字旁，却又写着六个斗大的字："此处不准写字！"叭哈对乱涂乱画者的惩罚居然是带有儿戏意味的"搔脚板"，更可笑的是，他自己在白墙上写字本身就是乱涂乱画，犯了许多孩子犯的错误而不知。虽然他是一个成人，却轻易相信了把鸡翅膀插在背上的包包是天使，并且毫无疑问地接受一个十来岁的陌生孩子作为自己的儿子。他的行为、他的智力，更像是一个儿童，而不是一个成人。叭哈的语言也是儿童化的，他第一次见到大林时说："我是世界第一大富翁。你是我的儿子，你也就是世界第一大富翁了。我是世界第一大胖子，我也一定要把你养胖。我有了儿子了，真快活！我今天晚上要开个大宴会庆祝呢。我要给你取一个名字，我要叫你一个美丽的名字。我要叫你做唧唧。我还要送你进学校。"② 这一段话修饰语也很少，基本上都是简单句。前面三句都是主谓宾结构。第五、六、七、八句句式一致，都是"我要……"，尤其是第六、七句，语义一定程度上是

---

① 张天翼：《大林和小林》，选自《张天翼儿童文学全集（二）》，北京：中国少年儿童出版社，2002年版，第323—324页。

② 张天翼：《大林和小林》，选自《张天翼儿童文学全集（二）》，北京：中国少年儿童出版社，2002年版，第332页。

重复的。这样的语言，与其说是成人的，不如说更接近儿童。又如那个年纪很老且白胡子拖到地上的国王，本质上也是一个儿童，他很爱哭——摔跤哭，别人踩到他的胡子也哭，还容易脸红——小林说他哭了，他便脸红了。唧唧与蔷薇公主订婚，国王对唧唧说："你真是我的好女婿。你又漂亮，又胖，功课又好，又会赛跑，又是大富翁。"国王的语言，也更接近儿童的语言。再比如被当作剥削者来塑造的四四格，他买到小林后吩咐说："你早晨三点钟起来，替我到厨房里去把我的早饭拿来，早饭拿来。然后你给我剃胡子，剃胡子。然后你去做工，做工。然后休息一秒钟，一秒钟。然后再做工，再做工。然后再休息一秒钟，一秒钟。然后再做工，再做工。然后到了晚上十二点钟睡觉，睡觉。然后三点钟起来，给我到厨房里去把我的早饭拿来，早饭拿来。然后你给我剃胡子，剃胡子。……"① 这段话也是典型的儿童话语，先是接连9个"然后"的运用，鲜明体现儿童的思维与话语特点；再是语句的重复：前面两句话几乎跟最后两句话一样。第三、五、七这三句又是重复，第四、六这两句还是重复。此外，《大林和小林》中的拟人化的动物，如狗皮皮、狐狸平平、狐狸包包、鳄鱼小姐等，本质上都是儿童的形象，他们的言行及思维方式都是儿童化的。

《秃秃大王》中的秃秃大王，被作者塑造成为一个丑陋、肮脏、残忍、荒淫的统治者，但是他的语言及思维却是儿童化的，比如他记不住自己的名字，说起话来会漏风，发出

---

① 张天翼：《大林和小林》，选自《张天翼儿童文学全集（二）》，北京：中国少年儿童出版社，2002年版，第287页。

"呼呼，呼呼"的声音。他的智力连儿童都不如，连自己有几根手指头都不知道。他的语言也基本是浅易的简单句，如他对干干说："我叫做秃秃大王"，"我是世界上第一个魔王。我要吃鸦片烟了。我要吃鸦片烟煮蚂蚁。我住在秃秃宫。干干呀，过几天到秃秃宫来玩玩吧。"① 他的话，都是主谓宾结构，修饰语很少。除最后一句，都是以"我"为主语，而除了最后两句有内在的联系外，其他句子之间缺乏内在的逻辑关联，思维是跳跃性的，符合儿童的以自我为中心的思维特点。而秃秃大王的手下，包括二七十四、百巴扑唧、"——"及拟人化的动物大狮、老米、十二个小迷迷等，本质上都是儿童的形象，其言行也是儿童化的。

还值得一说的是，张天翼长篇童话《宝葫芦的秘密》中的宝物——宝葫芦本质上也是一个儿童形象。宝葫芦虽然是作为宝物出现的，表面上似乎可以变出王葆心里想要的一切东西，其实他的能力非常有限，不像阿拉丁的神灯、哈利·波特手里的魔法棒那样魔力无穷。王葆要它在学校后面变出一座三层楼的楼房，作为捐献给学校的礼物，它变不出来。它像小孩一样，也要学习本领。它还有一定的限期，用宝葫芦的话说就是"不论是一件什么活宝——使呀使的，它就得衰老，过时，没用，把活宝变成了个死宝"。如果联系后面的情节，我们便能发现，宝葫芦不仅是个儿童，而且是个专门跟王葆捣蛋的顽童。宝葫芦把王葆想借的《科学画报》直接塞到了王葆的书包里，让王葆受窘了许久。王葆跟姚俊下

---

① 张天翼：《秃秃大王》，选自《张天翼儿童文学全集（四）》，北京：中国少年儿童出版社，2002年版，第21页。

象棋，宝葫芦让王葆活生生地"吃"了姚俊的"马"。宝葫芦给王葆"变"出许多名贵的花草，自己叫不出名字，让宝葫芦贴标签，宝葫芦却随便乱贴了一些名称，害王葆被父亲责骂了一次。数学考试时，宝葫芦又把苏鸣凤的试卷"偷"给王葆，让王葆当众出丑。宝葫芦这个形象，虽然作者赋予它小偷的负面意义，但很多小读者仍然很喜欢它，原因就在于它本质上是一个顽童，其性格与儿童的天性是相通的。而它的口吻，更典型地体现了儿童的特点。以宝葫芦刚出场的第三节为例，宝葫芦的话语基本上是简单句，浅显易懂。而且，它的话语多有重复。① 在该书其他章节中，宝葫芦大体保持着这种浅显易懂且多有重复的语言，这是宝葫芦话语的特色。

张天翼的长篇童话，尤其是《大林和小林》与《宝葫芦的秘密》，之所以深受儿童欢迎，跟其叙述语（包括儿童叙述语与成人叙述语）与人物语言（包括反面成人、拟人化动物、宝葫芦）的儿童化有很大关系——文学是语言的艺术，儿童文学尤其如此。语言是儿童面对文本最直观的东西，如果语言不能吸引儿童，那儿童是不可能喜欢该作品的。从语言运用的角度来看，张天翼可以称得上是一位文体家，它通

---

① 试看第三节中的三段对话：（1）有一个声音回答——好像是青蛙叫，又好像是说话："格咕噜，格咕噜。""什么？"又叫了几声"咕噜，咕噜"——可是再听听，又似乎是说话，好像说："是我，是我。""谁呀，你是？"回答我的仍旧是"格咕噜，格咕噜"。叫了一遍又一遍，渐渐的可听就听得出字音来了："宝葫芦……宝葫芦……"（2）"什么！"我把钓竿一扔，跳了起来，"宝葫芦？……别是我听错了吧？"那个声音回答——还是像青蛙叫，又听得出是一句话："没错，没错，你并没有错。""怎么，你就是故事里面的那个宝葫芦么？""就是，就是。"——字音越来越清楚了。（3）"这么看来，我不是做梦了。""不是梦，不是梦。"那个声音又来了，好像是我自己的回声似的。我四面瞧瞧："你在哪儿呢，可是？""这儿呢，这儿呢。"

过将叙述语与人物语言的儿童化，创造了一种符合儿童心理的简洁明快又富于动感的童话文体，因而能够最直接地引发儿童读者的兴趣，并让其产生共鸣。

三、游戏化的修饰语

如前面所述，张天翼童话中叙述语多用简单句，很少修饰语。但是，张天翼的童话并非没有修饰性语言系统，而是"一反中国现代其他童话作品以描述句为主要句法的单一言语系统，将描述句中的陈述性成分和修饰性成分剥离开来，又扩而大之为陈述性言语系统和修饰性言语系统"。[1] 修饰性言语系统，它不直接体现情节的演进过程，主要以渲染、烘托作品的情调为职责，对陈述性言语系统起到修饰的作用。因其呈现出相当的游戏色彩，故我们称之为游戏化的修饰语。

张天翼童话中游戏化的修饰语，首先表现为韵文。如果说韵文在张天翼的儿童小说中尚属个别现象，那么在其童话中，韵文的频繁出现则成了一个普遍性现象，成为张天翼童话的一大特点，如《秃秃大王》第十三章中就有六处韵文：

（1）我们真听话。

我们去救妈妈。

---

[1] 何群：《张天翼童话的语言学分析》，《山东师大学报（社会科学版）》，1994年第4期。

大狮脸上开了花。①

(2) 咳哼咳哼，

大狮决不骗你们。

大狮如果骗你们，

那就是个狗。②

(3) 不管三七得八十，

要拿绳子吊大狮。

不管三九四十八，

要叫他在地下爬。③

(4) 不管七八二十四，

我总反对吊绳子。④

(5) 拍通，拍通！

跌个大窟窿。

明天有大风。

绳子吊着颈子痛。

我的爸爸耳朵聋。

啊呀走不动。⑤

(6) 你说走不动，

分明是哄……哄……哄……

---

① 张天翼：《秃秃大王》，选自《张天翼儿童文学全集（四）》，北京：中国少年儿童出版社，2002年版，第112页。
② 张天翼：《秃秃大王》，选自《张天翼儿童文学全集（四）》，北京：中国少年儿童出版社，2002年版，第112—113页。
③ 张天翼：《秃秃大王》，选自《张天翼儿童文学全集（四）》，北京：中国少年儿童出版社，2002年版，第113—114页。
④ 张天翼：《秃秃大王》，选自《张天翼儿童文学全集（四）》，北京：中国少年儿童出版社，2002年版，第114页。
⑤ 张天翼：《秃秃大王》，选自《张天翼儿童文学全集（四）》，北京：中国少年儿童出版社，2002年版，第115页。

你这个坏东……东……

魔鬼住在秃秃宫。

秋天过了就是冬……冬……

桃花树上有莲蓬，

这个坏东……嗡嗡。①

　　这些韵文押韵的形式不一：有的通篇押韵，如（1）、（4）；有的前半部分押一种韵，后半部分押另一种韵，如（3）、（6）；有的押韵不彻底，如（2）的第一句的"哼"与第二、三句的"们"，其韵母略有差别，且最后一句中的"狗"，更是没有押上韵，但是大狮本身就是一只狗，所以最后一句"那就是个狗"是颇有游戏意味的。这些韵文，类似于童谣，在《秃秃大王》与《大林和小林》等童话中非常普遍。它们对于故事情节来说没有实质的意义，游离于故事之外，但有很强的游戏性，给作品带来一种童趣，也会给儿童读者的阅读带来音律上的快感。

　　相比上述韵文，张天翼童话中还有一些游戏性更强的韵文。如《大林和小林》第十一章写皮皮在叭哈所开的大宴会上朗诵了几首他自己作好的诗，其中一首是这样的："松树上结个大南瓜。/蔷薇公主满身的花。/我吃完了饭就回家，/其实我可巴——"。叭哈问最末一句是什么意思，皮皮解释说："那意思就是：'其实我可巴不得留在这儿不走'。因为押韵，就只好省略些。"这就带有一定的游戏色彩，让人不

① 张天翼：《秃秃大王》，选自《张天翼儿童文学全集（四）》，北京：中国少年儿童出版社，2002年版，第115页。

禁莞尔。

游戏性最强的是带有谜底的谜语。如《秃秃大王》第九章写小迷迷跟小明玩猜谜语，小迷迷给小明猜的谜语是："像马一样好，/像马一样高。/人用马鞭一打它，它那马蹄就会跳。/用它拖马车，/马缰一拉它就跑。/马夫牵它到马槽，/它那马脸就笑了，/弯着马头吃马料，/它马嘴里嚼稻草，/像马一样大，/像马一样小，/你马上猜不着。"这样的谜语，让小读者参与进来猜谜，而且谜底就在谜面中，游戏性十足，给作品带来一种活泼的儿童情调。这些韵文，不同于当时充满纯真、梦幻的儿童诗歌，具有周作人说的"无意思"之意思的特色，类似于二十世纪七八十年代出现的解放儿童天性的幽默儿歌。它既可以收到幽默的效果，又可以减缓叙事速度，让叙事节奏张弛有度。

现代童话中，陈伯吹的《阿丽思小姐》与沈从文的《阿丽思中国游记》中也穿插着不少的韵文，试做一比较：

　　一张小嘴樱桃红，

　　年纪小小不要凶；

　　大人教训要听懂，

　　大人说话要服从。（《阿丽思小姐》）

阿丽思：那你怎么不再娶一房太太？

　　　　难道是你这样找太太也找不来？

灰　鹤：一者是我们族类有这规矩，

　　　　二者是她们都嫌我太阴郁。（《阿丽思中国游记》）

上引《阿丽思小姐》的韵文是蝉儿对阿丽思说的话，充满了教化的气息，显然不及张天翼童话中韵文纯粹是一种无关教化的游戏之文。当然，《阿丽思小姐》中不是没有纯粹的游戏之文，像"来来来，好花开，不要采！大狗跳，小狗叫；小狗叫一叫，大狗跳两跳"，就充满了清新与童真之气。可惜陈伯吹过强的教化观念，使他写进去的韵文大多是教训之歌，少了游戏色彩。沈从文的《阿丽思中国游记》就更是如此。该书第七章里众多鸟类的长篇累牍的讨论，都是以韵语的形式来写的，毫无趣味，充满了世故成人的酸腐之气。在上世纪三四十年代的童话中，穿插的韵文大部分都充满了教化意味，比如《新木偶奇遇记》中的："你不要脸的木偶匹诺曹，/你出卖了国家，/又出卖了同胞！/今天，我们送你进坟墓，/明天，国家要得到自由，/人民要得到幸福！"相比而言，张天翼的童话，虽然教化思想也较明显，但他运用的韵文倒是一派天真，充满了游戏意味，没有被他功利的儿童文学观所殃及。

其次，游戏化的修饰语表现为图像性摹状。张天翼在童话中创造性地插入了诸多的图像，如《大林和小林》：

信封上是这样写的[①]：

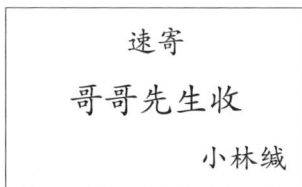

> 速寄
>
> 哥哥先生收
>
> 小林缄

[①] 张天翼：《大林和小林》，选自《张天翼儿童文学全集（二）》，北京：中国少年儿童出版社，2002年版，第315页。

这些以文本框加文字的形式创造的图像，是张天翼童话内容的一部分，不同于那些事后由漫画家或美编为文本配上的插图。也就是说，这些图像是张天翼创作出来的，而不是由另一个人画的。除了《大林和小林》，《秃秃大王》《金鸭帝国》《宝葫芦的秘密》中都创造性地运用了这种方法，如《秃秃大王》的"价目表"[①]：

求菩萨做事的价目表　大减价!!! 大减价!!!

大事小事都可以求娘娘，

娘娘一定来帮忙，

娘娘做事又快又稳当。

各各各!! 啪啪啪!

　　　　总经理——老和尚。（签字盖图章。）

要求救妈妈爸爸和姊姊　　　一百二十元

要求天天有糖吃　　　　　　　五角

要求打架一定打胜　　　　小洋八分

要求不会给老师罚站　　　　　十元

要求乱吃东西不会肚子痛　　三十角

要求偷东西吃不会给妈妈看见　一千分

要求用袖子揩鼻涕不会脏　三百五十元

要求天天都是星期日　　　铜元一枚

要求娘娘菩萨真正答允我的要求十万万万万元

---

① 张天翼:《秃秃大王》，选自《张天翼儿童文学全集（四）》，北京：中国少年儿童出版社，2002年版，第48页。

如《金鸭帝国》中肥肥公司的"大粪商标"①：

> **大粪商标**
>
> 空前绝后，金鸭帝国第一，世界第一，货品好，又公道
>
> 肥肥公司 　　　　　　　　　　　鼎鼎大名大粪王
>
> 　　　　　　　　　　　　　　　牺牲本钱开工厂
>
> 提倡实业，机器工业万岁，帝国光荣，呱呱叫，了不起

再如《宝葫芦的秘密》中宝葫芦为王葆给名贵花草插上的名字标签：

你瞧！——这一盆②：

> 莲花掌　景天科

限于篇幅，后三部童话仅各举一例。在张天翼的童话中，像这样的例子不胜枚举。这些图像，虽然大多数不过是运用了文本框而已，但它们比单纯的文字，无疑要更形象更直观，游戏性更强，甚至带有幽默讽刺的意味（如"求菩萨的价目表""大粪商标"），更能吸引儿童。

再次，游戏性的修饰语表现为变动字号的句子。四部长篇童话试各举一例：

（1）《大林和小林》：蔷薇公主照照镜子，笑道：

---

① 张天翼：《金鸭帝国》，选自《张天翼儿童文学全集（三）》，北京：中国少年儿童出版社，2002 年版，第 75 页。

② 张天翼：《宝葫芦的秘密》，选自《张天翼儿童文学全集（四）》，北京：中国少年儿童出版社，2002 年版，第 257 页。

"今今今天真好，好！好！好！好玩呀！"①

（2）《秃秃大王》：神仙笑了起来，大声说道：

"我骗你们的呀，我是要骗你们的果子吃呀！"②

（3）《金鸭帝国》：在这雕像的胸部——有新刻上的两行大字，又粗又黑，非常触目：

肥香公司的出品

亦有如此之精美③

（4）《宝葫芦的秘密》：我一面想着，一面动手去理书包。然后我掏出我那本小本本儿来，写上了一行字：

星期一 2 时 55 分：借《科学画报》。④

在前两例中，字体的变大或变小跟说话的声音有关。蔷薇公主弱不禁风说话声音很小，所以用比正文小一号的黑体字来表达，而骗子神仙是大声说话，所以用比正文大一号的黑体字来表达。例（3）讲的这座雕像即书中所谓的"不可知的爱神雕像"，是黄狮国一位爵爷的家藏宝，后来那位爵爷破产了，雕像便归了一位银行家，银行家又把它送给了大粪王。大粪王便在雪白的大理石雕成的雕像胸部刻上了两行字，是"又粗又黑"的大字，所以作者故意用比正文大两号的黑体字来表现，突出其"非常触目"的效果，达到对大粪

---

① 张天翼：《大林和小林》，选自《张天翼儿童文学全集（二）》，北京：中国少年儿童出版社，2002 年版，第 358 页。

② 张天翼：《秃秃大王》，选自《张天翼儿童文学全集（四）》，北京：中国少年儿童出版社，2002 年版，第 45 页。

③ 张天翼：《金鸭帝国》，选自《张天翼儿童文学全集（三）》，北京：中国少年儿童出版社，2002 年版，第 357 页。

④ 张天翼：《宝葫芦的秘密》，选自《张天翼儿童文学全集（四）》，北京：中国少年儿童出版社，2002 年版，第 213—214 页。

王不懂艺术、暴殄天物之行为的讽刺。例（4）是王葆写下第二天要做的重要事项，作者用大一号加粗的形式，表现王葆对这件事的重视，呈现出一种儿童的稚趣。这些不同字号不同字体的文字，和上述结合文本框与文字的摹状性图像，都是对所写对象的一种视觉摹拟，完全符合儿童具象思维的特点，具有较强的游戏意味，能给读者一种直观的视觉冲击。

最后，游戏化的修饰语还表现在象声词的运用上。如《秃秃大王》中：

（1）

秃秃大王说：

"呼呼！呼呼呼呼呼！呼呼！我是全世界第一个魔王。呼呼呼呼呼！"①

（2）

十二个小迷迷就用爪子抓住大狮，大狮就发起怒来，大叫道：

"汪汪汪汪汪！汪汪！汪汪汪汪汪汪汪！"②

（3）

十二个小迷迷说道：

"咪咪咪，

---

① 张天翼：《秃秃大王》，选自《张天翼儿童文学全集（四）》，北京：中国少年儿童出版社，2002 年版，第 12 页。
② 张天翼：《秃秃大王》，选自《张天翼儿童文学全集（四）》，北京：中国少年儿童出版社，2002 年版，第 92 页。

我们到了魔宫里。"①

（4）

小明和冬哥儿就拿一把斧子来，在十二个小迷迷的肚子上一打，"空隆！"一声，肚子里的瓶子打破了，肚子就不胀了。②

例（1）中，秃秃大王因为没有牙齿，所以说起话来会漏风，发出"呼呼"的声音。例（2）中因为大狮是一条狗，所以发起怒来就显出了它的本性。例（3）中因为小迷迷就是小猫，说话前面通常都以"咪咪咪"来起首。例（4）中以"空隆"来摹仿瓶子被打破的声音。象声词在张天翼其他儿童文学作品中也具有普遍性，它们或摹仿人物说话发出的声音，或摹仿动物的叫声，或摹仿事物发出的声音，具有音响的效果，给儿童读者一种感官上的享受。

张天翼的童话，通过插入韵文和图像、变动字号、运用象声词等方法，建构了一套带有游戏意味的修饰语。修饰性语言的运用，使张天翼的儿童文学作品，尤其是童话中弥漫着浓厚的游戏氛围和快乐情调。它以直观化为特质，是一种更具视觉冲击力、更具动感与触感的具象化表达。它依附消融于叙述性言语系统，"以其对孩子游戏生活和物质材料进行现象性直观摹拟的语符体，直诉儿童感官，使儿童在阅读故事、领略情节关系的同时如耳闻其声，身临其境，充分享

---

① 张天翼：《秃秃大王》，选自《张天翼儿童文学全集（四）》，北京：中国少年儿童出版社，2002 年版，第 133 页。

② 张天翼：《秃秃大王》，选自《张天翼儿童文学全集（四）》，北京：中国少年儿童出版社，2002 年版，第 54 页。

受到官能的快感"。①

联系前面两小节的论述，可以看出，张天翼童话不仅叙述语呈现儿童化的特点，其人物语言也是儿童化的。而其使用的修饰语更是一种贴近儿童、为儿童所喜欢的语言。张天翼童话带有游戏色彩的儿童化语言，是其儿童文学创作的重要突破，使他的创作艺术高于同时期的儿童文学作家，具有永恒的艺术魅力，对当下的儿童文学创作具有借鉴价值。

综上所述，我们可以得出一个结论：张天翼童话的语言是成人创造出的真正儿童化的语言，这是张天翼不同于其他儿童文学作家之处，也是张天翼在文体方面对中国现代儿童文学作出的重要贡献。

---

① 何群：《张天翼童话的语言学分析》，《山东师大学报（社会科学版）》，1994 年第 4 期。

第三章

张 天 翼 与 中 国 现 代 儿 童 文 学 的 现 实 主 义 方 向

现实主义，是中国现代文学的主潮。它在新文化运动中，通过鲁迅、茅盾、冰心、巴金等人的小说创作，成为当时文坛上一面鲜明的旗帜，飘扬在整个新文学的发展历程中。这正如茅盾所说："中国新文学二十年来所走的路，是现实主义的路。……但是二十年来的社会经过多少变动。中国经济发展的不平衡，在这二十年来，加速加剧。社会层的消长起伏，在这二十年来，亦加速加剧。于是各有其文学上的代表——虽然只是浪潮上的浮沫。因此在二十年来的文坛上，也曾见唯美主义、象征主义等旗号；而且据说也有作品。可是不幸，被时代遗忘了。现实主义屹然始终为主潮。"①

中国现代儿童文学作为现代文学的重要部分，很大程度上受到现代文学的规训，也选择了现实主义作为发展主潮，形成了自己独特的个性，跟以幻想文学为主的西方儿童文学区别开来。

---

① 茅盾：《现实主义的道路》，原载《新蜀报》，1941 年 2 月 1 日。现收入《茅盾全集》第 22 卷，北京：人民文学出版社，1993 年版，第 171 页。

第一节
中 国 现 代 儿 童 文 学 中 的 现 实 主 义 走 向

　　自叶圣陶《稻草人》童话集诞生以来，中国儿童文学就开创出一条属于自己的道路——现实主义的创作道路。

　　然而，叶圣陶的童话创作并非一开始就走向现实主义的道路。在《稻草人》集中，前面几篇诸如《小白船》《傻子》《一粒种子》《芳儿的梦》《梧桐子》，以诗意、浅易的语言着力表现一个温馨、美丽的"孩提的梦境"，具有浪漫主义的色彩。如叶圣陶的《芳儿的梦》便是以诗意的语言来叙述芳儿如何为妈妈的生日准备礼物，她从月亮姊姊和云哥哥那儿得到启示，决定送给妈妈一个星星串成的项链。这个想法当然不现实，但作者让它在芳儿的梦中得以实现，来讴歌芳儿纯洁的童心及对母亲比海还深的爱。这种诗意的语言，明朗的情调，对童心、自然及爱的礼赞，在早期的《小白船》

《傻子》《燕子》《新的表》《梧桐子》里，都大体保持着。

现实社会的每况愈下，使得叶圣陶不得不把自己体验到的"成人的悲哀"写进童话，一步步由诗意的梦境走向残酷的现实。叶圣陶童话创作上由童心主义（或浪漫主义）向现实主义的转变，郑振铎在《〈稻草人〉序》中揭示过："然而不久，他竟无意地自己抛弃了这种幼稚的幻想的美满的大团圆。如《画眉鸟》，如《玫瑰和金鱼》，如《花园之外》，如《瞎子和聋子》，如《克宜的经历》等篇，则其色彩已显出十分的灰暗。及至他写到快乐的人的薄膜的破裂，则他的悲哀已造极巅，即他所信的田野的乐园，此时也已摧毁。最后，他的对于人世间的希望，遂随了稻草人而俱倒。"[1] 叶圣陶后来回顾自己的儿童文学创作时，也意识到了这一点："《稻草人》这本集子中的二十三篇童话，前后不大一致，当时自己并不觉得，只在有点儿什么感触，认为可以写成童话的时候，就把它写了出来。我只管这样一篇接一篇地写，有的朋友却来提醒我了，说我一连有好些篇，写的都是实际的社会生活，越来越不像童话了，那么凄凄惨惨的，离开美丽的童话境界太远了。经朋友一说，我自己也觉察到了。但是有什么办法呢？生活在那个时代，我感受到的就是这些嘛。所以编成集子的时候，我还是把《稻草人》这个篇名作为集子的名称。"[2] 从这段话可以看出，《稻草人》童话集中一些作品的内容及风格的转变，当时就有质疑的声音，而叶圣陶听到这种声音后仍坚持自己的创作方法。

---

[1] 郑振铎：《〈稻草人〉序》，《文学》（原名《文学旬刊》），1923年10月15日。
[2] 叶圣陶：《我和儿童文学》，见叶圣陶等著：《我和儿童文学》，上海：少年儿童出版社，1980年版。

　　大概从 1922 年 3 月发表《画眉》起，叶圣陶开始把眼光投向底层社会，关注那些不幸的人、穷苦的人、流浪的孤儿、跛乞丐、受灾的同胞、穷困的渔妇、生病的小孩等，对社会的一些黑暗面加以揭示，让儿童对人间社会的现状有所认知。这方面，最具代表性的作品是他的童话《稻草人》。它以第三人称全知视角叙述稻草人夜间遇见的几件事：看见一只小蛾落在一片稻叶上，产下了子，但他没有能力告诉他的主人——那个死了丈夫又死了儿子的老太太；看见一个渔妇捞了一条鲫鱼，准备给生病了的儿子煮粥吃，而儿子渴想喝茶，却没得喝；看着放在桶里求救的鲫鱼、穷困的渔妇及生病的小孩；看着一个女人被好赌与贪杯的丈夫卖给别人，投河自尽了。这一切，稻草人都只能看在眼里，无法去改变。稻草人这一形象，象征着在黑暗现实面前无能为力的传统知识分子，那透过纸背的深情，是儿童难以体会的。而过多"成人的悲哀"的融入，过于悲惨的写实，过于悲观的结局，使得《稻草人》等后期现实主义童话，传达的不过是成人的观念与社会经验，远离了儿童的审美心理，因而也偏离了儿童本位的精神。

　　叶圣陶在创作少数几篇表现童心童趣的童话之后，选择现实主义作为自己的创作方向，不是偶然的巧合，而是有着历史的必然性。从叶圣陶内部原因来看，叶圣陶的创作——不管是儿童文学创作还是成人文学创作，一直都是从自己熟悉的人情世态出发。叶圣陶曾在《谈学习文艺》一文中指出："理解与创造的根源只有一个，那就是生活经验。"[①] 正

---

① 叶圣陶：《谈学习文艺》，《文艺学习》，1946 年第 3 期。

因为叶圣陶的创作是以生活经验为源泉，故其眼光必然会瞄准社会现实与大众人生。从外部原因来看，当时的动荡不安的社会时局与主流的文学话语模式——新文化运动确立了现实主义作为现代文学的主导方向，加上提倡"为人生的文学"的文学研究会作为一个文学场对叶圣陶的影响，使得叶圣陶只有选择现实主义才不会被时代及同僚所抛弃。

叶圣陶的现实主义童话创作，由于呼应了文学研究会的为人生、为平民的文学立场，顺应了时代精神的要求，不仅得到了文学研究会同僚诸如郑振铎、茅盾等热情的表扬，也得到新文化运动健将诸如鲁迅的肯定。正因为如此，叶圣陶现实主义风格很快便进入主流文学话语系统与文学史视野，对此后中国现当代儿童文学的创作风格产生了深远的影响。

叶圣陶的童话创作是现代儿童文学的一个高潮，可是后继者乏人，甚至儿童文学界出现倒退的现象。[①] 一直到 1930 年代张天翼长篇童话《大林和小林》的连载，才打破儿童文学的沉寂状态，掀起童话创作的另一个高潮。

张天翼的儿童文学创作，尤其是长篇童话的创作，继承了叶圣陶的现实主义风格。张天翼跟叶圣陶一样，立足现实，面对人生，用童话与儿童小说来针砭现实社会，广阔而深刻地反映时代与生活。他在《〈奇怪的地方〉序》中说："只要不是一个洋娃娃，是一个真的人，在真的世界上过活，

---

① 鲁迅对此有精辟的评论："十来年前，叶绍钧先生的《稻草人》是给中国的童话开了一条自己创作的路的。不料此后不但并无蜕变，而且也没有人追踪，倒是拼命地在向后转。看现在新印出来的儿童书，依然是司马温公敲水缸，依然是岳武穆王脊梁上刺字；甚而至于'仙人下棋''山中方七日，世上已千年'；还有《龙文鞭影》里的故事的白话译。这些故事的出世的时候，岂但儿童们的父母还没有出世呢，连高祖父母也没有出世，那么，那'有益'和'有味'之处，也就可想而知了。"见鲁迅：《〈表〉译者的话》，《译文》，1935 年第 2 卷第 1 期。

就要知道一些真的道理。"① 张天翼的长篇童话也好，儿童小说也罢，都竭力去表现"真的人"与"真的世界"，以教给儿童一些"真的道理"——这是张天翼创作的出发点。

跟叶圣陶童话的现实主义相比，张天翼童话又有不同的地方。张天翼的童话更贴近现实生活，人间性更强。叶圣陶的童话集《稻草人》包括23篇童话，其中拟人童话有11篇：《燕子》《梧桐子》《大嗓门》《鲤鱼的冒险》《画眉》《玫瑰和金鱼》《祥哥的胡琴》《克宜的经历》《跛乞丐》《小黄猫的恋爱故事》《稻草人》。除了《稻草人》现实意味比较强外，其他作品大多跟当时的社会生活没有什么关系，如《燕子》写一只燕子受伤被小女孩青子所救并被送回的故事；《梧桐子》写一颗梧桐子挣脱树枝，落在田边上，被一个姑娘捡到带回了家，后来被麻雀衔住向外面飞去，掉进了泥巴里，发芽长大成树；《玫瑰和金鱼》写玫瑰与金鱼分别被主人抛弃的故事。另外，《地球》是写地球上怎么会有山有海有平地的故事，《新的表》是一个教儿童认表、用表的故事，可以看作是知识性童话，跟现实关系也不大。而像《小白船》《芳儿的梦》等讴歌童心的作品，其现实性也并不强。所以在《稻草人》中，至少有一半的作品，跟现实生活关系不大，现实色彩比较淡。而张天翼的四部长篇童话，里面虽然也涉及一些拟人形象，但其内容完全是来自当时的社会生活，主要是写统治阶级对工农阶级的压迫与剥削，写帝国主义对中国的侵略，写新时期儿童的生活及存在的问题，更贴近当时的社会现实，人间性更强。

---

① 张天翼：《〈奇怪的地方〉序》，上海：文化生活出版社，1940年版，第11页。

　　张天翼的长篇童话往往选取当时社会的重大题材，表现出全景式的社会图景，对社会生活的表现更为广阔，更为深入。《稻草人》中虽然对现实有所反映，但反映的范围比较狭小，主要表现底层人物个体及某一个领域的情况。如《祥哥的胡琴》表现的只是作为孤儿的祥哥的个人遭遇，即便是该童话集中的同名代表作《稻草人》，表现的也不过是老妇人、渔妇及被丈夫卖掉的女人三个人的遭遇，而对作品中人物陷入困境的社会原因缺乏揭示，对现实的表现还不够深入。而张天翼的童话，包罗万象，囊括了当时社会生活的方方面面，上至统治阶级，下至农民、工人、儿童，甚至对资本主义经济的发展，都有深刻的书写。《大林和小林》以当时社会的重大题材——阶级矛盾与冲突作为对象，以大林、小林两个人的遭遇为线索，通过以大林、巴哈、四四格、红鼻子王子等代表的统治阶级的奢侈、腐败的生活，与以小林、乔乔等代表的被统治阶级的苦难生活形成鲜明的对比，"巧妙地刻画了上层社会与下层社会、资产者与无产者、压迫者与被压迫者各自的精神面貌及其他们的矛盾斗争"，显现了中国苦难社会的现实主义的广阔背景。①《秃秃大王》是以阶级斗争与阶级暴动为题材，既写了作为统治阶级的秃秃大王欺诈农民、强抢民女的霸道行为，又写了作为被损害与侮辱的小明、冬哥儿在被"神仙""菩萨"骗了之后，联合村里的群众，一同打到秃秃宫，救出由君与干干小姐等人，捉住了秃秃大王。在这篇作品里，"人、物穿插交汇，时、

---

① 参见王泉根：《现代儿童文学主潮》，重庆：重庆出版社，2000年版，第277页。

空无羁组合，构建出一幅汪洋恣肆的全景式社会图画"。① 而《金鸭帝国》更是一改前两部截取生活横断面的做法，力图对生活做纵断面的呈现。书中"引子"由模仿《圣经》的三篇"书"构成：《山兔之书》写余粮族人的原始时代，《鸭宠儿之书》写余粮族人的奴隶时代，《金蛋之书》写余粮族人的封建时代。而正文通过两卷来写"大粪王"如何从一个穷苦的孤儿，通过各种阴谋与手段，挤垮其他同行企业，成为一个腰缠万贯的资本家，以此来揭示资本主义由原始积累向垄断资本进而向帝国主义发展的历史过程。这篇作品从"创世"写起，一直写到垄断资本主义向帝国主义转变，这中间的时间跨度十分漫长，简直是一部"人类简史"，堪称史诗性的奇书。遗憾的是，以童话故事来图解马克思主义理论，在艺术上并没有也不可能取得成功。

张天翼的儿童文学作品对现实的描写是动态的，且具有较强的主观色彩。叶圣陶的童话，对现实的描写基本是静态的，往往是借助作品中某一个人物（包括拟人形象）的眼睛来呈现的。如《眼泪》是透过寻找同情眼泪的人的眼睛来写马路边、会场门口、大工厂里的情形："他来到一所大工厂里。无数男工女工在这里工作。机器的声音把他们的耳朵都震聋了，机油的气味塞满了他们的鼻孔。他们强打起精神，努力使自己的动作跟上机器的转动。他们的脸又白又瘦，跟死人差不了多少；有的趴在机器旁边，吃自己带来的粗劣的食物……"② 这很明显是"他"对大工厂的静止的描写。

---

① 王泉根：《现代儿童文学主潮》，重庆：重庆出版社，2000 年版，第 277 页。
② 叶圣陶：《眼泪》，选自叶圣陶：《稻草人 叶圣陶精选集》，沈阳：万卷出版公司，2016 年版，第 107 页。

"他"仿佛就站在大工厂的门口，朝里面静静地观望，然后一一记下自己所见的情形。在《旅行家》（透过旅行家的眼睛来写有钱人、穷人的生活及商店的情形）、《画眉》（透过画眉的眼睛写人间不幸之人的生活）、《瞎子和聋子》（透过恢复视觉而丧失听觉的"瞎子"打量人间的不幸）、《快乐的人》（透过快乐的人来凝视采桑人的劳作与纺纱厂妇女的生活）、《稻草人》（透过稻草人来目睹老妇人、渔妇、投水女子的悲剧）中，基本上都是以书中一个人物来凝视社会现实。而张天翼童话对现实的描写往往是动态的。张天翼曾在《文学大众化问题征文》一文中说："我认为那些笨重沉闷的心理描写最好能够避免：每个人物都拿举动来说明他。写景也愈少愈妙，因为对那些什么金雀花，什么啄木鸟之类，不但别人没工夫去查生物学大辞典，而且这年头也不会领会到杜鹃怎样在溪水旁边摇头的闲情逸致。"[1] 这话虽然是针对成人文学说的，但也贯穿在他的儿童文学创作中。正因为如此，张天翼的儿童文学作品很少有大段静态的景物描写或人物描写的文字，即便有，他也往往是把对物或人的描写置于故事的发展过程之中。如儿童小说《小账》，对松记酒家肮脏的环境，作者并没有作静态的描述，而是把它跟人物的动作与处境结合起来写：

（1）"小福子！"她站在一个房门口。门上那块"内设雅座"的牌子旁边掉下一根蜘蛛丝，一个小蜘蛛在绕着腿子。"×娘的你这小鬼……还不起来！"

---

① 张天翼：《文学大众化问题征文》，《北斗》，1932年第2卷第3、4期合刊。

一点没错：小福子这小鬼仆在油腻腻的桌子上睡觉。①

（2）他俩低着脑袋弄那些鸭肠，一案板腻腻的水从缝里往地下滴。到处都拥着几千几万个大头苍蝇：头红得仿佛涂过胭脂，身子绿得发光，像个艳妆女人似的那么美丽可爱。只要你的手一动，她们就似乎怕你弄脏了她衣裳，"嗡"地叫着就暂时飞开去，一会儿又拥着来。②

上引第一段文字中，松记酒家的卫生情况是夹杂在老板娘的言语、动作之中，跟人物的动作联系在一起的：通过门上牌子旁边的蜘蛛与蜘蛛丝，以及小福子趴着睡觉的油腻腻的桌子，可窥松记酒家内里环境之一斑了。第二段文字中，对松记酒家后面小院子的描写，又是跟小福子与小和尚弄鸭肠结合在一起的，而且作者避开写后院的摆设，仅仅描写几千几万个大头苍蝇，就写出了后院的肮脏。张天翼的长篇童话节奏更为明快，很少作静态的描写，而多动态的叙述，如《大林和小林》写国王的外貌："国王没有办法，只好起来开城门。国王年纪很老了，很长很长的白胡子拖到了地上，走路走得一不留心，他就会绊住自己的胡子摔跤。这时候国王手里拿一支蜡烛，慢慢地走到城门口，'拍跶'就摔了一跤，

① 张天翼：《小账》，选自《张天翼儿童文学全集（一）》，北京：中国少年儿童出版社，2002年版，第98—99页。
② 张天翼：《小账》，选自《张天翼儿童文学全集（一）》，北京：中国少年儿童出版社，2002年版，第101页。

蜡烛也熄了。"① 写国王的外表，仅仅写了他的白胡子，而白胡子又是跟他走路摔跤联系在一起的，突出了国王的懦弱无能。

正因为张天翼的儿童文学作品，尤其是长篇童话，很少对人或事物作静态的描写，所以整体而言，张天翼儿童文学作品的叙事速度比叶圣陶的儿童文学作品要明快得多，读起来更有动感，更符合儿童的审美心理。

与叶圣陶对社会现实的客观叙述不同，张天翼的叙述带有较强的主观色彩，这突出地表现在作品中叙述声音的频繁出现。如《大林和小林》第二章写皮皮捡到小林，说小林是他的财产，小林不服，找国王去评理，国王问什么事，接下来作者写道："皮皮对国王鞠一个躬说道……不对，我说错了！原来皮皮先生还没有开口，小林就抢着说了，他说得很快……"② 这句话中的"我说错了"，表明叙述者（即"我"）已经现身，向读者说明小林当时的抢话情形。第四章写巡警给小林、四喜子、木木三人上"足刑"，但并未交代什么是"足刑"，直到叙述者跳出来解释："现在我趁他们不叫的时候说出来吧。足刑是什么呢？原来是——搔脚板！"③ 第八章由小林写到大林，先以虚拟读者提议从大林和小林分开写起为过渡，然后自然衔接到大林的故事："对，我就从那里说起吧。那天不是怪物没抓住大林和小林么？那

---

① 张天翼：《大林和小林》，选自《张天翼儿童文学全集（二）》，北京：中国少年儿童出版社，2002 年版，第 277 页。
② 张天翼：《大林和小林》，选自《张天翼儿童文学全集（二）》，北京：中国少年儿童出版社，2002 年版，第 278 页。
③ 张天翼：《大林和小林》，选自《张天翼儿童文学全集（二）》，北京：中国少年儿童出版社，2002 年版，第 296 页。

天大林也像小林一样，拼命跑，拼命跑，一口气跑了二十里路。大林回头一看，怪物不见了，小林也不见了。"① 这是叙述者的一种自白，表明他接受了虚拟读者的建议，让读者感到自己参与到故事的叙述当中，更加拉近了跟读者的距离。在《大林和小林》中，还有多处如此这般的叙述干预，以与现实中的读者进行交流。而在《秃秃大王》里，单以"读者诸君"（或亲爱的读者）为标志的叙述干预就有 6 处。② 关于叙述者对叙述的干预，我们在后文有更详细的论述，此不赘述。叙述者的频繁现身，对故事、人物的解释、说明与评论，在拉近与读者心灵上距离的同时，也为作品着上较强的主观色彩。

张天翼的现实主义风格具有强烈的政治性与革命性，更准确地说，这种富于政治性与革命性的现实主义应该称作革命现实主义。张天翼的儿童小说就有数篇表现阶级斗争，鼓励人们对黑暗、腐蚀的反动势力进行反抗。《蜜蜂》通过儿童"我"之口，讲述以爸爸、长伯伯、松伯伯为代表的农民，与以大头鬼的爸爸为代表的资本家及以县长为代表的统

---

① 张天翼：《大林和小林》，选自《张天翼儿童文学全集（二）》，北京：中国少年儿童出版社，2002 年版，第 316 页。

② 6 处分别为：第八章："亲爱的读者，请你给这封信打一个分数罢。这封信里不知道有错字没有，你要仔细看一看。如果有看不懂的地方，可以去问问国语老师。"第十一章："读者诸君，大狮家里一共有多少人呀？请你们仔细算一算。如果算不出，就……"第十四章："读者诸君，我们不能够跟他们走五个钟头，我们先到秃秃宫去看看。"第十五章："读者诸君，你们当然知道这个月亮是从什么地方来的，这个月亮原来就是秃秃大王的头。"第十六章："读者诸君，你们在这里看什么书？借给我看看好不好？什么！你们还在这里看秃秃大王的故事么？这个故事已经说完了呀，你们还看什么呢？读者诸君，如果你们一定还要听故事就请你们去听老米的故事吧。""后来有一个大文学家把老米的故事写下来，写了几百万册书，造一个很大的图书馆来藏这部书。读者诸君可以去看看。"

治者的斗争，虽然农民的请愿失败了，但塑造了一批为了自己正当的权益敢于斗争的农民形象，也成功地塑造了一个具有高超组织能力、意志坚强的儿童形象黑牛。《大林和小林》中对巴哈先生、长胡子国王、红鼻子王子、蔷薇公主的肮脏、丑陋及懦弱无能极尽讽刺之能事，对小林与乔乔等对咕噜公司老板四四格及红鼻子王子的反抗予以肯定。故事虽然没有直接写小林等铁路工人与红鼻子国王（长胡子国王在海里淹死后，红鼻子王子便成了红鼻子国王）的抗争，但通过年老铁路工人的转述，我们仍得以知道大致的情形，而最终其他各阶级的声援，迫使红鼻子国王不得不放了小林等工人，昭示了无产阶级大联合的强大力量。《秃秃大王》通过叙述秃秃大王的胡作非为、残暴无能，批判的矛头更是直指统治阶级，并影射当时国民政府的最高首领。正因为如此，这部作品在《现代儿童》上还没有连载完，就被国民党当局所禁。而故事中写小明与冬哥儿最初想依靠神仙与菩萨去救爸爸妈妈与姐姐，失败之后醒悟到要联合村里的人民群众，最后依靠村里的人战胜了秃秃大王，这其实是在号召广大群众不要迷信封建思想，要团结起来一起对抗反动统治者。《金鸭帝国》中的金鸭帝国就是指日本帝国主义。它以大粪王的罪恶发迹史来演绎日本帝国主义的发展过程，批判的矛头直指日本帝国主义，对当时国内民众的抗日情绪具有一定的鼓动性。

　　总的来说，张天翼的儿童文学创作继承了叶圣陶的现实主义风格，以社会现实为出发点，竭力去表现一个"真的世界"。但是，由于受左翼思潮的影响，张天翼凭借个人的创作才华又发展了叶圣陶的现实主义，创作出一批富于战斗性

的革命现实主义的儿童文学作品，呈现出明显不同的特点：叶圣陶童话中大多的拟人童话及知识性童话等与现实生活联系较弱，而张天翼童话现实性更强；叶圣陶童话善于以微观叙事来呈现局部社会的现状，张天翼童话善于以宏大叙事来书写时代整体的生活；叶圣陶童话善于对现实作静止、客观的描绘，张天翼童话善于将景物或人物的描写置于故事发展之中；叶圣陶对现实有一定的讽刺性，但很少写民众的反抗斗争，不能激起读者的革命意识，而张天翼从一开始就紧紧地贴近时代，善于撷取现实生活中富于矛盾性的题材，着力去表现现实中的阶级冲突与斗争，鼓动读者站起来与黑暗的现实作斗争。正如王泉根指出的："如果说叶圣陶还是从凡俗生活的层面、从社会人生的层面去关注、开拓现实主义儿童文学的话，那么张天翼则是把社会的变革尤其是现实的斗争直接写入了作品之中。"① 正是在这个意义上，我们说张天翼的儿童文学创作深化了叶圣陶的现实主义风格，将现实主义推向一个新的高度。

张天翼是左翼儿童文学的代表作家，他的儿童文学作品成为革命现实主义风格的典范，成为上世纪 30 年代乃至 40 年代儿童文学作家效法的对象。某种程度上可以说，上世纪三四十年代的现代儿童文学基本是沿着张天翼的革命现实主义方向发展的。

---

① 王泉根：《中国儿童文学概论》，长沙：湖南少年儿童出版社，2015 年版，第 182 页。

第二节
张 天 翼 童 话 中 的 政 治 话 语

　　张天翼的儿童文学作品以革命现实主义风格为主，而最能体现这种风格的无疑是他的政治童话。他的长篇童话相比儿童小说、寓言、儿童剧，更具政治性与革命性，而这很大程度上是受"左翼思潮"及阶级斗争、民族矛盾的社会现实的影响而形成的。

　　1930 年初，"中国左翼作家联盟"宣告成立，这是中国现代文学史上的一个大事件，标志着中国共产党开始在文学领域自觉贯彻其思想路线。1931 年 11 月"左联"执行委员会通过了《中国无产阶级革命文学的新任务》（下称《新任务》）的决议。在该文件中，明确了"左联"文学创作最重要的六项任务："中国无产阶级革命文学最重要的当前任务，在原则上可以归纳为下列六项：1. 在文学的领域内，加紧反

帝国主义的工作……2. 在文学的领域内，加紧反对豪绅地主资产阶级、军阀、国民党的政权……3. 在文学的领域内，宣传苏维埃革命以及煽动与组织为苏维埃政权的一切斗争。4. 组织工农兵通信员运动、壁报运动，及其他的工人农民的文化组织……5. 参加苏维埃政权下以及非苏维埃区域内一切劳苦大众的文化教育工作……6. 反对民族主义、法西斯主义……（引文省略了一部分，省略号为引者所加）"①《新任务》对创作的题材、方法等方面作出具体的规定。在题材上，它要求作家注意中国现实生活中的广大题材，尤其是要抓取反帝国主义、反对军阀地主资本家政权以及军阀混战、工人对于资本家的斗争、广大的失业、广大的贫民生活等最能完成当时新任务的五个方面的题材。在方法上，它要求作家从无产阶级的观点、世界观来观察与描写，要求作家成为一个唯物的辩证法论者。②

　　"左联"不是一个一般性的文学团体与作家组织，它是一个革命性的战斗团体，更像一个政党——共产党，具有鲜明的政治性与革命性。③《中国左翼作家联盟的成立》这一文件指出，刚刚成立的"左联"所通过的纲领是："我们知道帝国主义的资本主义制度已经变成人类进化的桎梏，而其'掘墓人'的无产阶级负起其历史的使命，在这'必然的王

---

① 《中国无产阶级革命文学的新任务——1931年11月中国左翼作家联盟执行委员会的决议》，《文学导报》，1931年第1卷第8期。
② 参见《中国无产阶级革命文学的新任务——1931年11月中国左翼作家联盟执行委员会的决议》，《文学导报》，1931年第1卷第8期。
③ 萧三给左联的信中写道："因为左联内部工作许多表现，也绝不似一个文学团体和作家的组织，不是教育作家，吸引文人到反帝反复古之联合战线方面来的组织，而是一个政党，简单说，就是共产党！一般人也认为左联便是共产党。"见陈早春编选：《中国左翼作家联盟文件选编》，《新文学史料》，1980年第1期。

国'中作人类最后的同胞战争——阶级斗争，以求人类彻底
的解放。那么，我们不能不站在无产阶级的解放斗争的战线
上，攻破一切反动的保守的要素，而发展被压迫的进步的要
素，这是当然的结论。"[1] 这段话明确指出，左翼文学要做解
放斗争的武器，为消灭帝国主义的资本主义制度及阶级斗争
服务。在"左联"看来，当时是革命与战争的时代，社会的
主要特征是"垂死的资本主义国家和它领导下的各小国及殖
民地半殖民地的反动统治阶级，与新兴的社会主义国家和它
领导下的各资本主义国内无产阶级殖民地革命群众的对立斗
争"。[2] "左联"要求成员运用文艺的武器，投身于实际的革
命斗争，去履行当时反帝国主义的战斗任务，履行推翻地主
资产阶级政权而创造无产阶级领导之下的劳动民众政权（苏
维埃）的任务。[3] 总之，在这一时期，左翼文学创作要求以
阶级斗争、反帝国主义斗争为主要题材，发挥其配合革命斗

---

[1]《中国左翼作家联盟的成立》，《拓荒者》，1930 年第 1 卷第 3 期。

[2]《无产阶级文学运动新的情势及我们的任务》（1930 年，8 月 4 日左联执行委员会
通过）指出："全世界早已划分为两大营垒。这两个营垒——一个是垂死的资本
主义国家和它领导下的各小国及殖民地半殖民地的反动统治阶级，另一个是新
兴的社会主义国家和它领导下的各资本主义国内无产阶级殖民地革命群众——
的对立斗争成为现代历史的主要特征。……'左联'这个文学的组织在领导中
国无产阶级文学运动上，不容许它是单纯的作家同业组合，而应该是领导文学
斗争的广大群众的组织。……现在我们所处的时代是革命与战争的时代。"见陈
早春编选：《中国左翼作家联盟文件选编》，《新文学史料》，1980 年第 1 期。

[3]《关于左联目前具体工作的决议》（1932 年 3 月 9 日秘书处扩大会议通过）中说：
"左联既然是一个革命的战斗的文艺团体，它应当赶紧动员自己的力量去履行当
前的反帝国主义的战斗任务，履行推翻地主资产阶级政权而创造无产阶级领导
之下的劳动民众政权（苏维埃）的任务。而且必须在这种任务的进途之中扩大
自己的组织力量，必须运用自己的特殊武器——文艺的武器。左联应当更有系
统地参加一般的革命斗争的民众团体。而且一定要加剧革命文艺方面去尽力反
帝国主义和民众政权的斗争。"又说："自己的创作，应当有计划地进行，适合
当前斗争的需要，创作的中心口号应当是：'揭穿一切种种的假面具''表现革
命战斗的英雄''文艺的大众化'。赶紧抓住阶级斗争中的广大的伟大的题材。"
见陈早春编选：《中国左翼作家联盟文件选编》，《新文学史料》，1980 年第 1 期。

争的文艺武器的作用。

作为当时一种声势浩大的文学潮流，左翼思潮不仅对成人文学有着巨大的影响，也席卷了当时的儿童文学。1930年3月29日，左联机关刊物《大众文艺》在上海举办了如何建设儿童文学及《少年大众》编辑方针的专题讨论会。当时参加会议的左翼作家钱杏邨认为《少年大众》应"给少年们以阶级的认识，帮助并鼓动他们，使他们了解并参加斗争之必要，组织之必要"①；华汉认为《少年大众》"题材方面应该容纳讽刺，暴露，鼓动，教育等几种"②；邱韵铎则认为："大众的对象能够扩大和深入到少年中间去，这是一种最有力的教育工作。我们应该尽可能地利用富于宣传性和鼓动性的文字、插图等样式，来形成他们先入的观念，同时要加紧组织他们的工作，竭力和一切革命的斗争配合起来。"③ 从这些左翼作家的意见来看，他们无疑是把《少年大众》作为教育少年儿童的工具，利用少年的兴趣与喜好，来鼓动他们加入组织、参加斗争，"和一切革命的斗争配合起来"。可以说，"左联"对儿童文学的重视与指导，在原则上与方向上，基本与对成人文学的指导保持着一致。从当时的左翼作家及刊物上的言论来看，左翼文坛要求儿童文学从阶级斗争与民族振兴的角度出发，注入"革命范式"的理想主义激情，强化文学与时代、文学与革命的关系。④

---

① 《〈大众文艺〉第二次座谈会记录》，选自朱自强《现代儿童文学文论解说》，北京：海豚出版社，2014年版，第243页。
② 《〈大众文艺〉第二次座谈会记录》，选自朱自强《现代儿童文学文论解说》，北京：海豚出版社，2014年版，第243页。
③ 《〈大众文艺〉第二次座谈会记录》，选自朱自强《现代儿童文学文论解说》，北京：海豚出版社，2014年版，第244页。
④ 参见王泉根：《现代儿童文学主潮》，重庆：重庆出版社，2000年版，第61页。

　　张天翼是左翼作家中的一员，作为左翼文坛上的一位具有党员身份的"新人"①，其文学观、创作观几乎完全与左翼的重要精神相吻合。1932 年张天翼便在《创作不振之原因及其出路》中说："创作的构成是由于两个要素：思想，生活经验。"② 他讲的"思想"是指"科学的地亚来克谛克（Dialectic）"，即辩证法。可见他自觉地运用了马克思主义的文艺理论来指导自己的创作。而出于对生活经验的强调，他说："我们不但在意识上要抓住新的集体的一种，更得去到集体的世界里去生活，去体验。我们的每个新的创作者都应当离开他的玻璃窗和写字台，到广大的工人，农人，士兵的社会里去。"③ 他还宣称自己的小说创作"就是要揭露现实生活中的各种矛盾，揭示生活中形形色色的人物，特别是要剥开一些人物的虚伪假面，揭穿他们的内心实质；同时也要表现受压迫的人民是怎样在苦难中挣扎和斗争的"，他要通过"帮助读者认识生活，认识世界，晓得什么是真理，什么是谎言，该爱什么，恨什么"，去"促进消灭黑暗的社会制度"，使他们感到"非革命不可"，④ 从而加速旧世界的灭亡和促进新世界的诞生。张天翼无疑是把文学创作当作认识世界、改造世界的工具来看的。由于张天翼自觉地运用马克思主义文艺理论来指导自己的创作，采用阶级分析的方法去观察与描写现实，所以带有强烈的革命性与战斗性。这种文学

① 张天翼于 1927 年春加入中国共产党，并确定了马克思主义的信仰。1931 年 9 月，张天翼在上海参加"中国左翼作家联盟"，成为"左联"的一名成员。
② 张天翼：《创作不振之原因及其出路》，《北斗（上海 1931）》，1932 年 1 月 20 日第 2 卷第 1 期。
③ 张天翼：《创作不振之原因及其出路》，《北斗（上海 1931）》，1932 年 1 月 20 日第 2 卷第 1 期。
④ 张天翼：《〈张天翼短篇小说选集〉前言》，北京：文化艺术出版社，1981 年版。

观与叶圣陶的现实主义文学观有着本质的区别，我们称之为革命现实主义的文学观。我们只要比照一下张天翼的文学观与"左联"的重要文件，会发现张天翼的文学观具有浓烈的左翼色彩，基本上没有超出"左联"重要文件精神的范围。而张天翼的讽刺小说创作，也大致体现了"左联"重要文件的精神，受到鲁迅、茅盾、胡风等"左联"重要人物的关注与肯定，成为左翼文学的重要收获。

在 1930 年代初，虽然"左联"确立了反帝国主义与推翻地主资产阶级政权的任务，但其着重履行的其实是后者。正如有论者指出的，"左翼认为，30 年代的中国，最主要的矛盾是阶级矛盾，民族主义文学描写国家之间的冲突是为了掩饰统治阶级压迫工农的真面目"。[①]"左联"对反帝国主义的民族主义文学起初是持批判态度的——这从鲁迅、茅盾、瞿秋白所代表的左翼阵营对国民党提倡的"民族主义文艺运动"的批评，以及"左联"重要文件《无产阶级文学运动新的情势及我们的任务》对民族主义文学派的评价可见一斑，其倡导的是那些"抓住阶级斗争中的广大的伟大的题材"、表现"推翻地主资产阶级政权而创造无产阶级领导之下的劳动民众政权（苏维埃）的任务"的文学作品，[②] 体现了其早期对阶级话语的重视。直到 1935 年，"左联"对表现民族话语的民族主义文学的态度才有了明显的变化。到 1936 年，

[①] 张中良：《民族国家概念与民国文学》，广州：花城出版社，2014 年版，第 128 页。

[②] 《关于左联目前具体工作的决议》（1932 年 3 月 9 日秘书处扩大会议通过），见陈早春编选：《中国左翼作家联盟文件选编》，《新文学史料》，1980 年第 1 期。

民族话语也成为"左联"的热门话题。① 考察张天翼的童话创作，我们发现其创作的变化基本符合"左联"的趋好。他的前两部长篇童话创作于 1932 年、1933 年，主要表现的是阶级话语。他的第三部长篇童话《金鸭帝国》的前身《帝国主义的故事》创作于 1938 年，主要表现的是民族话语。

《大林和小林》是张天翼的第一部长篇童话，鲜明地体现了"左联"文件的精神。首先，它"抓住阶级斗争中的广大的伟大的题材"，以两兄弟（大林和小林）不同的人生际遇来揭示两个对立阵营——统治阶级与被统治阶级的不同生活，同时也写出了两个阵营的冲突与斗争，对无产阶级的勤劳、团结、抗争给予了肯定，对统治阶级的奢侈、冷酷、腐朽进行了批判。其次，它是运用马克思主义的阶级分析方法来创作的。该书的主人公是大林和小林，两兄弟由于父母去世离开家庭，由于不同的遭遇而隶属于两个对立阶级：小林是贫农出身，从咕噜公司逃出来后，在中麦伯伯的帮助下成为一名火车司机，是工人阶级及被统治阶级的代表，具有无产阶级的吃苦耐劳及反抗精神；大林虽是贫农出身，却由于被包包送给大富翁叭哈做儿子，从此过上饱食终日、无所事事的寄生生活，是地主资产阶级及统治阶级的代表，他好吃懒做，奇胖无比，结果饿死在遍地是金银珠宝的富翁岛上，

① 1935 年，与党中央失去联系的上海党组织，从外文报刊上看到《八一宣言》，了解到中国共产党接受了共产国际的指示，确定了建立抗日民族统一战线的政策。1936 年 8 月，鲁迅与胡风、冯雪峰商量，提出"民族革命战争的大众文学"口号，明确表示拥护"革命的政党向全国人民所提出的抗日统一战线的政策"，"赞成一切文学家，任何派别的文学家在抗日的口号之下统一起来的主张"。关于"左联"对民族主义文学（或民族话语）的态度，可参见张中良的《民族国家概念与民国文学》第二编第五章第二节"左翼对民族话语态度的强硬与转变"，广州：花城出版社，2014 年版，第 122—133 页。

暗示了统治阶级最终败亡的命运。

《大林和小林》在最后一章，通过年老的铁路工人向童话作家的讲述，呈现出无产阶级领导的统一战线与统治阶级的斗争。当唧唧（即大林）与蔷薇公主等人坐火车到海滨的玻璃宫去结婚，却拒绝运送百姓募集到的四节车厢的救灾粮食到海滨去时，小林把机车开走，拒绝做他们的司机，导致怪物用猛力推车，把火车推进了大海。小林与乔乔等铁路工人因此被当成罪人关进牢房。最后在所有的工人、庄稼汉、教师、作家、艺术家、科学家、外国的许多老百姓团体的一致抗议下，红鼻头国王迫于强大的舆论压力，只好释放了小林等工人。无产阶级统一战线战胜了统治阶级，这一故事结局无疑将鼓舞着工农阶级联合知识分子、作家、艺术家、科学家等，建立最广泛的统一战线去参加革命斗争。而皮皮的话（"我们可没有几天好日子过了"）与第三四四格的话（"不久他们就得把我们赶下台，不再让我们当老板了"），预示着无产阶级将推翻以地主、资本家为代表的统治阶级，建立无产阶级专政的国家政权。这些情节最能体现"左联"的阶级话语，是其政治性突出的表现，可以看出张天翼对"左联"文件精神的推崇。

《秃秃大王》在艺术成就方面不及《大林和小林》，却更集中地叙述了无产阶级与统治阶级的矛盾与冲突，尤其是详细地叙述了以小明、冬哥儿等为代表的无产阶级的暴力反抗，更具革命性与战斗性。秃秃大王是这篇同名童话的反面人物，他头顶光秃秃的，奇丑无比，残暴荒淫，对农民由君的欺诈与剥削，以及对民女干干的抢夺与霸占，是阶级冲突的起源。为了拯救自己的爸爸妈妈及姐姐，小明、冬哥儿展开了救亡行动。先是求助于菩萨与神仙，结果上当受骗，继而明白要靠自己，靠联合村里的劳动人民，才能战胜强大的敌人。如果说《大林和小林》没有正面写阶级冲突，只是通过年老铁路工人的简要陈述而交代的话，那么，《秃秃大王》不仅正面描写了阶级暴动，而且是浓墨重彩地写出了这一斗争的具体过程。从第十四章起，作者便把笔触对准这一场阶级暴动，先写小明和白胡子公公、十二个小迷迷等众人向秃秃宫进军，同时叙述秃秃大王喝人血酒，准备杀由君与冬哥儿的妈妈和爸爸。第十五章写危急时刻，冬哥儿等人冲了进来，救了由君等众人，并且捉住秃秃大王。在商量如何惩罚秃秃大王上，张天翼充分发挥他的幽默天才与游戏精神，不是要把他大卸八块，而是惩罚他洗一个澡与刷牙，因为秃秃大王最脏最不讲卫生。秃秃大王与手下反抗，又逃了出来。作者又一次正面写以农民为代表的无产阶级与以地主阶级为代表的统治阶级的斗争，最终百巴扑唧、二七十四等秃秃大王的手下都被打死，而秃秃大王再一次被抓住，由于发怒而牙齿不断长长，身子升到高空，被一阵风吹倒，不知道掉到什么地方去了。以秃秃大王为代表的统治阶级被打败推翻，干干及其父母等农民获得了自由，无产阶级又一次团结起来取得了胜利。

张天翼的这两部长篇童话，紧扣当时社会以农民、工人为代表的无产阶级与以地主、资本家为代表的统治阶级的冲突斗争这一主要矛盾，以无产阶级革命斗士的姿态，热情颂扬了无产阶级革命的伟大力量，也无情地批判了统治阶级的荒淫腐朽，是"革命范式"儿童文学的重要作品，也是1930年代童话创作最重要的收获。它们塑造了一批敢于反抗与斗争的儿童形象（如小林、小明、冬哥儿），集中描写了现实生活中的重大题材——阶级斗争，具有鲜明的革命性与战斗性，体现了时代的精神，配合着革命的斗争，与"左联"的阶级话语形成了良好的互动。

到了1930年代中后期，随着日本帝国主义的入侵，民族矛盾被激化，民族话语得以凸显。到了1937年，日本帝国主义发动全面侵华的"七七"事变后，中日民族矛盾上升为当时社会的主要矛盾，民族话语成为当时最大的热点，国共两党开始合作，一致对外抗日。"七七"事变之后，儿童文学的主要题材便是民族战争，爱国主义成为高扬的主题，革命现实主义精神进一步得到发扬。

张天翼受到时代精神的感召，1938年开始创作第三部长篇童话《帝国主义的故事》，以大粪王的发家史为线索，展现日本这个国家是如何从氏族社会进化到资本主义社会的，尤其侧重展现资本主义由原始积累向垄断资本主义及帝国主义转变的过程，揭露帝国主义阶段资本主义的侵略本质。这篇童话便是《金鸭帝国》的前身，表达了张天翼对日本帝国主义侵略罪行的批判，是张天翼对民族话语的集中表现。

大粪王是一个带有漫画性质的反面主角，他的发迹史就是资本主义的罪恶史。大粪王从小父母双亡，由他的伯母抚养长大。他先是乔装打扮抢了农夫用来还债的五十元，又以每月二十元的利息借给农夫。他人生的"第一桶金"就是这样靠抢劫与欺诈得来的。后来他又通过各种坑蒙拐骗的手段，在帝都办了一家"大粪商标"的纺织厂。又凭借恶性竞争，大粪王的公司与香喷喷的公司一起挤垮了众多中小纺织企业，然后两家强强联合，合并成"肥香公司"，垄断纺织业的生产与销售。大粪王的发迹，凝聚了无数贫民与中小企业主的血泪。

"肥香公司"垄断了纺织业，又在邻国大凫岛办了一个煤矿公司，并且想要扩大规模，看中了那里的一片焦煤藏量丰富的地带，就委托跟大凫岛几个有势力的王公有交情的贝壳儿去交涉，结果遇阻。大粪王很愤怒，一方面打了个密电给驻大凫岛的金鸭通讯社，叫他们立刻发专电，说大凫岛看不起金鸭人，说金鸭侨民在那里生命财产没有保障；另一方面请保不穿泡跟几家报馆接头，叫他们一得到这些电讯，就把它看严重些，并写社论来激起全国人民的愤怒。最后，金鸭帝国的众人要求对大凫岛出兵，把大凫岛并入帝国的版图，并且准备向青凤、大鹰两国宣战。这里的金鸭帝国，无疑就是指日本帝国主义。而大凫岛，指的恰好是中国。按照作者的理解，日本的资本主义经济发展到帝国主义阶段，便必然要走向侵略的道路，通过掠夺其他国家的资源来满足其经济发展的需求。

《金鸭帝国》体现了时代反帝的要求，表达了张天翼的爱国主义情怀，一定程度上揭示了日本帝国主义的种种罪恶。它具有史诗性的追求——从创世写到20世纪日本的侵略战争，但由于是用童话故事来图解马克思主义理论，写的是儿童陌生的成人世界的社会生活，且里面有太多诸如"议员""股东""君主立宪""商业征信所"等政治学经济学术语，完全超出儿童的接受能力，也不符合儿童的审美心理，因而是理念大于形象，在艺术上并不成功，甚至可以说是一部失败之作。这一失败固然与作者理念先行的创作方法有关，也与时代的文化氛围密不可分——救亡图存的社会主潮规定和制约了包括童话在内的一切文学艺术的大致方向。吴其南指出，"三四十年代类似《金鸭帝国》，甚至比《金鸭帝国》还要概念化、更没文采的作品比比皆是"。[①] 他还指出抗战童话中存在的模式化问题，"一种最常见的模式就是：某孩子梦游某奇异的世界，恰遇上这一世界受到某外物的入侵，于是发生一场侵略和反侵略的战斗。而被侵略的一方总是分成两种不同的意见或派别。一派主张抵抗，用鲜血和生命保卫自己的国土；另一派则妥协投降，最后叛变投敌。但故事的结局都是坚持抗战的人打败侵略者和他们的走狗，获得最后的胜利"。[②] 这类作品跟《金鸭帝国》一样，都是对某种现成观念的图解，存在着主题先行的弊病。

张天翼早期的三部童话，还表达了他对民族国家的想象，体现其政治方面的诉求。张天翼借揭露当时民族国家存在的弊病，以此来想象一个理想的民族国家。在《大林和小林》《秃秃大王》中，作者描写了资本家四四格对小林等童工的残酷剥削、秃秃大王对农民由君及干干小姐的欺诈及抢夺，描写了统治阶级的专制残暴，以此来想象一个没有剥削、没有压迫，由底层工人、农民大众等组成的无产阶级当家作主的民主主义国家。在《金鸭帝国》中，作者写金鸭帝国对大凫岛发动侵略战争，这部作品由于没有写完，所以我们看不到大凫岛人的抵抗，但其实可以根据已经完成的内容，推测后面有大凫岛人英勇抵抗，并且打败金鸭帝国的情节。在这里，虽然作品"未完成"，但作者想表达的无疑是

① 吴其南：《中国童话发展史》，上海：少年儿童出版社，2007年版，第228页。
② 吴其南：《中国童话发展史》，上海：少年儿童出版社，2007年版，第228页。

对日本帝国主义的批判，对一个独立自主、能捍卫国家主权的民族想象。由此，我们还可以得知，张天翼心中理想的民族国家，是决不会把自己的发展建立在对其他民族国家的侵略上的，而是走和平发展的道路。这些内容，可以看作张天翼政治童话民族话语的一部分。

在上世纪三四十年代，阶级话语与民族话语是当时的主流话语，它们是政治性的核心因素。张天翼的早期童话被称为政治童话，主要就是因为他的童话集中表现了这两种话语。张天翼的政治童话，在当时具有标志性的意义，它将政治性与幻想性、儿童性融合起来，将阶级话语与民族话语融入生动有趣的既幻想又现实的故事中，为政治童话的创作树立了成功的典范，"从整体上改变了中国儿童文学的面貌，对三十年代和此后几十年的中国儿童文学都产生了深远的影响"。① 后来贺宜的长篇童话《凯旋门》、金近的童话集《红鬼脸壳》等作品，就是秉承了张天翼的笔法，只是他们的作品政治性有余，而幻想性与儿童性不足，因而艺术成就不及张天翼的政治童话。

① 吴其南：《从仪式到狂欢——20世纪少儿文学作家作品研究（上）》，北京：人民文学出版社，2014年版，第79页。

第三节
张 天 翼 儿 童 小 说 中 的 阶 级 话 语

　　张天翼的儿童小说，也体现了"左联"的精神，一定程度上配合了当时的革命斗争。它们一方面揭示社会底层农民阶级的苦难生活，一方面揭示社会现实中的阶级对立、阶级压迫与阶级反抗。

　　张天翼的儿童小说集中呈现了社会底层人们的悲惨生活。在《一件寻常事》中，阿全的妈妈生病躺在床上，却无钱医治，最后喝下丈夫买的毒药凄惨而死。阿全的爸爸其实也是一个受苦者，他找不到工作，内心的痛苦无处发泄，才整日喝酒，对妻儿施暴。透过阿全爸妈的遭遇，作品展现了凋敝的农村民不聊生的现状。在《回家》中，虎儿的妈妈被大地主赵阎王所凌辱，怀孕后生下虎儿，却遭到周王滩人们的嘲笑，虎儿妈妈才独自去城里靠给别人洗衣服养活自己与儿子，后来不幸得了肺痨，无钱医治而死去。虎儿妈妈的悲剧，既是赵阎王的无耻行径造成的，又与周王滩人们保守的封建思想密不可分。它揭示底层妇女既受地主欺负，又受封建思想束缚的现实。其他像《奇遇》写豫子奶妈的凄凉家境，《团圆》写大根妈妈的艰难处境，都一定程度展现了当时社会底层人们的穷苦生活。

张天翼的儿童小说，通过贫穷儿童与富裕子弟生活的对比，揭露了当时阶级对立的社会现实。《奇怪的地方》中的少爷，住在洋房里，有很多玩具，却娇生惯养，霸道横行，答应跟小民子轮流当马玩游戏，却临时耍赖；而小民子，虽是贫民子弟，却善良正直，有勇气去跟恶势力抗争。《奇遇》虽然主要是写豫子奶妈的生活，但那个奄奄一息的连儿毕竟是豫子奶妈生活的一部分。同样是小孩，豫子有奶妈照顾着，可以经常上公园玩，住在舒适的房屋里，有橘子、牛皮糖等各种零食吃；而小连儿却住在黑暗、破烂、发臭的屋子里，在家里病得奄奄一息没有人照看。《朋友俩》同是七岁的期期与小胖子，表面上如标题所说是"朋友"，但其实小胖子差不多相当于期期的奴仆。期期想玩一架踏板坏了的汽车，便叫小胖子推着他走。期期想要麻雀，便要小胖子现场去捉麻雀来。期期想吃橘子，也是叫小胖子顶着大风去买。可是期期吃糖、鱼肝油、牛肉汁，小胖子只有舔嘴唇的份。期期像少爷一般被人细心照看着，却又弱不禁风，后来竟然病死了；而卑微命贱的小胖子，虽然玩雪也玩得拉肚子，但第二天又生龙活虎地在院子里溜起冰来。在这些作品中，苦难儿童是张天翼同情的对象，也得到了肯定；而富家子弟，往往跟权贵资本与黑暗势力勾连在一起，成为罪恶的一部

分，是张天翼否定和批判的对象。在这里，可看出张天翼无产阶级的立场，他坚定地站在工农阶级这边，把资产阶级当作敌人来看待。

张天翼的儿童小说也揭示了社会中的阶级压迫。《蜜蜂》写振华养蜂场的蜜蜂吃掉农田里的稻浆，以"爸爸"、长伯伯、松伯伯为代表的农民去县里衙门请愿。县长却维护振华养蜂场，说蜜蜂不吃稻浆只吃露水。大家不服闹事，却遭到了县长及"兵油子"的残酷镇压，不少人被当作赤党抓了起来，呈现了特定时期权力与资本结盟及对农民阶级的压迫。《教训》通过小狗子与姚范两个小孩扮演大人的行为，呈现阿凤爸爸以陷害仆人驼背、辞退驼背的手段来占有驼背老婆的罪恶行径，也揭露了扮演阿凤爸爸"帮闲"角色的姚伯伯的无耻与奸诈，这是资产阶级对工农阶级的压迫。《搬家后》写作为地下党员的大坤爸妈及长得，被巡警当作"南军的奸细"抓走了，生死未卜，这是国民党统治阶级对作为无产阶级先锋队的共产党员的压迫。

张天翼的儿童小说还表现了阶级反抗。《回家》中写大地主赵阎王在天气干旱之时，把泉水堵在自己的田里，不让水流到其他村民的田里，引发众怒。李四叔、杨老师等人一起去对付他，挖开了堵塞的土块和石头，泉水又流通起来。但更多时候，张天翼是通过塑造具有斗争精神的儿童来表现阶级反抗的。《奇怪的地方》中的小民子不像爸爸那样委曲求全。面对城市里豪门贵族的欺负，他敢于斗争，敢于抗恶。他随爸爸从农村来到城市，跟洋房里的少爷一起玩骑马游戏，少爷赖皮，不遵守游戏规则还打他，为此小民子便扑上去跟少爷打起来。小民子不得已要被送回老家，爸爸叮嘱他以后不许乱打人，小民子却说："谁欺侮我，我就打谁!"这篇作品的主题，正如作者后来指出的，是要告诉小读者们"当时的社会如何黑暗，城市里豪门贵族的生活多么'奇怪'不合理，以及他们是怎样欺压劳动人民的小儿女的。只有像小民子那样的'谁欺侮我，我打谁'，敢于斗争，敢于抗恶，才能生存"。① 《蜜蜂》中的黑牛，是农民家庭的一个孩子。他知道大人们因为稻子被振华养蜂场的蜜蜂糟蹋要去县里请愿，就组织孩子们去保护他们。他组织大家拿了木棍和石头，当县长庇护振华养蜂场，叫兵油子抓"我"的哥哥时，他们就把石头打过去。正如有论者指出的，"黑牛是那种阶级意识初步觉醒的少年，无论是在学校教室里的黑板上写标语，与'大鬼头'斗嘴、打架，还是扔石头砸县政府、编歌谣骂敌人，一切都做得很认真，是一个有独立地位、独立意识的农村少年形象"。② 《巧格力》写卞德全靠帮一个塌鼻子孩子打架获得一盒他日思夜想却无钱购买的巧格力，贫困的家庭境况又使他不得不将其卖掉。在卖巧格力的过程中遭人欺负，卞德全用打架这种最原始的方式进行反抗。张天翼通过塑造一批敢于抗争的儿童形象，来激起儿童读者的阶级意识与革命精神。

此外，阶级话语也是张天翼讽刺小说着重表现的内容。张天翼讽刺小说的代表作《包氏父子》，叙述老包为改变自己的阶级地位，实现阶级上升，竭尽全力供儿子上学，交不起学费便到处低声下气地找人借钱，将自己的全部希望寄托

① 张天翼：《一切为了使孩子们受益和爱看——〈张天翼作品选集〉代序》，《光明日报》，1980 年 8 月 13 日。
② 张锦贻：《张天翼评传》，太原：希望出版社，2009 年版，第 240 页。

于儿子包国维身上。可包国维并不珍惜和体贴老包的付出，他逐渐堕落失去自我，留级打架最后被学校开除，还要赔他人医药费，老包的人生希望彻底破灭。《鬼土日记》描绘了一个影射现实的"鬼土社会"，那里的社会分为两个阶层，高层住着的是有地位有权威的有钱人，底层住的是没钱的农民、工人、听差、仆役。鬼土社会等级森严，高层人可以对底层民众作威作福，为所欲为。而高层人虚伪、矫揉造作、附庸风雅，他们之间争权夺利，劣迹斑斑，影射的是日益殖民地化的中国官僚阶级的堕落。《春风》通过叙述春风学校宣称"这个学校，有职员子弟，有工人子弟，大家一律读书，一律不要钱，大家一律吹到春风的"，其实教师偏袒、讨好有钱人家的孩子，对穷人的孩子则羞辱、责骂、呵斥，以批判国民党政府推行的反动教育制度。在《皮带》《一年》《陆宝田》等作品中，张天翼又揭露了官僚阶层中吸亲引故的腐朽人事制度。在张天翼的讽刺小说中，其矛头更多的是对准统治阶级，揭露地主资产阶级政权的腐化堕落，以号召大家推翻它。

张天翼的儿童小说，主要聚焦于底层社会的农民、工人的贫穷与苦难，竭力引导儿童读者去认识黑暗残酷的旧社会，激发儿童读者的反抗与斗争意识，并动员儿童以自己的行动去反抗邪恶势力，加入到改变现实的革命斗争队伍中来，某种程度上是对左翼思想的具体实践，具有较强的政治色彩，应属于张天翼革命现实主义创作的一部分。

第四节
张天翼寓言中的时事讽喻

张天翼先后在香港的《小说月刊》《文艺生活》《文汇报》《新形势与文艺》等刊物上发表寓言 28 篇。这些寓言多用借喻、象征的手法，通过假托的人或自然物的故事，来对社会时事进行讽喻。

张天翼创作寓言的时候①，中国已经结束了抗日战争，正处于解放战争的关键时期。在 1946 年 7 月至 1947 年 6 月这一年内，国民党的政府军在人数、武器装备上都优于共产党的军队，国民党军对 1946 年 7 月改名的中国人民解放军发起了进攻，中国人民解放军整体采取的是撤退战略。而从 1947 年夏季至 1948 年，中国人民解放军以开展全国性的反

---

① 张天翼创作寓言的时间是从 1948 年 10 月到 1949 年 3 月。1942 年秋天，张天翼肺结核病突发，卧床养病，辍笔多年。到 1948 年夏天，病势减轻，开始写一些较短的寓言。他于 1948 年 11 月赴香港。

攻发起了第二阶段战役，开始占据有利位置。从 1948 年 3 月
到 1949 年 1 月，人民解放军发起了三次决定性战役，包括辽
沈战役、平津战役、淮海战役，都取得了重大胜利。1949 年
1 月 14 日，共产党向国民党公布了和平条件，蒋介石拒绝接
受并辞去总统职务。副总统李宗仁作为代总统继任，正式开
始和谈。4 月 1 日，国民党代表张治中率领的代表团抵达北
平，国民党仍拒绝接受共产党提出的"八项条件"。于是，
人民解放军开始渡江作战。① 从张天翼创作寓言的具体时间
看，正处于三大战役到国共和谈期间。这一特殊的政治背
景，是我们准确理解张天翼寓言的前提条件。

张天翼的寓言，对当时国民党的政治现状有所讽刺。
《混世魔王》写混世魔王跟孙行者交手之后，便把社会的一
切问题归结于孙行者作怪。混世魔王向居民征人力、征妇
女、征童男童女，居民有怨言，反对甚至抗争，他认为这是
孙行者的阴谋。他自己采取极权主义的方法秘密地监视一切
居民及手下，却称自己保持的是民主自由的传统。他死到临
头了都不明白，为什么那么多人——居民、山神土地、他自
己的小妖，甚至还有一部分他的头目，都站在孙行者那边，
真心诚意地跟孙行者连成一气。这篇寓言以借喻的手法对国
民党秘密监视人们的特务统治进行了讽刺，对国民党以民主
自由之名行极权主义之实予以揭露，批判了国民党政府的不
得人心，并预言国民党必将遭到广大人民群众的一致反抗及
其失败的命运。《调人》写混世魔王跟孙行者厮杀，眼看混

① 参见［美］费正清编：《剑桥中华民国史：1912—1949 年（下卷）》，杨品泉等
译，北京：中国社会科学出版社，1994 年版，第 754—779 页。

世魔王招架不住，猪八戒大喊"住手"，他要做个"调人"，讽刺像猪八戒这种和稀泥的政治人物。《老虎问题》《老虎问题续篇》《老虎问题再续》《老虎问题三续》是一组前后相连的寓言，都是借谈老虎问题，来批判国民党的反动统治集团——考虑到当时毛泽东"一切反动派都是纸老虎"著名论点的深入人心，[①] 该文里的"老虎"自然会让人想到国民党反动派。在第一篇中，秀才鬼伪装成一个自由主义者，反对人们对老虎使用革命手段，主张人们停止一切活动，把自己关在屋子里，让老虎享有到处活动的自由。这是对打着自由主义的旗帜来反对革命手段的反动势力的批判。在第二篇中，老虎与村民订下条约，答应不犯村民。可老虎违约吃了村民一只小公鸡，再吃了一个小娃娃与老耕牛，村民们奋起抗争。然而在秀才鬼与员外鬼看来，错的是村民涵养不够，老虎并没有错。这里既批判了国民党政府不守信用，也批判了秀才鬼与员外鬼这种颠倒是非的帮闲者。第三篇写秀才与员外等想办法对付村民，讽刺那些以自我为出发点主观看问题的反动分子。第四篇写老虎被捉，员外、秀才、叭儿狗等纷纷向土地公公求救，讽刺那些临危替自己开脱罪名，扭曲是非的国民党人。

张天翼也借寓言批判了社会变革时期的顽固、保守势力。《王大娘放脚》写王大爷看到王大娘裹脚，叫王大娘把脚放了，别再裹了。但当王大娘要把裹脚带扔了时，王大爷

① 毛泽东在 1946 年 8 月 6 日接受美国记者安娜·路易斯·斯特朗的访问时，提出了"一切反动派都是纸老虎"的著名论断。见《和美国记者安娜·路易斯·斯特朗的谈话》，选自《毛泽东选集（第四卷）》，北京：人民出版社，1991 年版，第 1195 页。

又说将来革命成功了，仍需要讲究这种"美容术"，让王大娘还是留着裹脚带。这是对革命时期社会遗留的封建文化及守旧思想的批判。《乡绅》写一位乡绅看了几本关于土地问题的书，他很感动，对泥腿子说赞成土地改革，可想到自己有上千亩的田，便口是心非，让农民获得土地要分别对象，不要动他的田。这是对土改时期那些赞成土改却不愿触及自己利益的乡绅的讽刺。《仙岛》写几位大亨雇一批冒险家去探险，想要找一个常住不变的仙岛，讽刺了那些安于享成、顽固守旧、害怕革新的人们。中国有两千多年的封建历史，根深蒂固的封建思想在当时还有一定影响，处于半殖民地半封建社会的中国也确实存在着一股保守、顽固的势力，这是建设现代性的民族国家必须要扫荡的。

张天翼的寓言还对政客及"帮闲"等的虚伪、伪善、迂腐、奴性、欺软怕硬、狐假虎威、自我中心、盲目跟风等缺点进行了讽刺。《一条好蛇》写一条蛇抓到一只麻雀，在吃她之前，劝她服从命运，劝她拿出牺牲精神，然后才客客气气吃掉她，以表现出他与别的不讲理的蛇是没有共同点的，借蛇来讽刺某些人的虚伪及邪恶。《狼和蚊子》写一只狼向同类叙述他怎样扑杀兔子与羊，忽然脖子痒，一抓就弄死一只蚊子，他失声叫道："罪过罪过！阿弥陀佛，罪过！"借狼来讽刺某些人的伪善。《犬训》写老狗教训年轻狗一切该师法古狗，年轻狗以为是要他学习野生的古狗，而老狗却说不该承认有野生的时代，自有狗以来，就有主子。借狗来讽刺那些奴性十足的人。在这些篇目里，张天翼把寓言当作杂文来写，瞄准政客、"帮闲"等身上的一些典型问题，虚拟一个场景来进行批判。

　　张天翼的寓言，不同于发生期孙毓修编译的《伊索寓言》，也不同于茅盾取材于古籍而编写的《中国寓言初编》，它们是原创的，且达到了相当的水准。张天翼善于将表达的主旨寓含在形象化的故事及戏剧化的冲突中，而不是在结尾直接告诉读者某一个道理，如《画眉和猪》，写一只画眉在一棵树上歌唱，斜对面猪圈里的猪对他的歌声很冷淡，于是他摹仿猪叫，博得猪们的赞赏。画眉从此瞧不起画眉的大合唱，说他们不是正宗，上不得台面。通过这个故事，读者自然明白不能像画眉那样为了赢得他人的赞赏而迷失自我。《狐》写一只狐狸扑住一只兔子，义正词严地说这只兔子偷吃萝卜，为世界秩序与安宁起见，要除此一大害。但树上一个白头翁却说："昨晚你看见老虎吃人家的耕牛，你不但不生气，还满脸笑地对老虎打躬作揖，你的义愤是不是今天早晨刚出世的？"[①]白头翁的话，跟狐狸面对兔子的情形形成一种鲜明的对比。在这种对比中，狐狸的欺软怕硬就凸显出来了。

　　从《混世魔王》《调人》《自己的回声》《战士猪八戒》等篇目来看，张天翼善于从古典名著《西游记》中借用人物，利用这些人物的性格特点，根据要表达的思想而虚拟一个场景，赋予这些人物一些新的内涵。比如《混世魔王》中的牛魔王，他成为一个极权主义者的化身，派人秘密监视一切，最后连自己都信赖不过，最后败于得民心的孙悟空之手。这不同于茅盾《中国寓言初编》直接从经史子集中辑录

---

① 张天翼：《狐》，选自《张天翼儿童文学全集（四）》，北京：中国少年儿童出版社，2002年版，第406页。

出来、稍加改造的寓言。茅盾的工作只是把古代的神话传说及寓言故事用白话文大体译述一遍，可以说是新瓶装旧酒。而张天翼只是借用《西游记》中的人物而已，故事都是自己虚构的。这是对传统资源的创造性转化，给读者一种熟悉的陌生感。

张天翼的寓言长期没有得到学界应有的重视，几乎没有人专门研究过张天翼的寓言，顶多三言两语提及一下。张天翼儿童文学成就最高的是长篇童话，其童话的光芒掩盖了寓言这种弱势文体。但张天翼的寓言自有它的价值，它们以简洁凝练的语言，在短小的篇幅内虚构一个具有戏剧性的故事，结构简单却富有表现力，主旨明确却又蕴含丰富，具有鲜明的讽刺性与教育性。在现代儿童文学史上，原创寓言一直是一个薄弱环节，创作寓言的作家不多，写得成功的更少。在这个意义上，张天翼的寓言创作有着重要的意义，他一定程度上弥补了寓言文学的不足，使寓言文学跟其他体裁一样，发挥讽喻现实与教育儿童的双重功能。

第四章

张 天 翼 与 中 国 现 代 儿 童 文 学 叙 事 模 式 的 演 进

儿童文学基本脱离不了讲故事，可以看作一种叙事文
学。① 叙事文学伴随着自身的不断完善与发展，在一定时期
内会形成某种相对固定的叙事模式。对于叙事模式，西方学
者提出多种不同的分类主张，如观点（point of view）、叙事

---

① 朱自强在《"故事"的价值》一文中指出，"儿童文学是故事文学"，"即使是儿
　歌、儿童诗，与成人诗歌相比较，也有叙事强的明显特点"。见朱自强：《儿童文
　学论》，青岛：中国海洋大学出版社，2005 年版，第 79 页。

形式（narrative forms）、叙事情况（narrative situations）。这些分类的主张，大抵是从叙事者的角度出发的。捷克学者米列娜·维林吉诺娃持类似的观点，认为叙事模式乃是一套技巧和言辞媒介，塑造出故事传达人——亦即叙事体中所谓叙事者——的形象。[①] 并根据三个标准——"（1）故事可由第二或第一人称叙出。（2）叙事者是否为行动角色（an acting character）。（3）叙事者表达或抑制其个人的主观态度、价值判断、评语等等"提出了六种叙事模式。[②] 也就是第三人称形式的三种异形，分别是客观的、修辞的、主观的；以及第一人称形式的三种异形，分别也是客观的（旁观者的）、修辞的、主观的（个人的）。通过对晚清小说的细致考察，她认为晚清小说同时存在着三种叙事模式，即第三人称客观模式、第三人称修辞模式，以及第一人称个人模式。而国内学者陈平原在《中国小说叙事模式的转变》一书中，参考并吸收西方叙事学家（如托多罗夫、热奈特）的理论，以叙事时间、叙事视角、叙事结构作为叙事模式的框架。考虑到中国现代儿童文学在叙事实践方面相对落后于中国现代文学，以及张天翼儿童文学作品的具体情况，本书主要借用米列娜的学说，并适当参考陈平原、杨义、申丹等关于叙事学方面的成果。

中国现代儿童文学采用的叙事模式，主要也是三种：第三人称客观模式、第三人称修辞模式及第一人称主观模式

---

① ［捷克］Milena Doležzelová-Velingerová：《晚清小说中的叙事模式》，选自林明德编的《晚清小说研究》，台北：联经出版事业公司，1988年版，第543页。

② ［捷克］Milena Doležzelová-Velingerová：《晚清小说中的叙事模式》，选自林明德编的《晚清小说研究》，台北：联经出版事业公司，1988年版，第544—545页。

（即第一人称个人模式）。张天翼对中国现代儿童文学叙事方面的贡献，不是创立了一种新的叙事模式，而是对已有的叙事模式进行了改进与完善。

第一节
张天翼尝试的第三人称客观模式

第三人称客观模式，是中国小说传统的基本模式之一。魏晋时期的志人小说、志怪小说、唐传奇中都能找到大量这种叙事模式的作品。在中国现代儿童文学史上，这也是最常见的一种叙事模式。

现代儿童文学史上第一篇白话童话《小雨点》采用的是第三人称客观模式，叙事者只是冷静地讲述小雨点的上至天空——被风伯卷到屋外，垂在一只红胸鸟的翅膀上，下至海宫（海公公的宫里）的冒险之旅。通篇叙事者只是陈述故事，没有跳出来说教，也没有表达个人的主观态度和价值判断。但正如米列娜所强调的，"叙事者的客观性并不意谓作品缺乏意识形态上的旨趣，只是这种旨趣无法从指定给叙事者的言论中明白地呈现出来，而是透过叙事结构的其他成分

（亦即情节结构以及人物对照）和风格技巧（如寓意、象征和讽刺）来表达"。① 《小雨点》的意识形态主要是通过情节结构上的循环（小雨点被风伯卷离了家，在外面转了一圈又回到了家里）及明朗的结局（太阳公公把小雨点送回了家，小雨点见到了哥哥姐姐，高兴得说不出话）来传达，表现了作者对小雨点冒险精神与献身精神（为了救青莲花，愿意被青莲花吸到他的血管里）的赞美。

童话集《稻草人》采用的也是第三人称客观模式。不管是前期童心主义的《小白船》《芳儿的梦》《傻子》，还是后期现实主义的《稻草人》《克宜的经历》，叙事者都只是客观地讲述。叶圣陶怀着对田园、童心、爱与美的礼赞走上童话创作的道路，所以早期的作品带有诗意的幻想，呈现的是一个美丽的儿童世界。但其作品意识形态的旨趣不是通过叙事者的诠释来表现的，而是诉诸其他形式的叙事技巧。如《傻子》，它是通过人物的对照：傻子的勤快与师兄的偷懒、傻子的善良与国王的残暴，来表达对傻子的天真、善良、纯朴、乐于为别人贡献的赞美。伴随着残酷现实的逼迫，叶圣陶再也无法沉浸于儿时的梦境了，他开始站在成人的立场来表现黑暗的社会现实。但是叙事者对黑暗社会的揭露是不动声色的，仿佛这些事实跟他丝毫不相干，给人一种冷漠甚至残酷的感觉。如在《稻草人》中，不管是小蛾在死去了丈夫与儿子的老太太的水稻上下子，还是干渴得不行却喝不到一口茶的病孩、躺在渔妇的桶底等着受死的鲫鱼，以及被好赌与贪

① ［捷克］Milena Doleželová-Velingerová：《晚清小说中的叙事模式》，选自林明德编的《晚清小说研究》，台北：联经出版事业公司，1988年版，第545页。

杯的丈夫卖给别人、投河自尽的女人，都不能博得叙事者一言半语的同情。最后一段最能表现叙事者的冷漠与绝情："第二天早晨，农人从河岸经过，发现河里有死尸，消息立刻传出去。左近的男男女女都跑来看。嘈杂的人声惊醒了酣睡的渔妇，她看那木桶里的鲫鱼，已经僵僵地死了。她提了木桶走回船舱；生病的孩子醒了，脸显得更瘦了，咳嗽也更加厉害。那老农妇也随着大家到河边来看；走过自己的稻田，顺便看了一眼。没想到才几天工夫，完了，稻叶、稻穗都没有了，只留下直僵僵的光秆儿。她急得跺脚，捶胸，放声大哭。大家跑过来问她劝她，看见稻草人倒在田地中间。"① 这里使用的是不带感情色彩的中性语言，叙事者只是平淡地陈述。这明显不同于早期的童心主义童话，在《小白船》等童话中，叙述语言是诗意的、抒情的，虽然叙事者不表达个人的主观态度和价值判断，但其主观态度与价值判断正寓含在那些诗意、抒情的语言之中。而《稻草人》里没有那种优美的诗意，给人呈现的是一种冷峻的风格。稻草人是这些悲惨事件的目击者，它虽然没有行动力，但它有一颗同情底层人们的心。最后一句："看见稻草人倒在田地中间"，表明叙事者对所叙世界的漠不关心，给人一种绝望之感。然而作品的意识形态旨趣，正是通过叙事者的"漠不关心"传达出来的。叙事者越客观，叙述的黑暗现实就越绝望。叶圣陶正是怀着对旧社会的彻底否定，才以冷漠的态度叙述。作者对现实的批判目的正是通过叙述绝望的社会生活来达到

---

① 叶圣陶：《稻草人》，选自《叶圣陶童话全集（第二卷）》，北京：人民教育出版社，2006 年版，第 136—137 页。

the——在叶圣陶现实主义风格的童话中，大多是采取这种叙事技巧来表现意识形态旨趣的。

叶圣陶不仅童话采用的是第三人称客观模式，儿童小说也是采用这种模式。叶圣陶有过长达十余年的教员生涯，对儿童及学校教育的弊端非常了解。在他早期的儿童小说中，有不少篇目是写儿童的校园生活及学校教育不足的，《义儿》便是这方面具有代表性的作品。这篇作品写小学生义儿在英文先生的课上作画，受到英文先生的严厉批评之后，义儿跟英文先生发生了一场争执的闹剧。虽然叙事者对这场闹剧持旁观态度，但是通过义儿的纯真与英文先生的僵化、义儿的勇敢抗争与同学的服帖顺从的对比，其批判僵化教育体制对儿童本性压抑的旨趣便不言而喻。

发生期儿童小说的代表作是凌叔华的作品集《小哥儿俩》，其中收入短篇小说13篇，除了《无聊》等4篇外，其余9篇均是描写儿童的作品，可以看作儿童小说。凌叔华的儿童小说也是采用第三人称客观模式。如《搬家》中枝儿一家要离开住处去北京，枝儿把心爱的大花鸡送给与她要好的四婆，而四婆在枝儿家临走的前一天的晚上，把大花鸡宰了炒了一大盘鸡肉送过来。当枝儿得知鸡肉是大花鸡做的时，内心很难过。叙事者平静地叙述了枝儿与四婆的日常交往，却在这些琐碎的生活中见出淳朴、美好的人情。同时具有画家身份的凌叔华，无疑把绘画的知识与技能娴熟地运用到了小说创作之中，使得她的这些儿童小说都具有"写意画"的特点，充满了儿童情趣与温情，丝毫没有教化的口吻与痕迹。其对儿童的纯真、善良及儿童与成人之间那种美好情感的肯定也就蕴含在"写意"的文字之中了。

　　张天翼的儿童小说创作，一方面继承了叶圣陶等人的叙事模式，一方面也是延续了其讽刺小说的写法。张天翼在创作儿童文学时，已经被胡风等批评家称为左翼文坛上的"新人"，是创作了多篇讽刺小说的成人小说家。写于1929年8月的《荆野先生》，便是以第三人称客观模式来叙述不满于空虚、消沉、彷徨、颓废生活的荆野，在受同乡戈平的牵连入狱后，决心出狱后要努力把生活过得充实一点，至少要像狱中生活一样充实。荆野出狱后，离开了让他感到空虚与厌倦的北京，先去了上海再决定行止。小说的结尾是开放的：离开北京的荆野，是一如既往地过着空虚、堕落的生活，还是努力过上了"充实的生活"，叙事者没有给出明确的答案。叙事者对于荆野的人生遭遇及戈平的受审、挨打乃至被砍了七刀，都没有流露出主观态度，也未作价值判断。作品的意识形态主要体现在讽刺手法及荆野的矛盾性格中：一方面不满意过空虚消沉的生活，一方面又难以彻底跟这种生活告别——想去南方，却先在上海落脚，然后再决定行止，暴露了荆野对新的道路的一种犹疑不决。在另一篇小说《出走以后》，张天翼同样写了一个性格矛盾的人：何太太。何太太受了易卜生《傀儡家庭》的影响，知道丈夫假装工厂倒闭延长工人做工时间后，便闹着要离婚，过一种自由的新生活。但是在残酷的现实面前，她妥协了，重新回到丈夫家里，接受了七叔给她的"生活归生活，思想归思想"的信条。对于这些人，张天翼一方面同情他们的遭遇，但另一方面又谴责束缚他们的黑暗现实。这一主旨，在张天翼的成人小说中，主要是通过讽刺手法来实现，这也是他的成人小说被归为讽刺小说的重要原因。张天翼的讽刺小说，除了少数几篇以第一

人称主观模式写的作品之外，基本上都是采用第三人称客观模式来写的。

　　张天翼上世纪三四十年代创作的儿童小说，除《洋泾浜奇侠》《蜜蜂》这两篇外，基本都是采用第三人称客观模式。《搬家后》叙述粗野的大坤与隔壁的阿伏因为在地上捡到长得放下的几张纸——根据文中内容推测应该是共产党的宣传单，便被两个巡警搜查，最后两人都被巡警带走。由于所写人物与事件缺乏足够的信息，使得所写的人物（大坤、阿伏、长得、大少爷等）都很模糊，缺乏鲜明的个性；而所写事件，如大坤爸妈不知道发生了什么事，有几天没有回家了，而大坤不知所措地问仓伯伯"他们有什么事"时，仓伯伯回答"你别问，说给你你也不知道"，此后再也没写及这事。所以到结尾，我们仍不知道大坤的爸妈到底发生了什么事。这篇作品隐约涉及阶级矛盾——以大坤爸妈、长得为代表的无产阶级与以巡警为代表的统治阶级的矛盾冲突，但由于表达得隐晦，只有具有相当阅历的成人才能领会。作为一篇儿童文学作品，其立场是成人的，基本上没有考虑到儿童读者的审美心理，因而算不得成功之作。《一件寻常事》的主旨表达就很清晰。它叙述了阿全一家悲惨的故事：阿全妈妈重病在床，阿全爸爸没有钱送她去医治，不忍心看着她痛苦的煎熬，只好狠心毒死了她，阿全最后被送到外面当学徒。而如此悲哀之事，作者却以"一件寻常事"作为标题，这无疑是对当时黑暗社会的绝妙讽刺。叙事者对这些残酷的事实只是冷静地陈述，仿佛真的只是陈述一件寻常的事情一样，表现了底层社会人们的凄惨生活，其对现实的叙述蕴含了一种绝望感。对底层社会苦难的揭露，对黑暗现实的批判，是张天翼早期儿童小说的共同特点，《团圆》《小账》《奇遇》等作品中都表达了这一意识。

当然，张天翼第三人称叙事模式的儿童小说中，也有少数几篇不那么灰暗的作品，如《回家》《奇怪的地方》。《回家》中六岁的虎儿由于母亲病死了，被舅舅带到周王滩生活，但是最后还是被害死他母亲但其实是他的生父的赵阎王给带走了。虽然结局也比较悲惨，但对虎儿在周王滩的生活的叙述还是很明朗，充满了儿童的活力与情趣。尤其是写虎儿的校园生活及以演戏的方式跟赵五老太爷、赵阎王、何马屁等地主阶级及帮凶斗争的故事，这占了全篇一半以上的篇幅，写出了儿童本真的状态及跟传统完全不一样的校园生活，洋溢着一种鲜活的气息与乐观的精神。而《奇怪的地方》中，虽然小民子每次跟少爷的冲突都会遭到爸爸的训斥，最终被遣送回家，但回家毕竟不算是一个多么悲惨的结局。而对小民子敢于抗争的性格，文中予以集中的表现，即便是离开时他爸爸叮嘱不许乱打人，他仍然理直气壮地说："谁欺侮我，我就打谁！到了那个时候——要是我不听话，我不管！"① 给小说增加了一丝亮色。但这一丝亮色，毕竟掩藏在黑暗现实的乌云之间，灰色的现实主导着张天翼早期儿童小说的天空。

《奇遇》这篇作品比较独特，它与张天翼其他第三人称客观模式的儿童小说最大的不同，就是它是以豫子这一儿童的视角来叙述。张天翼有一些儿童小说局部运用了儿童视

---

① 张天翼：《奇怪的地方》，选自《张天翼儿童文学全集（二）》，北京：中国少年儿童出版社，2002 年版，第 219 页。

角，比如《回家》通过虎儿的视角写舅舅的外貌："原来舅舅是一种很凶的人。脸孔又黑又红。耳朵下面有一块青东西：总是皮脸的时候弄上去的。嘴巴上站着一根一根的胡子，好像妈妈洗衣裳的刷子一样。身体长得很高很大。"[①] 这是以虎儿的视角来写舅舅的外形。"耳朵下有一块青东西"，虎儿因为只有七岁，不知道那是胎记，反认为是"皮脸的时候弄上去的"——"皮脸"这个词是虎儿从妈妈那听来的，是个方言词汇，是顽皮的意思，但虎儿不懂该词的含义，自以为是地误用了这个词。"嘴巴上站着一根一根的胡子"，一个"站"字，让这句话充满了稚趣，显得很鲜活。若换了成人的眼光或全知的视角，把"站"字换成"长"字，虽然意思没变，但效果却截然不同。这里以儿童视角写人物的外形，呈现出一种全知视角不及的童趣，使人物显得更真实可信。而《奇遇》却是第三人称客观模式中通篇以儿童视角写成的。叙事者借用豫子的眼睛来呈现奶妈一家的悲惨生活：豫子的奶妈为了赚一点钱外出帮有钱人带孩子，自己的儿子却重病在床，奄奄一息，没有人照看——丈夫由于找不到活，在外喝酒、赌博，完全不管自己儿子的死活。由于豫子是一个单纯的涉世未深的孩子，长期生活在优越的富裕家庭，因而对下层人们生活的环境及世态人情非常陌生。如豫子被带到奶妈的家里："靠墙歪站着一张小桌子，像豫子的那个洋娃娃一样：两条腿站不直的。墙上有一张花纸，比哥哥的书包还脏。地下排着许多东西：瓶子，罐子，锅子。靠着里面

[①] 张天翼：《回家》，选自《张天翼儿童文学全集（二）》，北京：中国少年儿童出版社，2002年版，第23—24页。

还放着个大东西——也许是一张床……床上没有人。床上有些被窝，可是这些被窝是没有皮的，颜色像老王的洗碗布：卷成一个大鸡蛋卷直放着。还堆着些破尿布似的东西。这里可另外有种味儿：豫子一闻着就知道床上有那种吃的东西——可是豫子叫不出名字来。那玩意儿是黑的，豆子似的，老王常把这放在豆腐里的。那到底叫做什么？"① 这样的描写，完全体现了陈伯吹所说的"用儿童的眼睛去看，用儿童的耳朵去听，用儿童的心灵去体会，还要化身为儿童，用儿童的嘴巴去说话"② 的观点。在豫子看来，那张歪着的小桌子是"两条腿站不直的"，床上没有皮的被窝卷起来变成了"一个大鸡蛋卷"，这样的描述完全是儿童化的，体现了一种儿童的情趣。由于她不知道豆豉的名称，所以闻到豆豉的气味，只能形容"那玩意儿是黑的，豆子似的"。因为豫子不认识奶妈的丈夫木三，所以木三在文中基本上是以"那个鬼"——豫子听奶妈这样说，便把木三当作"那个鬼"——来指代。小连儿瘦削的小脑袋，奶妈跟那个鬼打架的情形，那些泔水和豆豉的气味，在豫子看来像梦一般——她不敢相信身边还有这样的现实。由于豫子是一个纯真的儿童，平时又生活在富裕家庭，因而到一贫如洗的奶妈家里去，最能呈现社会底层贫穷苦难的现实，跟《红楼梦》中刘姥姥进大观园有异曲同工之妙，具有什克洛夫斯基所说的陌生化的效果——这篇作品的主旨，也主要是通过陌生化的手法来表现的。

---

① 张天翼：《奇遇》，选自《张天翼儿童文学全集（一）》，北京：中国少年儿童出版社，2002 年版，第 134—135 页。
② 陈伯吹：《儿童文学简论》，武汉：长江文艺出版社，1982 年版，第 33 页。

在现代儿童文学史上，通篇运用儿童视角写作的儿童小说比较少，把这种儿童视角运用于第三人称客观模式中的，更是少之又少。这是张天翼在儿童文学叙事方面的一次有益的探索，也是他对现代儿童文学叙事艺术的贡献。

第二节
张天翼应用的第三人称修辞模式

　　虽然中国现代的原创儿童文学最初主要是以第三人称客观模式叙述，但与此同时，也存在着不少第三人称修辞模式的作品。

　　《童话》丛刊是中国最早的儿童文学读物，这上面的作品大多是采用第三人称修辞模式。如孙毓修编译的被后人当作最早引入中国的童话《无猫国》（《童话》第一集第一编），写穷苦的大男在城里一富人家里做"灶下之奴"，主人到外国做生意时帮大男把他的猫卖给无猫国的国王，获得十多万钱，大男由此而成为大富人。讲完故事后，孙毓修写道："大男为着金砖，一心走到京城，弄得几乎讨饭，幸遇富人收留，免了冻饿，已是满心知足。不料意外得了这注大财，真可称为奇遇。你看他有钱之后，安心读书，要做个上等之人，这才算受得住富贵了。"① 很明显，叙事者是在劝诫儿童要安心读书，以做个上等之人。孙毓修编译的《海公主》（即安徒生《海的女儿》），开头便是一段教训文字："我们人类，住在地球面上，上看天空的灿烂，下看地上的繁华，清风明月，不用钱买，名花好鸟，到处即逢，真是造化。诸位看了这篇《海公主》，把自己与她略一比较，便知人类的幸福，出于万物之上，断不可自暴自弃，辜负了天地生成之德。"② 故事讲完后，作者又是以三段文字来总结故事的"教训"，姑且引录最后一段文字："必不可为之事，必不可成之志，断不要去尝试。若是见异思迁，到头来不但枉费精神，一无所得，反致误尽终身。如海公主的往事，便是前车之鉴。"③ 安徒生笔下敢于为爱而牺牲的海的女儿，在孙毓修看来不过是见异思迁而误尽终身的"前车之鉴"了。安徒生笔下这篇悲剧意味很强、感人至深的童话，在孙毓修笔下被改写为平庸无奇的训诫文章。

而作为现代儿童文学先驱之一的茅盾，不仅译述了诸如《狮驴访猪》等西方童话、寓言，改编了诸如《大槐国》等中国传统故事与民间童话，还创作了少量的儿童文学作品，如《书呆子》《一段麻》《寻快乐》。这些作品也是采用第三人称修辞模式写成的，它们跟孙毓修的作品一样，很明显可

---

① 孙毓修：《孙毓修童话（第二册）》，北京：海豚出版社，2013年版，第208—210页。

② 孙毓修：《孙毓修童话（第二册）》，北京：海豚出版社，2013年版，第213页。

③ 孙毓修：《孙毓修童话（第二册）》，北京：海豚出版社，2013年版，第224页。

以看出明清小说的影响，里面包含着章回小说中说书人的套语，如《书呆子》中"欲知这故事讲的何事，且看下文"，"话说某处镇上有个学堂"，以及多次把读者称作"看官"。叙事者在这些作品中，不仅担当陈述的职责，还发挥诠释的作用。而最能体现叙事者主观判断与价值取向的便是文内加入的插话和评述。

《书呆子》讲述一个叫南散的学生，读书十分用功，总是捧着书看，被同学们叫做"书呆子"，但是这个书呆子却凭借书中看到的关于蜜蜂的知识，救了被蜜蜂包围的同学万尔。在故事开始之前，有两段类似于章回小说"入话"的开场白，如第二段：

> 现在人心不古道，学堂之中，有用心读书的学生，同学们便齐声叫他书呆子。笑他，奚落他，好像做了什么不端事情似的。这种情形，莫说是玩笑小事，实是学校中最坏的习气。见地不牢固的人，每因同学们的嘲侮，把勤学之心，渐渐抛却，流入浮荡一流去了。在下就为这个缘故，编这本"书呆子"的童话。希望小学生看了，不用功的变为用功，用功的更加用功，再不把"书呆子"三字笑人，那就好了。欲知这故事讲的何事，且看下文。[1]

在这段话中，叙事者基本上是表达作者的经验与信念，

---

[1] 茅盾：《书呆子》，选自茅盾：《狐兔入井》，北京：人民文学出版社，2009 年版，第 56 页。

它很明确地告诉了读者这篇作品的主旨，就是希望读者阅读之后能够像故事中的"书呆子"一样用功读书。而后面关于万尔如何被蜜蜂包围，"书呆子"南散如何解救，都不过是为这一主旨做的一个注脚。最后一段作者写道："从此以后，（万尔）再不敢瞧不起书呆子了。每逢人家好笑书呆子的时候，他总正色劝他们别笑，将自己这一次的事情说了一遍。被他劝转的人，也就不在少数。"①这可以看作是该篇的收尾辞。它其实是在重复上引的那段话，以形成前后的呼应。在故事的进行中，叙事者还会打断故事流畅的进度，插入对某事物的解释与评价，如《书呆子》写万尔来到表哥家，发现表哥一家人都不在，便向叫出来的一个老妈子打听管蜜蜂的王老儿是否在家，老妈子告诉他王老儿正在后面替蜜蜂分房，这时叙事者搁置了叙事，插入了一段话：

> 看官知道什么叫分房呢？原来一窝蜂满了，须得另用个新房，将蜜蜂分一半在新房之内，以便繁殖。这是养蜂家最难做的事情。分得好，一窝可变两窝；分得不好，连原窝的蜂都飞散了，也说不定。②

这段话是对"分房"的解释与评述，让读者明白什么是分房，分房有什么好处。但对于作品中的故事而言，删掉这

---

① 茅盾：《书呆子》，选自茅盾：《狐兔入井》，北京：人民文学出版社，2009年版，第62页。

② 茅盾：《书呆子》，选自茅盾：《狐兔入井》，北京：人民文学出版社，2009年版，第58页。

段话也不影响它的完整性。《一段麻》《寻快乐》等作品都存在着《书呆子》中类似的开场白、收尾辞及解释或评论的插话。这些修辞手段的运用，一方面能有效地传达作者的思想与观念，阐明作品的主旨，另一方面创造了一种跟读者进行交流的情境，能拉近跟读者的心理距离。但是"看官"之类的说书套语，又给茅盾的小说打上了章回小说的痕迹，显得不够原创，与叶圣陶的童话尚有一段距离。到了上个世纪二三十年代，茅盾就完全摆脱了说书人的套语，不再使用修辞模式。其儿童小说《少年印刷工》《大鼻子的故事》等，都是以第三人称客观模式写就的。

茅盾的早期作品之后，最能体现第三人称修辞模式的，莫过于郭沫若的中篇儿童小说《一只手》[①]。这篇作品没有说书人的套语，讲述了尼尔更达小岛上的一场阶级冲突与革命斗争：一个叫小普罗的男孩，在一座制铁工厂做工以养活年老且残疾的父母。有一天小普罗不小心右手被机轮切断了，引起工友们的关注与关心，却遭到管理人残忍的鞭打，由此引发了工人与工厂资本家的矛盾冲突。最后在工人领袖克培的指挥下，工人们从资本家手中夺取了政权，获得了革命的最终胜利。与此同时，小普罗及父母全部牺牲了。在克培的提议下，工人们给小普罗建了一个纪念塔，并替他凿了一尊大理石遗像。在讲述故事的过程中，叙事者穿插了大量的评论及说理文字，带有很强的主观色彩。如写到普罗夫妇由于在污染的环境中做工变成半身不遂的废人之后，马上议论有钱人对穷人的剥削：

---

① 麦克昂（郭沫若）：《一只手》，《创造月刊》，1927 年第 1 卷第 9、10、11 期。

> 一般的贫苦人都是这样，不仅不做工便没有饭吃，就是一天做工做到晚，也得不到饭吃的都有。他们的血汗就是被有钱的人榨取了去……①

郭沫若从无产阶级世界观出发，把有钱人置于穷人的对立面，竭力去说明穷人之所以穷，全是被有钱人剥削压榨的结果。对贫穷的人生下许多的儿女，叙事者也有微词。这其实传达了郭沫若对普罗大众不是一味地肯定，也有批评的地方。在这段议论之后，叙事者交代普罗夫妇有一个十五岁的儿子在制铁工厂做工。后面又是一段议论，不仅涉及上面所说的有钱人对穷人的压榨，还提及社会养老院、残废院等社会医疗保障系统的阙如，使得小普罗不得不八九岁就开始做童工。在叙述的时候，郭沫若喜欢夹叙夹议，才交代小普罗在工厂里很勤苦，下班了也不往哪儿游耍，马上又议论小普罗其实也想跟有钱人的儿子一样去放风筝、抛皮球、坐小车，但是由于贫穷这些他都玩不了。这就进一步强化了贫富的对立。写到工人罢工遭管理人鞭打时，叙事者又大段地谈论资本家的残酷与工人的可怜。文中还有长篇大论地讲无产阶级革命道理的地方：

> 我们为什么要夺取政权？并不是因为无产阶级受了几千年的压迫，要起来报仇，要起来把那专横的资产阶级压制下去，让我们自己来专横，我们是要为全人类的

---

① 麦克昂（郭沫若）：《一只手》，《创造月刊》，1927年第1卷第9期。

平等的发展而谋世界的进化的……①

这段议论文字共有一千多字，完全可以看作是一篇"无产阶级革命论"的小论文。在叙事者看来，无产阶级革命并非专门解决面包问题，而是为了满足人们物质生活及精神方面的需求。由于资本家垄断了世界上的财富，使得广大人民群众连极小量的生活费都不能满足，精神上的发展更不用说了。所以郭沫若借叙事者在这里谈的，还不光是中国的无产阶级革命，而是把无产阶级革命置于整个世界的潮流中来讨论。他认为全世界的资本家是一个阵营，要彻底消灭资本家的力量，才能巩固无产阶级政权，在此基础上尽快发展物质的生产力，以使每个人能够满足他的物质需求。尼尔更达小岛的工人推翻资本家的统治，组织了工人政府，下设军事委员会、国民经济委员会、教育普及委员会三个机构，全岛的财产与工厂都归国有。工人政府制定了详细的发展计划，以建立一个旨在满足人们的物质与文化等方面需求的新世界。这样的情节，无疑是对上述无产阶级革命理论的预演。郭沫若的这篇作品洋溢着对革命的无比热情，具有浓郁的抒情性，延续了郭沫若上个世纪 20 年代诗歌的浪漫主义风格。但是，叙事者过多的议论文字，以及图解革命理论的故事讲述，无疑会损害情节的连贯性、趣味性，降低作品的审美价值。

中国现代儿童文学史上第一部长篇"童话"《阿丽思中国游记》（1928 年），也是运用第三人称修辞模式写的。从书

---

① 麦克昂（郭沫若）：《一只手》，《创造月刊》，1927 年第 1 卷第 9 期。

名可以看出，沈从文是受了英国童话大师刘易斯·卡洛尔的《爱丽丝漫游奇境记》的启发而作。由于作者心里有"非发泄不可的一些东西"，又"没有法子使它融化成圆软一点"，[1]不少思想及情感便借叙事者来直接抒发了。比如第一章《她同那兔子绅士是怎样的通信》，叙事者讲述阿丽思给兔子写了一封信，期盼着兔子的回信，然后插入一段议论："在另一方的我们，实在也愿意上帝差派的传达副爷早早找到那大耳朵朋友。我们知道在中国这个时候，国境南部正在革命，凡是一个革命的政府成立时节，总是先要极力来铲除一切习惯的。一切的不好制度在一种新局面下都不能存在了，一些很怪的风俗也因此要消灭了，还有一切人全成了新时代的人。新时代的人则大概同欧洲人一个模样，穿的衣服是毛呢制的，硬领子雪白，走路腰肩不钩，说话干脆。再没有一切东方色彩了，那纵到中国去玩一年两年，也很少趣味。"[2] 这就由写西方的阿丽思，转到谈论中国当时的革命形势来了，想象新的革命政府成立后新时代的社会生活，透露出沈从文对当时中国旧社会的坏习惯、怪风俗的不满，也透露出沈从文对革命胜利后会丧失民族特色而完全欧化的担忧。在后面的故事情节中，叙事者以阿丽思与约翰·傩喜（即那只兔子）在中国游历时目睹之怪现状，进一步表现了在中国底层与边缘地带存在的种种落后的风俗及多灾多难的生活。

《阿丽思中国游记》虽然被称为"童话"，但几乎是以写

---

① 沈从文：《〈阿丽思中国游记〉后序》，北京：人民文学出版社，2009 年版。
② 沈从文：《阿丽思中国游记》，北京：人民文学出版社，2009 年版，第 229 页。

实的笔法来叙述，缺少幻想色彩，实际上是一部成人小说，连儿童小说都算不上。沈从文始终忘怀不了当时的社会现实，且常常借叙事者来发表一下自己对政局的看法："傩喜先生实在还有地方可去的，中国原是这样大！日本人成千成万的迁移过中国来，又派兵成千成万的到中国来占据地方，然而中国官既不说话，中国人民有许多也还不知道有这回事……"① 这里不仅谴责了日本对中国的入侵，还批评了国民党政府的不作为。若联系到省略的部分文字，可以理解到沈从文对那些向世界夸耀中国地大物博的知识分子及说"日本地方终有一天会沉到海中去"的"学科学的呆子"也是颇有微词的。由此我们知道，叙事者几乎成了作者的传声筒。如果说当时中国的黑暗现实是借阿丽思游历中国时所见所闻来呈现，那么沈从文对当时现实的种种讽刺便是借叙事者来表现了。这样写的结果，如作者自己承认的，约翰·傩喜变成一种不能逗小孩子发笑的人物，而阿丽思也失去了不少天真，加上"不能把深一点的社会沉痛情形，融化到一种纯天真滑稽里，成为全无渣滓的东西，讽刺露骨乃所以成其为浅薄"，沈从文自己也承认"这次工作的失败"。②

在上世纪 30 年代以前，第三人称修辞模式的儿童文学作品鲜有成功之作，直到张天翼的第一部长篇童话《大林和小林》的出现，才扭转了这种格局。张天翼在童话创作方面是一个天才，但他创作童话的直接原因是国民党当局对当时

---

① 沈从文：《阿丽思中国游记》，北京：人民文学出版社，2009 年版，第 4 页。
② 沈从文：《〈阿丽思中国游记〉后序》，北京：人民文学出版社，2009 年版。

进步文化的"围剿"——对报刊、书籍的控制越来越严，凡是批评国民政府、要求民主和抗日的言论一律严加禁止。在写讽刺小说难以发表的情况下，张天翼便选择了带有幻想性的童话来表达自己的观点。但是，张天翼高明的地方在于他不是借助叙事者直接表达对统治阶级的批判，而是把这方面的主旨隐含在充满儿童情趣的故事中。《大林和小林》的叙事修辞不表现在对现实的议论上，而是表现在与读者的密切交流方面。

张天翼创作童话时，有着很强的儿童读者意识，在叙述的过程中，叙事者会不断地跟读者进行交流，让读者有一种参与到故事中的感觉，从而拉近跟读者的心理距离。如《大林和小林》第八章写小林给大林写了一封信，在信封上写着"哥哥先生收"，然后叙事者打断叙述，跟读者进行交流："你想，这封信寄不寄得到？"① 接着写小林梦见大林，一醒来就不见了，想知道哥哥在哪里，这时作者写道："真的，大林到底在什么地方呢？——听故事的人都想要知道。大林么？大林这时候正在他自己的家里。大林这时候正在他自己家里吃饭。大林吃起饭来才麻烦呢。大林的旁边站着二百个人……刚说到这里，你一定会问：'你为什么不从头说起呢？大林怎么会跑到这里来的？大林怎样会有他自己的家呢？那天怪物要吃大林和小林，大林和小林分开跑，我们就没看见大林了。你从那里说起吧。'对，我就

---

① 张天翼：《大林和小林》，选自《张天翼儿童文学全集（二）》，北京：中国少年儿童出版社，2002年版，第315—316页。

从那里说起吧。"① 张天翼在《大林和小林》的前七章里主
要是写小林跟大林分开的种种遭遇，通过小林梦见大林，
追问大林经历的形式，把笔头转到大林身上。但直接写大
林成为大富翁的大少爷的生活，会让小读者感到很突
兀——大林和小林分开后，就没有叙述过大林的情况，他
如何一下子就由一个逃命的孤儿，变成一个有两百个人奴
仆的少爷呢？为了不让叙述显得很突兀，叙事者虚拟了读
者针对特定故事情节的疑问及建议，这样就自然地过渡到
大林跟小林分开后的情形。从前面大林和小林分开时写大
林的遭遇，能够让故事保持完整的线性，便于儿童读者的
接受。所以这里的叙事交流，发挥了叙事指引与过渡的功
能；而且叙事者采纳了读者的建议，也让读者有一种参与
故事讲述的快感。

　　叙事者有时候也会跳出来解释某种事物，如第四章写小
林、木木、四喜子从咕噜公司偷金刚钻出来卖，被巡警抓
住，后来被包包判决罚"足刑"。但是叙事者有意不告诉读
者"足刑"是什么，在吊足了读者胃口之后，才说："现在
我趁他们不叫的时候说出来吧。足刑是什么呢？原来是——
搔脚板！"② 这样一方面解释了前面的情节，一方面也获得了
一种幽默的效果。

　　相比《大林和小林》，张天翼的第二部长篇童话《秃秃
大王》跟读者的交流更为频繁。根据笔者统计，《秃秃大王》

---

① 张天翼：《大林和小林》，选自《张天翼儿童文学全集（二）》，北京：中国少年
　　儿童出版社，2002 年版，第 316 页。
② 张天翼：《大林和小林》，选自《张天翼儿童文学全集（二）》，北京：中国少年
　　儿童出版社，2002 年版，第 296 页。

单以"亲爱的读者"与"读者诸君"为标志的叙事交流就有6处。① 这些交流，既有邀请读者为冬哥儿写给小明的信打分及检查错别字，又有邀请读者来做简单算术的，还有假设读者正在读《秃秃大王》的，邀请他们去看下文老米的故事。有些地方，还起到解释、指引的作用。

《秃秃大王》里也有用第二人称指称读者的，如第二章写秃秃大王打猎，通过与读者交流的方式揭示秃秃大王他们打猎的对象："啊呀，说故事的人真不会说故事。说了老半天，还没有告诉你，他们打猎究竟打了些什么东西。究竟是什么东西呀，打得那么多，打得了一千二百个？原来是蚂蚁。"② 一方面是对前面文本内容的解释，另一方面它又制造出一种惊奇感与幽默感。第七章叙述了大狮骗冬哥儿的事，与读者也有交流："大狮就走出去了。后来就把冬哥儿骗来了。骗来了之后就把冬哥儿关起来。这一件事，上面已经说过，你们已经知道了。"③ 还有第九章："我们大家来猜猜看，这到底是个什么东西。请你慢一点看下去，把书合起来，先

① 分别是：（1）第八章：亲爱的读者，请你给这封信打一个分数罢。这封信里不知道有错字没有，你要仔细看一看。如果有看不懂的地方，可以去问问国语老师。（2）第十一章：读者诸君，大狮家里一共有多少人呀？请你们仔细算一算。如果算不出，就……（3）第十四章：读者诸君，我们不能够跟他们走五个钟头，我们先到秃秃宫去看看。（4）第十五章：读者诸君，你们当然知道这个月亮是从什么地方来的，这个月亮原来就是秃秃大王的头。（5）第十六章：读者诸君，你们在这里看什么书？借给我看看好不好？什么！你们还在这里看秃秃大王的故事么？这个故事已经说完了呀，你们还看什么呢？读者诸君，如果你们一定还要听故事就请你们去听老米的故事吧。（6）第十六章：后来有一个大文学家把老米的故事写下来，写了几百万册书，造一个很大的图书馆来藏这部书。读者诸君可以去看看。
② 张天翼：《秃秃大王》，选自《张天翼儿童文学全集（四）》，北京：中国少年儿童出版社，2002年版，第18页。
③ 张天翼：《秃秃大王》，选自《张天翼儿童文学全集（四）》，北京：中国少年儿童出版社，2002年版，第63页。

来想一想罢。"① 叙事者邀请读者一起来猜谜语。同章又写大
狮叫冬哥儿给小明写一封信，然后提醒读者这件事前面已经
写过了："说呀说的大狮就拿出冬哥儿的信来。这封信就是
大狮叫冬哥儿写的，在上面一章里已经写出来过的，你如果
忘记了，就去翻开来查一查罢。"② 有时候《秃秃大王》又以
"我们"的形式来邀请读者一起去做某事，如第一章写秃秃
大王睡着了，叙事者邀请读者去看秃秃大王的外貌："好呀，
秃秃大王睡着了。我们趁秃秃大王睡着的时候，来看看他是
什么样子吧，看看他美丽不美丽。"③ 在《秃秃大王》中，如
此这般的叙事交流不胜枚举，从上述所举的例子就可见一
斑了。

张天翼的第三人称修辞模式儿童文学作品中，还有一篇
值得一说的是长篇儿童小说《洋泾浜奇侠》。这篇作品不管
是放到他的成人小说中，还是儿童小说中，都显得很另类，
一个主要的原因便是它的修辞模式。这篇小说中的叙事交流
更为频繁，单以"读者诸君"为标志的便有 9 处。④ 在这些

---

① 张天翼：《秃秃大王》，选自《张天翼儿童文学全集（四）》，北京：中国少年儿
童出版社，2002 年版，第 87 页。
② 张天翼：《秃秃大王》，选自《张天翼儿童文学全集（四）》，北京：中国少年儿
童出版社，2002 年版，第 88 页。
③ 张天翼：《秃秃大王》，选自《张天翼儿童文学全集（四）》，北京：中国少年儿
童出版社，2002 年版，第 10 页。
④ 分别是：（1）第二节：读者诸君还没见过那位太太，还得让我介绍一下哩。请下
楼去瞧瞧热闹罢。哪，那位太阳穴上有个紫色疤的就是史伯裏老先生的太太，
史兆昌的继母。年纪瞧去不到四十岁，眼睛是红的。（2）第三节：读者诸君，瞧
见他的脸了吧：呵，还是咱们的熟人，刘六先生。（3）第四节：读者诸君要是读
过许多武侠小说，看过武侠电影片，就知道无论中国外国都一样，侠客的运气
总是挺好的……（4）第四节：读者诸君，咱们还是给史兆昌代劳一下罢：到小
王房子里去探动静。（5）第五节：还有一位读者诸君不认识的先生，不到四十
岁，一个光头，没戴帽子……（6）第六节：房里坐着一个人，笑嘻嘻地对着他。
这人是谁？——猜猜看，读者诸君。（7）第十一节：读者诸君想得到：（转下页）

地方，叙事者发挥着指引、解释、评论及交流等功能。从表面上看，这似乎跟《大林和小林》《秃秃大王》没多大区别。但如果对比分析一下"读者诸君"在童话与儿童小说的不同形象，便能见出根本的区别。为了方便起见，我们以同样多次运用"读者诸君"为标志进行交流的《秃秃大王》与《洋泾浜奇侠》来比较。

根据《洋泾浜奇侠》中对"读者诸君"的使用情况，结合小说的具体内容，我们可以建构出该著"读者诸君"的形象：他（她）对主人公史兆昌及刘六先生很了解，对太极真人很好奇，对武侠小说与武侠电影的程式比较熟悉，喜欢看热闹，知道失恋的痛苦，并能根据熟悉的人的性格，想得到他们吃饭的饭量与情形……从中我们可以看出，《洋泾浜奇侠》中的"读者诸君"显然是一个社会经验丰富的成人，或者说其隐含读者是成人，而不是儿童。这样，现实的儿童读者跟隐含读者存在很大的差距，其交流的目的不但达不到，反而使儿童读者有种受挫感。在这个意义上，如果把《洋泾浜奇侠》当作儿童文学作品来看的话，不仅存在如鲁迅先生批评张天翼小说中的"失之于油滑"的弊病，还存在着隐含读者的错位问题，因而是一篇并不成功的儿童小说。

根据上文注释中关于《秃秃大王》叙事交流的6处引文，结合文本的内容，我们也可以建构出《秃秃大王》的"读者诸君"形象：他（她）是一个文化水平不高的儿童，可

（接上页）这位侠客当然在暗地里摆好了桩子……（8）第十一节：读者诸君当然知道史兆昌现在的地位——那就是所谓：失恋。（9）第十二节：大家才吃过饭：这一点是作者刚才忘记了交代的。其实吃饭的情形也不用细述，读者诸君自会想得到……

能刚学会数数，认识的字也不是很多，但喜欢看书，对故事非常感兴趣。其隐含读者很明确地是一个天真活泼、有着旺盛求知欲的儿童。

《洋泾浜奇侠》与《秃秃大王》都是张天翼在 1930 年代创作出来的。但很显然，张天翼在创作《洋泾浜奇侠》时，心中并没有儿童读者的意识，其隐含读者是一个人生经验比较丰富的成人。也正是因为如此，该小说在当时及后来很长一段时间被当作成人小说看待。而在创作《秃秃大王》时，其隐含读者很明显的是儿童，是张天翼自觉地为儿童而创作的——当然，这种儿童读者意识在《大林和小林》中早就体现出来了。儿童文学是文学门类中最具读者意识的品种，"儿童读者不仅是儿童文学赖以存在的社会土壤，而且也是儿童文学文本价值实现的现实依托。"[1] 张天翼的儿童文学创作，以长篇童话成就最高，一个很重要的原因，就是在写这些作品时，他心中时时装着一个儿童读者。

总之，张天翼的长篇童话，成功地运用了第三人称修辞模式，创建了一种虚拟的交流环境，时时跟读者进行交流与互动，让读者能参与进来，缩短跟读者心理的距离；且成功地建构出以儿童为对象的隐含读者，增强了文本对读者的影响力。与茅盾早期的儿童小说相比，他摆脱了说书人的套语，却继承了说书人虚拟交流环境以使读者有一种临场感的精髓。与郭沫若、沈从文的儿童文学作品比，他没有直接在文中谈论无产阶级革命的道理，也没有直接借叙事者发出针

---

[1] 李学斌：《儿童文学的游戏精神》，上海师范大学博士学位论文，2010 年，第 80 页。

对光怪陆离现实的批判声音，而是把自己的意识形态隐藏在具有童话外形的有趣故事之中——儿童读者未必能感知得到他对统治阶级的批判，但却能从充满童趣、幽默、荒诞的故事中体验到快乐。这种跟读者亲切交流的修辞模式，在现代儿童文学史上，是到了张天翼手里才完善起来的，此后也鲜有人继承与发扬。这一修辞模式的成功运用，既是张天翼早期童话能取得辉煌成就的一个重要原因，也是张天翼对现代儿童文学叙事艺术的重要贡献。

第三节
张 天 翼 探 索 的 第 一 人 称 主 观 模 式

　　第一人称主观模式，在中国现代儿童文学史上，相对前面两种叙事模式，是比较晚才出现的。在上个世纪 30 年代以前，很难找到这种模式的儿童文学作品。

　　但是在晚清及"五四"时期，第一人称主观模式并不陌生。在晚清，吴趼人的《二十年目睹之怪现状》就是以自称为"九死一生"的"我"为叙事者，叙述其从奔父丧到经商失败的 20 年间的遭遇及见闻，揭露了清末社会的黑暗现实及帝国主义的疯狂掠夺。其他还有王濬清的《冷眼观》、萧然郁生的《乌托邦游记》、周瘦鹃的《云影》、包天笑的《牛棚絮语》、王钝根的《予之鬼友》、恨人的《埋儿怡史》、符霖的《禽海石》等，都是第一人称主观模式的作品。有的新小说家还运用第一人称主观模式的变体——书信体的形式来

创作，如包天笑的《冥鸿》便是用未亡人给亡夫的十一封信连缀而成。到了"五四"时期，第一人称主观模式更为盛行，运用得更加得心应手，这其中最突出的代表是书信体小说与日记体小说。前者代表性作品有冰心的《遗书》、庐隐的《或人的悲哀》、蒋光慈的《少年漂泊者》、郭沫若的《落叶》、许地山的《无法投递之邮件》、向培良的《六封书》、陈翔鹤的《不安定的灵魂》等。后者代表性作品有鲁迅的《狂人日记》、冰心的《疯人笔记》、庐隐的《丽石的日记》、李劼人的《同情》、徐祖正的《兰生弟的日记》等。"五四"作家对书信体、日记体的运用，其目的已经由晚清及新小说家的侧重讲述故事或表达政见变为抒发感情。

张天翼对晚清及"五四"的第一人称主观模式多有领会与继承。他的第一篇采用现实主义手法的成人小说《三天半的梦》①，便是一篇带有自传色彩的书信体小说。它是由"我"写给韦的四封信构成："我"讲述了自己回故乡杭州老家看望父母，但很快对家庭的琐碎、细腻、平淡感到厌倦，认为父母对他的爱是一所感情的监狱，拘禁着他，所以很快他便离开了杭州，摆脱家庭对他的束缚。《一九二四——三四》②也是一篇书信体小说，是由某君写给他的一个朋友的13封信构成。写"我"虽有革命的热情与斗志，无奈在现实中被家庭儿女所拖累，终究沉沦于琐碎庸俗的现实之中。张天翼也有日记体小说，如《严肃的生活》（1936年）便是以日记的形式写"我"的生活态度是极端严肃的，"我"严肃

---

① 刊于《奔流》，1929年4月24日第1卷第10期。
② 刊于《新小说》，1935年2月15日、3月15日第1卷第1期、第2期。

地跟身边的人讨论什么黄酒最好，家里的麻将太大不好看，烟枪哪一种最好；严肃地对待自己打麻将的一大缺点：打牌时老爱把倒放的东西南北风等牌顺过来。其意在讽刺"我"的严肃生活不过是一种平庸与无聊。而《成业恒》① 是一篇书信体加日记体的小说，先是一封由成业恒写给季伦志的信，交待成业恒反共反土豪，结果得罪了人，反把他当作土豪劣绅抓起来关了两年的故事。然后在信末附上了四个"附件"，分别是"登在《党声周刊》上的《剿匪纪实》""敝县《三五日报》本县要闻一则""《三五日报》社的紧要启事一则（登在别的报纸上的）"，以及"在看守所里写的杂记"。最后一个附件，其实就是成业恒在看守所里写的 10 则日记，记录了他在监狱里两年的种种遭遇，构成这篇小说的主体部分。除了书信体与日记体，张天翼还有几篇也是采用第一人称主观模式的小说，根据叙事者在小说中的角色可以分为两种：叙事者作为旁观者的小说与叙事者作为主角的小说。前者如《猪肠子的故事》②，"我"在故事中充当一个旁观者，主要写猪肠子靠富人与做官的给钱而生存的寄生生活。《一个题材》③ 中的"我"（即翰少爷）充当的也是旁观者，写庆二伯娘听说"我"写文章可以赚钱，便来请"我"替她写半天文章。"我"却要求她提供一些别人不知道的素材，借机引出庆二伯娘放印子钱逼死器九呆婆的事。后者如《畸人手记》（1936 年），写"我"这旧文化旧传统的反叛者，因为在外面欠了不少债，不得不回到家乡靠收田租而生活。"我"

---

① 刊于《东方杂志》，1933 年 3 月 1 日第 30 卷第 5 号。

② 刊于《北斗》，1931 年 12 月 30 日第 1 卷第 4 期。

③ 刊于《中学生》，1936 年 4 月第 4 期。

的新思想与斗志，在现实面前节节败退，不得不一步步向现实低头，结果成为不新不旧的人，成为旧派人及鳌弟这些新派人眼中的仇人，处境十分尴尬，不知道以后怎样生活。《苦衷》中的"我"也是故事的主角，讲述自己在中学里当书记抄写员的辛酸故事："我"一个月只赚八块钱，却要抄写各种讲义，抄得手腕酸痛，第二天还是起早忙到半夜。抄得不好，还被学生与同事嘲笑赚了钱不尽职。这些作品借第一人称主观模式，一方面来揭露丑陋而黑暗的社会现实，一方面用来抒发某种复杂甚至矛盾的感情。在叙事方面，这不失为一种有益的探索。

张天翼在儿童文学创作方面，延续了在成人小说方面的探索。他的儿童小说《蜜蜂》① 是一篇书信体作品。虽然同是书信体，跟《三天半的梦》不同的是，《蜜蜂》的叙事者"我"是一个稚气未脱的儿童，而前者的叙事者"我"是一个处于旧伦理与新追求矛盾之中的成人。《蜜蜂》由"我"写给姐姐的五封信组成，它透过"我"的视角，写爸爸、松伯伯、长伯伯等农民与拥有蜜蜂场的大头鬼爸爸及以县长为代表的权势部门的冲突，叙述了 1930 年代中国社会的阶级冲突。由于"我"是一个儿童，所以其视角可以称为"儿童视角"，区别于《三天半的梦》的成人视角——虽然两者都是第一人称限制视角。儿童视角的运用，让小说对事物的描写带有儿童的感受与直觉，形成陌生化的审美效果，如第二封信写徐老师送"我"六双东西："这是有用的东西——这个字我写不出。这东西是长的，给脚穿的，是黑的；不是鞋

---

① 刊于《现代》，1932 年 7 月 1 日第 1 卷第 3 期。

子。姐姐你知道么？我再说一扁：长的，黑的，给脚穿的；不是鞋子。"① 通过"我"的描述，读者很容易就能猜出六双东西其实是袜子，但由于"我"不知道写"袜"字，所以特意将它们细致地描述了一番，具有陌生化的效果。作者为了让"我"这个人物真实可信，还故意让"我"写了不少错别字，像这里引文的"扁"就是一例，正确的写法是"遍"。

以儿童视角来观照成人社会的苦难和复杂的现实矛盾争端，可以更好地完成对成人世界批判的创作理想。如第四封信写农民与兵由子的冲突："大家打了。大家叫了。大家跑了。兵由子用裁纸刀打人了。兵由子对天放枪了，兵由子抓人了。真乱呀。乱极了！比上次曹操跟赵云打架还要乱。姊姊，王寅生说赵云的力气顶大，赵云比黑牛比曹操比孔子比刘老师比岳飞力气还要大。赵云要是邦我们就好了。赵云是不是住在上海？我们要是请他当军师那真好呀。"② 原本很严酷的农、兵冲突，在这里像是一场儿戏：刺刀变成了裁纸刀，由农、兵之间的打架，想到历史上曹操与赵云的打架，又拿赵云跟身边的人物与历史上其他人物比较，再问赵云是不是住在上海，盼望请他来做军师，便是以单纯的儿童世界来反衬成人世界的残酷，有利于其主题思想的表达。

儿童视角是一种限制视角，叙述的内容不能超出"我"所了解的范围，所以文中隐藏了一些沉重的事实，如写爸爸、松伯伯、长伯伯、徐老师、罗老师等众人去县里请愿，

① 张天翼：《蜜蜂》，选自《张天翼儿童文学全集（一）》，北京：中国少年儿童出版社，2002 年版，第 26 页。
② 张天翼：《蜜蜂》，选自《张天翼儿童文学全集（一）》，北京：中国少年儿童出版社，2002 年版，第 55 页。

要求县长把振华养蜂场搬走。县长袒护振华养蜂场，并把哥哥、爸爸等众人当作赤党抓走，最后一封信近尾声处写道："爸爸哥哥不见了。黑牛跟王寅生不见了。许多人不见了。"①根据前面罗老师说的话（"罗老师说我以后要天天住在徐老师房里了"），以及徐老师对待"我"的态度（如"后来徐老师摸我的头了。徐老师有眼泪呀"），其实暗示爸爸、哥哥等人被处决了。这些残酷事实的悬置，让这封信更多一些轻快而少一些沉重，庶几达到以轻驭重的效果。当然，儿童视角也让这篇作品留下了一些缺陷：过多的错别字，会影响到儿童对故事情节的整体把握，如"吃糖""羊读半""饼明鲜长"，儿童很难将它跟"赤党""洋督办""禀明县长"联系起来。但以书信体的形式，以儿童稚拙的口吻来叙述社会的阶级矛盾，这在现代儿童文学史上似乎还没有先例，因而在叙事方面也是一次有益的探索。

上个世纪 30 年代，对第一人称主观模式运用得更成功的是叶圣陶的儿童小说《邻居》（1936 年）。它通过叙述"我"跟邻居日本小孩的友谊及"我"家跟东边的日本男人的矛盾与纠纷，来展示当时中日民族的矛盾对两国普通人交往的恶劣影响，以及对"我"和邻居日本小孩友情的破坏。由于"我"是一个纯真的孩子，所以不会像大人那样仇恨日本人。当邻居的日本小孩不小心撞到了"我"弟弟，虽然"我"开始很愤怒，但看到日本小孩诚恳地道歉，也就原谅了他。随后，他们经常来往，竟然成为了好朋友。从"我"的视角写

---

① 张天翼：《蜜蜂》，选自《张天翼儿童文学全集（一）》，北京：中国少年儿童出版社，2002 年版，第 58 页。

中日民族矛盾下的这种友情，显得特别纯洁与美好。但是，在中国居住的日本成人与中国人却不能和睦相处。东边的日本男人，于醉意中听到了中国的小孩骂他的话，误以为骂他的人是"我"，于是跟"我"家发生了纠缠不清的纠纷。"我"爸爸耐不住领事馆三番五次派来的警察及委员对家庭生活的严重干扰，只好采取不得已的办法——搬家。从"我"的视角，以东边的日本男人跟"我"家的矛盾来写中日民族矛盾，能起到以小见大的作用，当然还可以收到陌生化的效果。这篇作品对儿童视角的运用非常娴熟，中日儿童的友情与中日成人的矛盾形成鲜明的对比，主题深刻且引人深思，即便放在现在看，也是反映民族矛盾不可多得的佳作。

随后，严文井的短篇童话《南南和胡子伯伯》（1941 年），中间插入了胡子伯伯讲述关于他的长胡子的故事，这个插入的故事是运用第一人称主观模式写的。它叙述"我"（胡子伯伯）还是一个调皮的小孩时，无意中从老喜鹊与小喜鹊的谈话中得知快乐谷有各种各样的玩具和糖果，便用小喜鹊威胁老喜鹊带"我"去快乐谷。可是快乐谷的巨人认为"我"是一个调皮的小孩，只有"我"帮他磨完一堆麦子才能放"我"进去。"我"每磨掉一斗麦子脸上就长出一根胡子。在蚂蚁的帮助下，"我"两天就磨完了麦子，同时脸上也长满了胡子。"我"进入快乐谷后拿了许多好吃好玩的东西送给小孩子们。作品的高超之处在于构想了快乐谷这个契合儿童愿望的幻想空间，类似于《木偶奇遇记》中的愚人国。故事人物在进入这两个幻想国度里尽情玩耍的同时，都需要付出相应的代价，"我"脸上长满了胡子，皮诺乔变成了一头驴

子。不同的是，皮诺乔在经过一系列的历险后变成了真正的男孩，而"我"却成了胡子伯伯。幻想世界遭遇的差异性体现了作家们儿童文学观的不同。严文井创作这篇作品时强烈的教育意图抑制了无限幻想生成的可能性，从而降低了作品的艺术水准。从篇幅来看，这一插入的故事占全文不到一半的比例，而其余大部分关于南南与胡子伯伯的故事，则是用第三人称客观模式写的。虽然插入的故事对第一人称主观模式的运用比较成功，但是从整体来看，这篇童话主要还是以第三人称客观模式完成的。

张天翼还有一篇影响非常大的儿童小说《罗文应的故事》，也是一篇书信体小说。跟《蜜蜂》不同的是，叙事者不是单数的"我"，而是复数的"我们"——第二小队的少先队员们。在这封给解放军叔叔们写的信中，"我们"扮演的主要是旁观者的角色，详细讲述了因贪玩而浪费时间且意志不坚定的罗文应，在同学们的帮助下改掉毛病，成为一名按时学习、劳动、休息及不再浪费时间的少先队员。但是信中对罗文应的心理活动有多处描写，存在着叙事者越界的现象，如："怎么样？去稍为看一点儿——只看那么一点点儿，可以不可以？'稍为……？还是不可以！'"[1] 这是写罗文应走到胡同里那家粮食铺边，看到有三个人坐在那里下跳子棋，当时心里所想的内容。作为故事旁观者的第二小队队员，他们不可能知道罗文应当时心里想了什么。尽管如此，这篇小说还是成功地塑造了罗文应这一新时代的典型少年形

---

① 张天翼：《罗文应的故事》，选自《张天翼儿童文学全集（二）》，北京：中国少年儿童出版社，2002 年版，第 250 页。

象，揭示了新中国成立以来儿童身上具有的普遍性问题。这里不得不提及一下任大霖、任大星两兄弟的儿童小说创作。他们的作品基本上都是以第一人称主观模式写的，如任大星的成名作《吕小钢和他的妹妹》（1954 年），任大霖影响最大的儿童小说《蟋蟀》（1959 年），前者从"我"（吕小钢）的视角，写淘气不爱学习的妹妹，如何在"我"及杨老师等人的帮助下，提高了学习积极性；后者写"我"小学毕业后参加农业劳动、捉蟋蟀、斗蟋蟀，以及最后进入合作社忙于工作而放弃蟋蟀的故事。这些作品和《罗文应的故事》意味着一种新的儿童小说的范式的形成：把深受政治生活和社会生活影响的儿童生活纳入文学的视野，在这样的范式中，儿童生活已不再是"私人生活场景"，而转化为"社会生活场景"了。[①]

上个世纪 50 年代，张天翼还写下了人生中的第四部也是最后一部长篇童话《宝葫芦的秘密》，这篇作品也是采用第一人称主观模式写的，而且运用得非常成功。《宝葫芦的秘密》的叙事者是"我"，即书中的主人公王葆，主要讲述了"我"做的一个关于宝葫芦的梦。该篇一开头，叙事者就与读者亲切交流起来："我来给你们讲个故事。可是我先得介绍我自己：我姓王，叫王葆。我要讲的，正是我自己的一件事情，是我和宝葫芦的故事。你们也许要问：'什么？宝葫芦？就是传说故事里的那种宝葫芦么？'不错，正是那种宝葫芦。可是我要声明：我并不是什么神仙，也不是什么妖

---

① 参见刘绪源：《中国儿童文学史略》，上海：少年儿童出版社，2013 年版，第 117 页。

怪。我和你们一样，是一个平平常常的普通人。你们瞧见，我是一个少先队员，我也和你们一样，很爱听故事。"① 叙事者事先声明给读者讲一个故事，然后介绍自己，并且告诉读者讲的是自己的故事，以此来获得读者的信任，拉近跟读者的心灵距离，与读者建立一种亲密的关系。从这段文字中，我们可以建构出隐含读者的形象：对宝葫芦的传说故事很熟悉，是一个跟叙事者一样平平常常的普通人，跟叙事者一样很爱听故事的儿童。最后一节内容，叙事者与读者也有交流："你们听到这里，会觉着扫兴吧？——'怎么！讲了这么老半天，只不过是做了一个梦！'对不起，正是这么着。那你们也许会要说：'说来说去，原来实际上可并没有那么一回事——真没意思！我们倒还认认真真听着呢。嗨，只是一个梦！真荒唐！'"② 叙事者设身处境替读者着想，虚拟着与读者的对话，来安慰失望的读者。《宝葫芦的秘密》开头、结尾与读者的交流，很容易引起小读者的共鸣。

而在正文中，《宝葫芦的秘密》的叙事者跟读者有更为频繁与密切的交流。在文中，读者被称之为"同志们""你们""你"。这三种称谓当中，以同志们出现得最为频繁，仅仅以"同志们"为读者的地方就多达 16 处。③ 跟《洋泾浜

---

① 张天翼：《宝葫芦的秘密》，选自《张天翼儿童文学全集（四）》，北京：中国少年儿童出版社，2002 年版，第 154—155 页。

② 张天翼：《宝葫芦的秘密》，选自《张天翼儿童文学全集（四）》，北京：中国少年儿童出版社，2002 年版，第 347 页。

③ 这 16 处分别为：(1) 第二节：同志们！你们要知道，我做的这个零件……(2) 第五节：同志们！请你们替我考虑一下吧……(3) 第十节：同志们！我不得不承认：我这一回的确吹了牛……(4) 第十三节：同志们！我认为一个人——哪怕他已经退出了科学小组……(5) 第十三节：同志们！我刚才还说来着，一个人得用科学态度来研究一切问题……(6) 第二十五节：同志们！我跟你们老实说了吧，这想什么就有什么……(7) 第二十七节：同志们！假如你们 （转下页）

奇侠》与《秃秃大王》中出现得最为频繁的叙事者与"读者诸君"的交流相比,《宝葫芦的秘密》中叙事者与"同志们"的交流一方面要多得多,另一方面作为人物的叙事者与全知叙事者相比,《宝葫芦的秘密》的叙事者无疑与人物的距离是最短的,其与读者的距离也是最近的。除了以"同志们"作为读者,以"你"与"你们"为读者的叙事交流也达 12 处,① 加起来一共就有 28 处之多。加上开头与结尾的叙事交流,更是多达 30 多处。可以说,《宝葫芦的秘密》的叙事者,做到了"自觉地把握和利用叙述接受者这一交流对象,使自己的叙述蕴含一种潜在的对话,从而使作品更具感染力和渗透力"②。来自北京景山学校五(1)班的周照明在关于《宝葫芦的秘密》的读后感里写道:"读了这本书,我特别喜欢。因为在这本书中,不仅有故事,还有一些让你思考的地方,发生某件事后,都会写道你会怎么想。"③ 现实读者的这

(接上页)做了我,不知道你们会有怎么样个感觉……(8)第二十九节:同志们!我现在可以公开宣布:……(9)第三十节:同志们!这可叫我怎么办呢……(10)第三十二节:同志们!要不要让我把题目给你们抄下来?……(11)第三十三节:同志们!你们没瞧见过苏鸣凤的字吧?……(12)第三十五节:同志们!你们设想一下吧,我该多么惊讶呀……(13)第三十六节:同志们知道,这时候我是在气头上……(14)第三十七节:同志们!你们说要怎么着才好呢?……(15)第三十七节:同志们!假如你是我的话,你怎么个打算法?……(16)第四十节:原来——哈,同志们!就这么回事!

① 第二节:"你瞧,人家做得非常费劲……";"你瞧,连鱼饵都准备停当了……"。第四节:"哎呀你们瞧!原来它是专心专意找我来的!";"哈呀,你们瞧!"。第十四节:"以前我也像你们似的……"。第十九节:"你们当然也可以想到……"。第二十六节:"你们还记得么……";"你们当然想象得到……"。第三十一节:"你们听听!多讨厌!……"。第三十五节:"你道它讲些什么?"第三十九节:"内容就是我现在给你们讲的这一些……";"你猜是怎么回事?……"。

② 胡亚敏:《叙事学》,武汉:华中师范大学出版社,1994 年版,第 62 页。

③ 我们对北京景山学校五(1)班进行了关于《宝葫芦的秘密》的阅读调查,收集了该班 39 篇关于《宝葫芦的秘密》的读后感,引文来自于调查得来的第一手文献。

种阅读体验，恰好印证了这种亲切交流对读者所具有的效果。

在《宝葫芦的秘密》中，叙事者就好比一个说书人，临场对着听众讲述自己的故事。他通过时时跟读者进行交流，使故事具有一种现在进行时的现场感，从而建构了一种最平易近人的"虚拟情境"。这种虚拟情境，加强了叙述者与儿童读者的交流，让儿童读者在阅读的过程中有一种参与感，从而自觉地坐到隐含读者的位置上，享受文本带给他的愉悦。

《宝葫芦的秘密》不仅在叙事交流方面独具特色，其叙事视角也比较特殊。由于后面讲的"我"跟宝葫芦的故事，是在"我"讲述之前就已经发生的事情，故属于"作为主人公的第一人称叙事者从自己目前的角度来观察往事"，是"第一人称主人公叙述中的回顾性视角"[①]，属于外视角。但"我"在叙述关于宝葫芦的故事时，"叙事者放弃目前的观察角度，转而采用当初正在体验事件时的眼光来聚焦"，其视角便转换成"第一人称叙述中的体验视角"[②]，由外视角变成了内视角，如第二十一节写"我"怀疑身边的一切都是宝葫芦变出来的："我不相信我是在这里做梦——可是奇怪得很，这会儿我实在像在梦里面那么糊里糊涂：世界上的东西都分不清真的假的了。我只知道我这个是真的，绝不会是什么幻变出来的东西。还有我这个宝葫芦——它当然不能假。别

---

① 申丹、王丽亚：《西方叙事学：经典与后经典》，北京：北京大学出版社，2010 年版，第 95 页。

② 申丹、王丽亚：《西方叙事学：经典与后经典》，北京：北京大学出版社，2010 年版，第 97 页。

的，我可就一点把握也没有了。"① 作为回顾性视角人物的
"我"，是明显知道那只是梦境的一部分而已，他十分清楚宝
葫芦是不存在的一个虚幻的存在物。但作为体验视角人物的
"我"，由于当时正经历着梦境，自己并不知道这些。很明
显，这是第一人称叙述中的体验视角，写的是梦中的"我"
的内心体验。有论者认为这种视角（即第一人称叙述中的体
验视角）是第一人称回顾性叙述中的一种修辞技巧，往往只
是局部采用。② 但在《宝葫芦的秘密》中，这种视角不只是
局部采用，而是运用到主故事中，成为该篇最主要的视角。
也就是说，书中关于"我"和宝葫芦的故事，都是以"第一
人称叙述中的体验视角"来写的，都是以正在进行时来叙述
发生过的那个关于宝葫芦的故事。

虽然外视角的叙事者与内视角的叙事者是同一个人，即
"我"（王葆），从作品的内容也看不出两者的年龄有多大差
距，但这两个叙事者有根本的区别：内视角的"我"不知道
自己在做梦，而外视角的"我"对自己做的关于宝葫芦的梦
早就一清二楚——"我"在进入主叙故事之前，绝不道破这
个事实，也绝不干扰主体故事，一直到结尾才道出真相。朱
自强、何卫青合著的《中国幻想小说论》中写道："为了在
文学世界中确认幻想的存在，说服'不信'的读者，便要营
造幻想世界的真实性和现实感。"③ 该篇的主体故事让人读来

---

① 张天翼:《宝葫芦的秘密》，选自《张天翼儿童文学全集（四）》，北京:中国少
年儿童出版社，2002 年版，第 249 页。
② 申丹、王丽亚:《西方叙事学:经典与后经典》，北京:北京大学出版社，2010 年
版，第 97 页。
③ 朱自强、何卫青:《中国幻想小说论》，上海:少年儿童出版社，2007 年版，第
26 页。

觉得非常真实，是跟上述叙事技巧密不可分的。

当然，《宝葫芦的秘密》关于那个幻想世界——梦的真实性和现实感，除了外视角人物"我"的不道破，更重要的是内视角人物"我"对怀疑自己是在做梦的否定。为了便于论述，笔者将这一技巧称为"梦中反梦"，如："我摸了摸脑袋。我跳一跳。我捏捏自己的鼻子。我在自己腮帮子上使劲拧了一把：嗯，疼呢！'这么看来，我不是做梦了。''不是梦，不是梦，'那个声音又来了，好像是我自己的回声似的。"① 类似的段落，几乎贯穿了主故事的始终。② 它是一种大胆的叙述策略——叙事者要营造出真实感，最好是避免谈梦，不然很容易引导读者往这方面想；甚至有些地方有悖于生活常识——现实中，我们怀疑自己是不是在做梦，往往捏一下自己或拧一下自己，如果痛那就说明不是做梦，上述引文与此是相矛盾的。它之所以冒被读者识破做梦真相的风险，甚至不惜违背生活常识，是因为要营造出幻想空间的"真实性和现实感"，而且它也达到了这个目的——借梦中说梦、梦中反梦来否定自己做梦的事实，恰恰是作者在运用限制视角非常高明的地方。它给怀疑宝葫芦是真实存在的读者以毋庸置疑的回答：宝葫芦是真实存在的，王葆不是在做梦，王葆跟宝葫芦的故事都是真实的！正因为主叙述层的"我"让读者坚信了这一点，到了结尾超叙述层的叙事者点破做梦这一真相时，读者才会大吃一惊，有一种"发现"的惊奇感。当然，可能还伴随着读者的一种失望——因为他们非常渴望宝葫芦是真实存在的。

除此之外，《宝葫芦的秘密》的主叙述层还对"我"的心理活动有大量的描述。对于限制视角写人物心理活动的特点，胡亚敏有概括："在内聚焦视角中，每件事都严格按照一个或几个人物的感受和意识来呈现。它完全凭借一个或几个人物（主人公或见证人）的感官去看、去听，只转述这个人物从外部接受的信息和可能产生的内心活动，而对其他人物则像旁观者那样，仅凭接触去猜度、臆测其思想感情。"[1]所以，限制视角与全知视角都可以写心理活动，但是限制视角只写聚焦人物（或角心人物）的心理，它不能写其他人物的心理，即便写到，那也只能从视角人物的推测、猜疑的角度来写；而全知叙事者能洞察所有人的心思，可以写任何人物的心理。张天翼 1932 年在发表于《北斗》上的《文学大众化问题征文》中曾说过："我认为那些笨重沉闷的心理描写最好能够避免：每个人物都拿举动来说明他。"[2] 说明他是不大主张心理描写的，这一原则在他 1930 年代的儿童文学创作中基本上遵循了。但到了 1950 年代，尤其是在《宝葫芦的秘密》里，心理描写出现的频率非常高，远远超出同期

---

① 胡亚敏：《叙事学》，武汉：华中师范大学出版社，1994 年版，第 28 页。
② 张天翼：《文学大众化问题征文（节选）》，《北斗》，1932 年第 2 卷第 3—4 期。

其他作品。如第五节写"我"得到宝葫芦的亢奋心情："我真恨不得跑去告诉奶奶，告诉妈妈和爸爸，说我得到了幸福，什么事都有了办法……"① 又如第二十五节写因为"我"想什么东西，这些东西就出现在"我"眼前，这让"我"怀疑身边的事物都是宝葫芦变出来的："这难道是个假苹果？……去你的吧！真是！别再想这个问题了吧。这世界上的一切东西是不是幻变出来的呀，是不是假的呀……"② 再如第三十一节写宝葫芦带给"我"的烦恼："奶奶说得对，我从来不撒谎。可是现在——唉，奶奶你哪知道！——我跟爸爸也不能说真心话了。现在，越是亲密的人，越是爱我的人，我就越是提心吊胆地防着他……"③ 类似的心理描写几乎在每一节都有，不胜枚举。宝葫芦的出现，为"我"带来了任何想要的东西，但这些东西的凭空出现，"我"不得不向身边的人撒谎来说明它们的来源，甚至这些东西是宝葫芦从别处"偷"过来的，为"我"带来无尽的烦恼。可以说，"我"对宝葫芦的爱与恨，"我"对宝葫芦的恋恋不舍及它给自己带来的痛苦不堪，这些复杂的感受都是通过心理描写来完成的。而这些恰恰是故事的核心，跟作品的主题——不要学王葆幻想有一个宝葫芦，不要有好逸恶劳的思想——是密切相关的。而在这些心理描写中，王葆的性格得以突出呈现，甚至可以说，王葆这个人物形象主要是靠心理描写来塑

---

① 张天翼：《宝葫芦的秘密》，选自《张天翼儿童文学全集（四）》，北京：中国少年儿童出版社，2002 年版，第 177 页。
② 张天翼：《宝葫芦的秘密》，选自《张天翼儿童文学全集（四）》，北京：中国少年儿童出版社，2002 年版，第 273 页。
③ 张天翼：《宝葫芦的秘密》，选自《张天翼儿童文学全集（四）》，北京：中国少年儿童出版社，2002 年版，第 301 页。

造的。有学者说人物视角是"揭示聚焦人物自己性格的窗口"①，在《宝葫芦的秘密》中可以得到证实。

限制视角在创作上可以扬长避短，"多叙述人物所熟悉的境况，而对不熟悉的东西保持沉默。在阅读中它缩短了人物与读者的距离，使读者获得一种亲切感。这种内聚焦的最大特点是能充分敞开人物的内心世界，淋漓尽致地表现人物激烈的内心冲突和漫无边际的思绪。这一点是其他视角类型难以企及的。"② 儿童视角也是一种限制视角，上述这些功能用来评价《宝葫芦的秘密》也是非常适切的。儿童的限制视角，大大缩短了《宝葫芦的秘密》中人物与读者的距离——用第一人称儿童视角写成的作品，其人物与儿童读者的距离是最短的，使儿童读者获得一种亲切感与代入感。正如方卫平所说："对于儿童文学来说，第一人称叙事通常意味着让儿童叙事者讲述儿童自己的故事。这一叙事人称大大加强了儿童阅读故事的亲切感。……在儿童作为主角的第一人称叙事状态下，作为读者的孩子与讲故事的孩子之间实现了某种面对面的叙事交流，其童年愿望、情感等的表达，往往更易于引起儿童读者的同情与认可。与此同时，这一人称也使作家易于借助故事里的儿童声音，直接发表孩子们自己对生活的体验和看法。"③ 虽然儿童视角的运用不是《宝葫芦的秘密》成功的唯一因素，但它是《宝葫芦的秘密》能成为现当代儿童文学史上不可多得的精品的必要条件。缺少了它，

---

① 申丹、王丽亚：《西方叙事学：经典与后经典》，北京：北京大学出版社，2010 年版，第 104 页。
② 胡亚敏：《叙事学》，武汉：华中师范大学出版社，1994 年版，第 27—28 页。
③ 方卫平：《叙事视角下的儿童文学》，《时代文学》，2015 年第 5 期（上）。

《宝葫芦的秘密》必将大为失色。

法国著名作家普鲁斯特最初用传统的第三人称创作《让·桑特依》，历经八年时间却无法完全表达心中所想，只好放弃原计划。后来他改用第一人称写作，却能一挥而就，写出了具有里程碑意义的意识流小说《追忆逝水年华》。他的创作经验告诉我们，小说的叙述者是个不可忽视的首要因素，他的变化影响作品的结构及其美学效果。卢伯克在《小说技巧》中说："在整个复杂的小说写作技巧中，视点（即叙述者与故事之间的关系）起着决定性的作用。"[①] 我们完全可以设想：同样的故事，如果《宝葫芦的秘密》用第三人称全知视角写会是什么结果——读者一开始就知道"我"讲的故事是"我"做的一个梦。如果一开始就知道宝葫芦是假的，那么宝葫芦的故事就不会让读者产生太大的兴趣。而一部作品若不能引起读者的阅读兴趣，便很难说是一部成功的儿童文学作品。《宝葫芦的秘密》代表着张天翼儿童文学创作的最高水准，之所以有这么高的成就，儿童限制视角的运用应是首要因素。

同样是第一人称限制视角，张天翼的成人小说与儿童文学作品有根本的区别：成人小说中的限制视角是一种成人视角，是写成人眼中的社会现实，显得沉重而灰暗；而《蜜蜂》《罗文应的故事》《宝葫芦的秘密》的限制视角是一种儿童视角，写儿童眼中的社会现实，尤其重点是写儿童的生活，鲜活而轻盈。另外，成人小说中运用限制视角的，都是

---

① 引自［英］福斯特：《小说面面观》，朱乃长译，北京：中国对外翻译出版公司，2001 年版，第 205 页。

短篇小说，而在儿童文学中，已经在长篇童话中成功地运用了限制视角，这也可以算是一种进步。

在中国现代儿童文学史上，早期的儿童文学作品大多采用第三人称的全知视角，而且叙事者的默认身份大多为成人。他以儿童为讲述对象，从容地讲述与自己无关的故事，与故事保持一定的距离。"在这样的叙事关系中，成人叙事者常常处于某种居高临下的上位，儿童则相应地处于被观察、被描述、被评价的下位。"[①] 表现出来的是一种成人本位的儿童观。而以第一人称限制视角，尤其是以儿童的视角来叙述，儿童既是叙事者，又是故事中的主要人物，讲述的是关于自己的故事，叙事者与叙述的对象就处于一种平等的地位，容易引发儿童读者的共鸣。它体现的是一种儿童本位的儿童观，相对于成人本位的儿童观，这是一种进步。

如果略微考察一下自《童话》创刊以来，到上个世纪60年代期间的童话创作，就会发现《宝葫芦的秘密》对儿童的限制视角的运用，在现当代儿童文学史上有着特殊的意义。下面以我国第一套清晰反映中国现当代儿童文学发展脉络的大型文献资料图书《中国儿童文学大系》作为标本，以"童话卷"的第一册与第二册收录的自1919年到1962年间的184篇（第一册选入119篇，第二册选入65篇）作品为对象。在这184篇作品中，以限制视角来写的作品很少，而以第一人称限制视角来写的除《宝葫芦的秘密》外，只有巴金的《能言树》（1936年）、方轶群的《我是一张钞票》（1946年）、丰子恺的《伍元的话》（1948年）、左健的《匹诺曹游

---

① 方卫平：《叙事视角下的儿童文学》，《时代文学》，2015年第5期（上）。

大街》（1948 年）、江芷千的《小桃树讲的故事》（1953 年）、
任溶溶的《"没头脑"和"不高兴"》（1958 年），以及鲁兵
的《子弹回老家》（1962 年）7 篇短篇童话，下面是关于这
几部作品叙述者与故事及叙述层关系的列表：

《中国儿童文学大系》"童话卷"第一、二册第一人称限制视角作品统计表

篇名	叙事者	与故事的关系	叙述层	在故事中的角色
能言树	"我"	异故事	故事外	/
我是一张钞票	"我"（一百元钞票）	同故事	故事内	主要角色
伍元的话	"我"（伍元）	同故事	故事内	主要角色
匹诺曹游大街	"我"（匹诺曹）	同故事	故事内	主要角色
小桃树讲的故事	"我"（小桃树）	同故事	故事内	次要角色
宝葫芦的秘密	"我"（王葆）	同故事	故事内	主要角色
"没头脑"和"不高兴"	"我"	异故事	故事外	/
子弹回老家	"我"	异故事	故事外	/

巴金的《能言树》，有两个叙事者："我"和父亲。其主
体故事——关于"能言树"的故事是父亲讲述出来的，讲述
的故事跟父亲与"我"都没有关系，采用的是第三人称客观
模式，其叙事者属于异故事—故事外。任溶溶的《"没头脑"
和"不高兴"》，其主体故事——关于"没头脑"做的一个
富于幻想的梦，讲述的是"我"从"没头脑"那听来的故事，
跟"我"也没有关系，其叙事者也属于异故事—故事
外。虽然同是讲梦，但《"没头脑"和"不高兴"》在揭破
主故事是"没头脑"做的梦时，读者并没有获得一种在《宝
葫芦的秘密》中那样的"惊奇感"——一方面是因为《"没

头脑"和"不高兴"》是通过"我"转述出来，讲述的是跟"我"无关的故事，因而没有《宝葫芦的秘密》那种临场的逼真感①；另一方面《"没头脑"和"不高兴"》中没有《宝葫芦的秘密》里那样神奇的宝物——宝葫芦，儿童对宝物有种天然的崇尚和渴求，每个儿童都渴望有一个能实现他们所有愿望的宝葫芦，所以当他们知道那是个梦时，会感到很吃惊，当然也感到很失落。鲁兵的《子弹回老家》，其主体故事——关于美国大老板被一颗子弹打死的故事是老孙讲给"我"听的，这个故事跟"我"也没有关系，其叙事者也属于异故事—故事外。这三篇作品，"我"充当的都是倾听者，故事跟"我"无关，因而主故事中的"人物"与读者的距离是比较远的，不能让读者有一种亲切感与代入感。而且，这三篇作品，只有《能言树》中的叙事者"我"是儿童，《"没头脑"和"不高兴"》《子弹回老家》中的叙事者"我"都是成人。

叙事者与故事及叙述层的关系属于"同故事"且"故事内"的作品一共是5篇。除了《宝葫芦的秘密》，其他4篇都是拟人童话。拟人童话，意味着叙事者"我"并非真正的儿童。先说方轶群的《我是一张钞票》与丰子恺的《伍元的

---

① 《宝葫芦的秘密》写"我"醒来是这么写的："我刚一跑……不知道怎么一来，我现在记不清了——我忽然睁开了眼睛……'咦，怎么回事？'你猜是怎么回事？——我发现我原来在床上躺着呢。"是以现在进行时来写的，而且梦与醒之间有一个突然的转折，让读者始料未及。而《"没头脑"和"不高兴"》写没头脑醒来是这么写的："第二天没头脑一觉醒来，把浑身上下看了个够，就像没出过什么事一样。他上学前上我家，把这件事情告诉了我。我说你这是梦。他说不管是不是梦，从小养成好习惯总是对的。"在这里，没有从梦到现实的突转，而且对梦的指认还是通过"我"之口来完成的，所以梦醒对没头脑"就像没出过什么事一样"，对读者就更是如此了。

话》，两篇都是借钞票的经历来写当时社会的通货膨胀、货币贬值，导致民不聊生的现实。在这两篇作品中，虽然"我"是主要角色，但与其说"我"是行动者，不如说"我"是见证者——作者遵循钞票的物性，虽然它有感知会说话，却不能行动，它只能被动地流落到不同的地方与不同的人手中，它没有行动的能力，发挥的是镜子的功能。所以表面上钞票是主角，但其实真正的主角是它们映射出的社会生活。江芏千的《小桃树讲的故事》，小桃树作为叙事者，也只是一个见证者，而不是行动者，而且"我"还是个次要角色，主要叙述的是小胖及哥哥做的几次关于嫁接蔬菜、棉花、果树等的实验，反映新时期充满了创造力的新生活，中间还插入了小胖哥哥讲述的苏联人米丘林创造新果子的爱国故事。左健的《匹诺曹游大街》借用意大利作家科洛迪《木偶奇遇记》中主人公——木偶匹诺曹这个人物，叙述了"我"上街去买小火车，途中遇到的一些可怜的人与悲惨的事件，主要还是见证者的角色。很有意思的是，这篇讲述的也是关于自己做的一个梦，甚至跟《宝葫芦的秘密》一样，也用了"梦中反梦"的技巧①。但这篇作品有两处作者对匹诺曹动作神态的描述，即文中带括号的两句话："匹诺曹说到这里，咽了一口唾沫，眼睛掉向别处，声音变低了说"与"匹诺曹的声音更低了，眼睛只望着地下"，作为叙事者的匹诺曹，在通篇都是以"我"来讲述的前提下，突然以"匹诺曹"来表述，有点不伦不类，跟前后文很不协调，显然是叙事者的越

---

① 《匹诺曹游大街》中写道："我想这一定是梦，我拧一把手臂，啊呀，真痛，可是我还不相信，划亮一根火柴就放到手指边上……啊唷唷，我连忙一把丢了火柴，使劲向手指上吹气，于是我相信这是真的啦……"

界。而"我"讲述的梦中故事是写实的悲剧性事件，不像《宝葫芦的秘密》那么神奇有趣，加上作品的主旨："爸爸，我们只想把自己弄好起来。把我们一家弄得有钱，那是不对的，而且这幸福也是不稳的，只有我们把大家弄好了，我们才会真的快活和幸福"①，表达得很牵强，并不能给读者留下深刻的印象。这四篇拟人童话，有三篇是以没有行动能力的事物作为叙事者，即便同是以儿童形象出现的叙事者"匹诺曹"，其个性特征也并不明显，跟《宝葫芦的秘密》中的"我"相去甚远。更何况，四篇拟人童话主要叙述的是以成人为主的社会生活，而不像《宝葫芦的秘密》叙述的就是儿童所熟悉的儿童生活。

通过对这 8 篇第一人称限制视角作品的考察，我们发现，在其他 7 篇作品中，要么是成人叙事者（如《"没头脑"和"不高兴"》），讲述跟自己无关的儿童的故事；要么是儿童叙事者（如《能言树》），讲述跟自己无关的成人的故事；要么是成人叙事者（如《子弹回老家》）讲述跟自己无关的成人的故事；要么是以植物、钞票、木偶作为叙事者（如《我是一张钞票》《伍元的话》《匹诺曹游大街》《小桃树讲的故事》），讲述的跟自己虽有关，但主要是反映他者（更主要的是成人）的社会生活的故事；只有《宝葫芦的秘密》是以儿童作为叙事者，通篇讲述的是自己的儿童生活的故事。而且有一点不可忽视的是，这 8 篇作品中，只有《宝葫芦的秘密》是长篇童话，其他 7 篇都是短篇童话。一般而

---

① 左健：《匹诺曹游大街》，选自浦漫汀主编：《中国儿童文学大系·童话（二）》，太原：希望出版社，2009 年版，第 263 页。

言，同样的叙事模式，运用到长篇童话中，难度肯定要大于运用到短篇童话上。

在中国儿童文学史上，第一篇以儿童作为限制视角的角心人物、以儿童生活作为表现对象的童话，便是《宝葫芦的秘密》。限制视角的意义，正如有学者所论："限制视角所表达的乃是一种世界感觉的方式，由全知到限制，意味着人们感知世界时能够把表象和实质相分离。因而限制视角的出现，反映人们审美地感知世界的层面变得深邃和丰富了。"①正是如此，我们完全可以说，《宝葫芦的秘密》对第一人称儿童视角的成功运用，标志着中国现代自有童话以来在叙事艺术方面的高度成熟。这在以全知视角为绝对主流的儿童文学格局中，显得意义尤为重大。

陈平原曾以 1898 年到 1927 年的中国小说为主要研究对象，以翔实的材料与充分的论证，说明中国小说在这一阶段中基本完成由全知视角到限制视角的转变。② 对于中国现代儿童文学，如果从全知视角到限制视角也是一种历史进步的话，那么张天翼的《蜜蜂》《罗文应的故事》《宝葫芦的秘密》，已经为中国儿童文学叙事模式的转变做出了相当大的贡献。

---

① 杨义：《中国叙事学》，北京：人民出版社，1997 年版，第 213—214 页。
② 陈平原：《中国小说叙事模式的转变》，上海：上海人民出版社，1988 年版。

第五章

张 天 翼 儿 童 文 学 创 作 的 生 成 基 础

　　张天翼的儿童文学创作，与其儿童文学观、生平经历及中外讽刺文学有着密切的关联。具体而言，"有益第一，有趣第二"的儿童文学观，让张天翼的儿童文学创作既注重对儿童的教育功能，又追求阅读的趣味性，在其成功的作品里两者达成了某种平衡。张天翼不同阶段的人生经历，一方面孕育了他进行儿童文学创作的喜剧天赋，成为其幽默童话创作的基础；另一方面又为他的儿童文学创作提供了丰富的素材，使其作品具有浓厚的现实主义风格。而中外讽刺文学是张天翼文学艺术的源泉，我国古典讽刺小说、鲁迅小说杂文及西方讽刺小说，皆成为张天翼儿童文学创作的借鉴资源，使他得以创造出具有中国风格与中国气派的儿童文学作品。

第一节

"有益"与"有趣"的创作观

儿童文学观是儿童文学创作的原点，它制约着儿童文学的发展，决定着儿童文学的方向。对于一个儿童文学作家而言，儿童文学观直接制约着其创作的美学倾向和艺术风格。

儿童文学观运用到创作的层面，就成了其创作观。张天翼的创作观概括地说，就是"有益第一，有趣第二"。它集中地体现在《〈给孩子们〉序》一文里提出的两个标准上：（一）要让孩子们看了能够得到一些益处；（二）要让孩子们爱看，看得进，能够领会。[①] 张天翼后来对自己的儿童文学创作进行总结："从一九三二年我写第一篇儿童文学作品——童话《大林和小林》，到一九五六年写的童话《宝葫

---

① 张天翼：《〈给孩子们〉序》，选自《张天翼文学评论集》，北京：人民文学出版社，1984年版，第350—351页。

芦的秘密》，在这二十多年里我写儿童文学作品，就是按照这两个标准去写的。"① 可见，这两个标准对张天翼的儿童文学创作具有原则性的意义，是张天翼儿童文学观的内核。

在张天翼的语境中，追求儿童文学作品的"有益"，其实就是把儿童文学的教育功能放在第一位。这种观念首先是受到左翼思潮的影响。"左联"成立不久，《大众文艺》就举办了关于创办《少年大众》专栏的座谈会，与会的左翼作家们对《少年大众》的办刊目的、内容及形式提出了指导性意见。从这些左翼作家的意见来看，他们无疑是把《少年大众》作为教育少年儿童的工具，利用少年的兴趣与喜好，来鼓动他们加入组织、参加斗争，如邱韵铎就明确指出："大众的对象能够扩大和深入到少年中间去，这是一种最有力的教育工作。我们应该尽可能地利用富于宣传性和鼓动性的文字、插图等样式，来形成他们先入的观念，同时要加紧组织他们的工作，竭力和一切革命的斗争配合起来"。② 其次，张天翼受到鲁迅的影响。鲁迅是中国作家里面对张天翼影响最大的作家，相当于张天翼心目中的导师与榜样。鲁迅在"五四"时期持的是启蒙主义的儿童文学观，确立了"救救孩子"的主题，以"立人"为旨归，既重视对儿童的拯救，又重视对儿童的现代教育。到了 1930 年代，鲁迅针对中国当时社会严重缺乏优秀儿童读物的现状，为了给当时的孩子们提供"内容簇新，非常有趣，而且很有名声的作品"③，翻译

① 张天翼：《为孩子们写作是幸福的》，选自《张天翼文学评论集》，北京：人民文学出版社，1984 年版，第 357 页。
② 《〈大众文艺〉第二次座谈会记录》，选自朱自强《现代儿童文学文论解说》，北京：海豚出版社，2014 年版，第 244 页。
③ 鲁迅：《〈表〉译者的话》，《译文》，1935 年第 2 卷第 1 期。

了班台莱耶夫的《表》、高尔基的《俄罗斯童话》、裴多菲的《勇敢的约翰》等儿童文学作品，并以"引言""译本序""校后记"等形式热情地向国内读者推介。他在那篇著名的《〈表〉译者的话》中批评当时的儿童书充斥的仍是"司马温公敲水缸"之类的陈旧故事，并说："这些故事的出世的时候，岂但儿童们的父母还没有出世呢，连高祖父母也没有出世，那么，那'有益'和'有味'之处，也就可想而知了。"① 张天翼说的"要让孩子们看了能够得到一些益处"与"要让孩子们爱看，看得进，能够领会"两个标准，很可能就是本于鲁迅说的"有益"和"有味"，因为这两者意思已经非常接近。当然，不可忽视的是，张天翼的儿童文学观从深层来说，还受到古代文学"载道"传统的影响。儒家谈论文学，往往强调文学的政教功能，持的也是一种教化文学观。儒家学派的创始人孔子曾说："诗可以兴，可以观，可以群，可以怨，迩之事父，远之事君，多识于鸟兽草木之名。"（《论语·阳货》）主要谈的便是诗歌的政治、伦理、社会、认识等多方面的功能。孔子的"诗教"对后世影响十分深远，后世的论诗及论文者，莫不侧重于文学的政教功能。后来汉儒阐释《诗经》提出"美刺说"，曹丕《典论·论文》中提出"文以载道"，韩愈、柳宗元、欧阳修、曾巩等提出"文以明道"，顾炎武提出"文须有益于天下"，都是强调文学的教化作用。张天翼上小学时就学过《论语》《孟子》之类的典籍，虽然他对儒家文化有所不满，但儒家思想无疑潜存于其意识的深处，最终渗透在他的儿童文学作品

---

① 鲁迅：《〈表〉译者的话》，《译文》，1935年第2卷第1期。

中。汤锐在比较张天翼与安徒生时，就一针见血地指出张天翼的儿童文学作品鲜明地带有儒家伦理的色彩。[①]

张天翼确实是把儿童文学当作教育工具的，他在《再为孩子们讲一句话》里写道："儿童文学是重要的教育工具。它关系着我们后一代走什么道路，做什么样的人。"[②] 在《一个故事的故事》中，张天翼又明确指出儿童文学有教训少年成为"中国新少年"的作用："故事总是说明一点道理，含一个教训的。有的是说假道理，有的是说真道理。有的想要教训我们去做小老头儿，有的可教训我们做一个中国新少年……"[③] 这种追求教育功能的观念，其实质是一种社会本位的儿童文学观。

在持"有益第一"的前提下，张天翼进而追求"让孩子们爱看"，即"有趣第二"。"有趣"是实现"有益"的手段，是为"有益"而服务的。怎样做到让孩子们爱看呢？张天翼的回答是："首先要深入生活、熟悉人物"[④]，"要求我们写得真实、生动、深刻，具有典型性，符合孩子们的生活，语气等特点。"[⑤] 张天翼认为孩子爱看的作品是"具有艺术的感染力和吸引力的，真实地反映了孩子们的生活，说出了他们的

[①] 汤锐：《安徒生与张天翼》，选自《比较儿童文学初探》，济南：明天出版社，2009 年版。

[②] 张天翼：《再为孩子们讲一句话》，选自《张天翼文学评论集》，北京：人民文学出版社，1984 年版，第 279 页。

[③] 张天翼：《张天翼文集（第 9 卷）》，上海：上海文艺出版社，1987 年版，第 101页。

[④] 张天翼：《从人物出发及其他》，选自《张天翼文学评论集》，北京：人民文学出版社，1984 年版，第 261 页。

[⑤] 张天翼：《从人物出发及其他》，选自《张天翼文学评论集》，北京：人民文学出版社，1984 年版，第 263 页。

心里话"。① 这就从写什么和怎么写两个角度回答了如何写出让孩子们爱看的作品：要符合儿童的生活，写出他们的心声，写儿童熟悉的人物，写出有趣的故事情节；要运用通俗浅近的语言，真实、生动地刻画典型人物。这种"让孩子们爱看"的观念，实质上是一种儿童本位的儿童文学观。

所以，"有益"与"有趣"其实代表了两种不同性质的观念，这揭示了张天翼儿童文学观的复杂之处。这两种观念都对张天翼的儿童文学创作产生了重要影响，两者之间冲突与融合，构成了张天翼儿童文学创作的不同面相。

从张天翼儿童文学创作的实际情况来看，写得成功的作品基本上都是"有益"与"有趣"恰到好处地融合在一起，两者之间达成了一种平衡。在上世纪三四十年代，张天翼儿童文学创作追求的"有益"，主要侧重于"使少年儿童读者认识、了解那个黑暗的旧社会，激发他们的反抗、斗争精神，使他们感到做一个不劳而获的寄生虫是多么可耻和无聊"。② 在这一主导思想下，张天翼创作了《大林和小林》《秃秃大王》《奇怪的地方》等反映旧社会黑暗及阶级冲突的作品，以此来激发儿童的阶级意识与革命精神。但具体到每一部作品，其教化意图的程度不一样。在《大林和小林》中，教化意图初露头角，程度并不严重。加上这部作品中小林与大林的故事充满了游戏精神，富于幽默意味，语言通俗浅近、简洁明快，能让儿童读者从头笑到尾，趣味性是很强

---

① 张天翼：《最可感小读者的酬报》，选自《张天翼文学评论集》，北京：人民文学出版社，1984 年版，第 294 页。

② 张天翼：《为孩子们写作是幸福的》，选自《张天翼文学评论集》，北京：人民文学出版社，1984 年版，第 358—359 页。

的。也就是说，这部童话在"有益"与"有趣"之间达成了一种平衡，是一部"寓教于乐"的作品，因而在艺术上取得了成功。而到了《秃秃大王》，阶级暴动成为作者主要叙述的对象，教育意图过于明显与直接，"有益"这种社会本位观念愈演愈烈，对"有趣"这种儿童本位观造成了一定程度的限制，加上作品的游戏精神与幽默意味不及《大林和小林》，使得其教育性超过趣味性，艺术水准自然便不及《大林和小林》了。到了创作《金鸭帝国》时，张天翼教化的观念达到了顶峰，"有趣"这一观念彻底被抛弃。为了告诉儿童资本主义的发展历程，生硬地图解马克思主义理论，涉及太多的经济学、政治学原理及术语，毫不顾及儿童的知识水平与阅读心理，孩子们自然不爱看。

　　到了1950年代，"有益"与"有趣"在张天翼的儿童文学创作中又大致达成了一种平衡。随着时代语境的变化，张天翼在这个时期追求"有益"的内涵也发生了变化。如果说上世纪三四十年代他注重对儿童进行阶级意识与革命意识的启蒙，那么五十年代他追求的是对儿童进行道德品质方面的教育，"是为了使他们通过作品受到教育，把他们培养成无产阶级的革命接班人"。① 但他在表达其教育意图时，是在熟悉儿童生活的基础上，以生动、鲜活的语言来叙述身边儿童的故事，因而也受到了儿童读者的热烈欢迎。《宝葫芦的秘密》的创作虽然是为了告诫儿童不要有不劳而获的思想——这属于"有益"的追求，但由于宝葫芦满足了儿童内心的愿

---

① 张天翼：《从人物出发及其他》，选自《张天翼文学评论集》，北京：人民文学出版社，1984年版，第261页。

望，加上王葆形象的丰富立体、故事的生动有趣，以及口语化的语言，让儿童读者获得极大的阅读快感——这属于"有趣"的效果。其对"有益"目标的追求融化在"有趣"的效果中，因而也获得了艺术上的巨大成功，这部童话到现在还不断被儿童阅读。《罗文应的故事》是为了纠正儿童贪玩的毛病，让儿童像罗文应一样养成守时的习惯，努力上进，最终成为一名少先队员。但由于作者熟悉罗文应这样的儿童，对他的心理、语言、动作等都非常了解，写的是儿童熟悉的人物，以通俗浅近的语言，生动地刻画了罗文应这个典型人物，也引起了广大儿童读者的强烈共鸣，在"有益"与"有趣"之间也较好地实现了平衡。

整体而言，"有益第一"的追求一定程度上束缚了张天翼的儿童文学创作，使张天翼的天才打了个折扣。而张天翼的儿童文学作品，之所以能达到那样的高度，很大程度上取决于他置于第二位的"有趣"的追求，取决于他"非凡的想象力、洒脱的幽默感和对儿童心理、儿童口语的惊人准确的把握而充满了睿智的激情和灼灼迸射着的才气"。[1] 张天翼儿童文学创作的复杂性就在于其喜剧天赋、创作才华，一定程度冲破了"有益第一"的教化观念。这正如汤锐指出的："张天翼的全部儿童文学创作就鲜明地具有双重意义：它体现了中国儿童文学中说教原则的约束出现，同时又表现了对此种约束的天才的冲破。"[2]

当然，"有益"与"有趣"并不是绝对对立的，儿童

---

[1] 汤锐：《比较文学初探》，济南：明天出版社，2009年版，第91页。

[2] 汤锐：《中国儿童文学的生动标本》，选自吴福辉等编：《张天翼论》，长沙：湖南文艺出版社，1987年版，第279页。

文学创作既不能一味地追求"有益"，也不能一味地追求"有趣"。怎样在"有趣"的叙述与故事中达到"有益"的效果，这是当下的儿童文学作家仍需要进一步思考的问题。

第二节
喜 剧 天 赋 与 创 作 素 材

　　童年经验在一个作家尤其是儿童文学作家的创作历程中，具有至关重要的意义。冰心曾精辟地指出："提到童年，总使人有些向往，不论童年生活是快乐，是悲哀，人们总觉得都是生活中最深刻的一段；有许多印象，许多习惯，深刻地刻画在他的人格及气质上，而影响他的一生。"①弗洛伊德也说过大致相同的话：一个人的"思想发展过程的每个早期阶段仍同由它发展而来的后期阶段并驾齐驱，同时存在。早期的精神状态可能在后来多少年内显露出来，但是，其力量却丝毫不会减弱，随时都可能成为头脑中各

---

① 冰心：《我的童年》，原载《中央日报》（重庆）副刊，1942 年 4 月 6 日。现收入《冰心全集（三）》，卓如编，福州：海峡文艺出版社，2012 年版，第 3 页。

种势力的表现形式"。① 而高尔基更是高度肯定童年经验，认为童年印象"具有决定意义"。② 张天翼的童年经验，是张天翼喜剧天赋的重要源头，对其儿童文学创作确实"具有决定意义"。

　　家庭往往在儿童的成长过程中扮演着最重要的角色，张天翼的喜剧天赋就孕育于轻松、幽默的家庭环境。张天翼的父母比较开明，待儿女像朋友，不干涉儿女的思想、嗜好及行动，让儿女们自由发展。这种轻松的家庭氛围，让张天翼的儿童天性得以自然地伸展。张天翼的父亲是一个具有名士风度的诙谐老人，"常常爱说富有风趣的讽刺话，非常诙谐地表达自己的种种见解、宣泄心里的种种感想。无论是评说严峻的时局和时势、剖析严肃的观点和观念，还是叙述平淡的事物和事理、点拨平常的理性和理智，都能使全家忍俊不禁、笑声不断"。③ 在父亲的熏陶下，张天翼也常常学着说笑话、编故事，上学后便成了学校里的故事大王。从各种史料及张天翼本人的回忆来看，父亲对张天翼幽默个性的影响是最大的。长辈中还有一位老王妈，每晚都会给张天翼讲徐文长、《屁弹铜匠》之类的故事。在民间传说中，徐文长是一位带有喜剧色彩的幽默大师；而《屁弹铜匠》于一时一事中或嘲弄或讥刺，简洁明快，诙谐自如。这些民间故事对张天翼的幽默气质的

---

① ［奥］弗洛伊德：《目前对战争和死亡的看法》，选自弗洛伊德：《论创造力与无意识》，孙凯祥译，北京：中国展望出版社，1986 年版，第 217 页。
② ［苏联］高尔基：《论文学》，孟昌、曹葆华、戈宝权译，北京：人民文学出版社，1978 年版，第 12 页。
③ 张锦贻：《张天翼评传》，太原：希望出版社，2009 年版，第 3 页。

形成也有一定的影响。

同辈中，张天翼受二姐张稼梅的影响最大。张稼梅是"五四"时代的新女性，"爱说弯曲的笑话，爱形容人，往往挖到别人心底里去"。[①] 由于张天翼跟二姐的关系最为密切，其幽默的个性自然也受到了二姐的熏陶。

轻松幽默的家庭环境，培养了张天翼善于讲故事、说笑话的能力。据周颂棣回忆，在杭州私立宗文中学读书时，张天翼就很会讲故事，且常常模仿某个老师讲话或上课的神态，并做出种种滑稽的样子，引得大家哄堂大笑。[②] 即便成年了，张天翼"给人印象最深的，是他有一肚子的笑话和故事。他讲起笑话和故事来，诙谐生动，妙趣横生，总是使在座者人人捧腹"。[③] 可见家庭环境对于张天翼诙谐、风趣的个人气质有重要的影响，是张天翼喜剧天赋的直接来源。

张天翼还有一种被人忽视的天赋，就是他在精神上与自己的童年保持了紧密的联系，在成年后依然能清晰地回忆起童年。国际安徒生文学奖获得者艾利契·卡斯特奈在其获奖演说辞《儿童读物作者的自然历史》中指出，他之所以能写出让全世界儿童读得愉快的作品，那是靠着他的天才写成的，他能栩栩如生地回忆起童年来。被誉为"童话外婆"的林格伦持同样的看法，认为与自己的童年保持不受损害、依

---

① 张天翼：《我的幼年生活》，见沈承宽等编：《张天翼研究资料》，北京：知识产权出版社，2010年版，第104页。
② 周颂棣：《我和天翼相处的日子》，见沈承宽等编：《张天翼研究资料》，北京：知识产权出版社，2010年版，第55页。
③ 蒋天佐：《记张天翼同志几件事》，见沈承宽等编：《张天翼研究资料》，北京：知识产权出版社，2010年版，第75页。

然活生生的联系是其成功的根本原因。① 可见，与童年保持紧密联系，能清晰回忆童年，这是一种罕有的天赋，只有拥有这种天赋才能写出优秀的儿童文学作品。张天翼无疑是具备这种天赋的。在《我的幼年生活》一文中，他对自己小至四五岁的事情，从细节到当时的心理都记得一清二楚，甚至小时候看过的书，书中的人物形象与故事情节乃至大段的原文，他都记得很清楚。从儿童文学作品来看，张天翼塑造得成功的人物形象，包括童话中的反面人物与宝物，都是充满童趣的顽童形象。从儿童读者的反应来看，他们印象最深的也恰好是这些带有顽童特性的人物形象。而这些形象里面，无疑有张天翼自己的影子。据张天翼回忆，他幼时"爱闯祸"，经常跟人打架，不招人喜欢，是个典型的顽童。由此可见，张天翼将自己内心的童年记忆与现实生活中的儿童成功地实现了对接融合，他塑造的顽童形象是作者童年的自我与生活中的孩子合二为一的儿童形象。

在创作观上，张天翼主张从自己熟悉的生活中取材，重视生活经验的作用。他在《创作不振之原因及其出路》中说："创作的构成是由于两个要素：思想，生活经验。"② 认为要改变 1930 年代创作不振的现状，每个新的创作者"不但在意识上要抓住新的集体的一种，更得去到集体的世界里去生活，去体验"，"都应当离开他的玻璃窗和写字台，到广大

① ［德］艾利契·卡斯特奈：《儿童读物作者的自然历史》，选自《长满书的大树：安徒生文学奖获得者与儿童的对话》，武汉：湖北少年儿童出版社，2011 年版，第 176 页。
② 张天翼：《创作不振之原因及其出路》，《北斗》，1932 年 1 月 20 日第 2 卷第 1 期。

的工人，农人，士兵的社会里去"。^① 张天翼在儿童文学创作中践行了他的观念，其儿童文学作品的素材大多来源于他的人生经历，来源于他熟悉的社会生活。

张天翼从小随着父亲到处漂泊，去过的地方非常多，接触到各式各样的人。"他从小就特别好奇，看见家里来过的人，常常喜欢问起别人一些过去的事迹，他认识不少小商人，小手工业者，浪荡汉，小学教师，不论地主，码头工人，仆役，女工，学徒，兵油子，机器工人……并且访问及观察他们的生活，而这些人物，又大都因为各有各的环境，各有各的职业，生活情形各异，也有各个小城市里的风度不同，他都知道得很多"。^② 加上他为了生存，在1929年前先后当过家庭教师，替人抄写过账簿，做过采访记者，编过报纸副刊，并在一些机关里任办事员、录事、文书等。这些经历让他了解到社会各种职业的行情，广泛接触中流社会和下层人民的生活，认识不少工人、学徒、车夫、女工、失业者、小商人、小学教师、小手工业者，使他对社会现实有深入的认知，这为他的儿童文学创作准备了坚实的生活基础。当然，张天翼的创作素材有些是从别人那里听来的。但不管是亲身经历的，还是从别人那里得来的，如他的好友吴组缃

---

① 张天翼：《创作不振之原因及其出路》，《北斗》，1932年1月20日第2卷第1期。

② 蒋牧良：《记张天翼》，见沈承宽等编：《张天翼研究资料》，北京：知识产权出版社，2010年版，第44页。此外吴组缃回忆张天翼时，也谈到："张天翼的日常生活有个特点，他喜欢跟各种社会底层的人交朋友，对日常接触的社会生活有浓厚的兴趣，处处留心。八府塘门口拉洋车的，机关小职员，街上杀猪的，阔人家的大司务，店里的小伙计，公所看门的，走投无路的失业者，从湖南老家出来的老乡，七七八八，沾亲带故的各色人等，他都跟他们要好，一块儿喝酒抽烟，谈个没完。"（《吴组缃谈张天翼》，见沈承宽等编：《张天翼研究资料》，北京：知识产权出版社，2010年版，第67—68页。）可与此段材料相佐证。

评说的，"他（即张天翼）所写的多是从新鲜活泼的现实生活中摘取来的，绝不是从主观臆造或概念的框子里得来的"。① 张天翼上世纪三四十年代创作的童话及儿童小说，主要叙述的是底层社会的苦难生活及阶级矛盾，其创作素材主要来源于他的社会经历及对时代的观察。

联系张天翼有关的传记材料，再对照其儿童文学作品的内容，可以发现部分童年经历被张天翼作为创作素材写进了儿童文学作品中。张天翼的儿童小说多次写到男孩之间的打架，以打架这种最原始的方式反抗他人的欺辱或获得所需。《奇怪的地方》中的小民子，当少爷打骂他时，他便本能地反抗，跟少爷扭打在一起。当阿土向他讨铜钱并打他时，他轻易就打败了阿土。两次打架中，小民子都是在被欺负的情况下进行了强有力的反击。《巧格力》中，卞德全忍受疼痛帮人打架只是为了得到一盒巧克力；《团圆》中，大根通过打架来制止瘌痢他们说母亲的坏话。张天翼幼时经常跟人打架，他后来回忆幼年生活就记载了打架的生活："到高小开始看旧小说，第一部是《岳传》，向个姓夏的借的。才看了一点，和夏先生打起架来，书还他。马上好了，再借来看下去。第二天又打架，又还他。第三天他又把书借给我。这部《岳传》足足看了一个月。接着借看《杨家将》《西游记》《三国演义》《水浒传》《彭公案》等等，这些教给我们拜把、打架的机会也就特别多。把弟兄也常会打起

---

① 《吴组缃谈张天翼》，见沈承宽等编：《张天翼研究资料》，北京：知识产权出版社，2010 年版，第 69 页。

来。"① 张天翼将幼时打架的经历运用到儿童小说中，使孩童打架的场面精彩而富有镜头感。在这些作品中，被欺负的处于弱势的一方最后都打赢了，作者无疑赋予了打架反抗斗争的精神。

张天翼童年经历中的有些事情，经过一定程度的转化而进入作品，这一点长期被研究者忽视。在《大林和小林》中，小林由孤儿到童工，最后成为一名火车司机。研究者对小林身份的关注，主要放在身份的象征意义上。但如果联系张天翼幼时对火车的痴迷，就会发现作家童年的喜好融入了创作的过程。张天翼幼时用螃蟹拉火柴盒做成的火车，这跟《大林和小林》中怪物拉火车，在情节上很相似。张天翼在一次全城小学运动会上参加五十码赛跑，跑得了第二名，获得了十几册商务印书馆的童话，并读完了当时商务印书馆所出版的全部童话。这是张天翼对童话的第一次全面接触，这种阅读经历对他后来进行儿童文学创作首选童话文体打下了基石。诸如此类的例子还有很多，此处不一一赘述。

张天翼 1950 年代的童话与儿童小说在内容上有一个重要的转变，就是由描叙以成人为主的社会生活转向以儿童为主的校园与家庭生活，这些内容大都来源于他熟悉的儿童生活。张天翼曾说，"解放前，我就常和一些孩子们在一起，那时候大人们和小孩是不能平起平坐的。可是他们可以无拘无束地和我谈话、玩耍，和我很要好。有时我写东西，他们也爬到我身上来玩，坐在我的膝头，我一手搂着他们，一手

① 张天翼：《我的幼年生活》，选自沈承宽等编：《张天翼研究资料》，北京：知识产权出版社，2010 年版，第 106 页。

写作"，"我想，如果不是我曾经和孩子们混得很熟，就写不出那些给他们看的童话和小说"。[①] 从《大林和小林》《秃秃大王》等成功的儿童文学作品来看，张天翼确实了解儿童的心理与审美特征，这得益于他"和孩子们混得很熟"。新中国成立后，张天翼有更多机会接触儿童。1951 年夏天，经过青年团中央少年部和《中国少年报》编辑的介绍，张天翼认识了一些上高小和初中的孩子，且经常参加他们的队日活动。这些孩子也经常到张天翼家里来玩，都喊他"老天叔叔"，动不动就和他"咬耳朵"，谈这谈那，有些不肯和自己爸爸、妈妈谈的心里话，也和张天翼谈。[②] 在跟孩子们交朋友的过程中，张天翼会用笔记下他所看到的孩子们的活动、听到的孩子们的谈话，包括他们活动、谈话时特有的动作、语言、神情和声调等。就这样，张天翼不仅观察、了解到这些孩子的习惯爱好、心理活动、生活趣味等儿童本色的东西，还通过这些孩子了解了他们的同学和朋友的思想感情以及语言动作。如张天翼 1950 年代写得最成功的儿童小说《罗文应的故事》，文中罗文应对克郎球、乌龟的浓厚兴趣，罗文应看起画报来就忘了时间耽误了去复习小组，以及罗文应走在路上看见一颗脆枣就一脚把它踢得很远等内容，都是来自张天翼接触的孩子们的实际生活。就是故事结尾，罗文应学妹妹说"哥哥，你捡起来了我""可了不及啦，我的矮朵伤风啦"等语言，都是来源于他邻居家的一个小女孩。正

---

① 张天翼：《为孩子们写作是幸福的》，选自《张天翼文学评论集》，北京：人民文学出版社，1984 年版，第 361—362 页。

② 张天翼：《为孩子们写作是幸福的》，选自《张天翼文学评论集》，北京：人民文学出版社，1984 年版，第 362 页。

因为写的是现实生活中的儿童生活，所以发表之后引起了许多儿童读者的强烈共鸣。① 其他诸如《宝葫芦的秘密》《蓉生在家里》《他们和我们》中反映当时儿童身上存在的具有普遍性问题，也都是从儿童生活中观察得来的。张天翼自己坦承，解放后所有的创作题材都是从孩子们中来的，是在和孩子们接触中，在与孩子们交朋友的过程中获得的。非常熟悉儿童，深刻了解儿童，这应该是张天翼在解放后能成功地塑造出罗文应、王葆、蓉生等典型儿童人物形象的根本原因。

张天翼的人生经历，一方面为他孕育了儿童文学创作的喜剧天赋，使他能够创作出幽默的长篇童话；一方面为他儿童文学创作提供了素材，融入到其笔下的故事情节及人物形象之中，使他的作品具有强烈的现实主义色彩，并在某种程度上成为时代的一个缩影，折射出中国现代社会的发展历程。

---

① 张天翼回忆，有许多小读者的来信，许多小学生到他家来朗读他们的读后感和学习"汇报"，其中写道："看到《罗文应的故事》，好像罗文应就是我的化名。我原来在班上也是个贪玩的小淘气，有时放了学，就不愿意回家，总想在学校多玩会儿。例如，有一次放学后，我在学校打了会儿乒乓球，又在教室里和同学们天南海北地聊起来，一会儿又跑到操场上去抢篮球，与同学吵起来……就这样我一直玩到六点左右，看到学校没人了才回家，吃过晚饭赶紧写作业，结果写得特别乱，六道算术题，我竟然全错了。罗文应爱看小乌龟，爱玩克郎球，我呢，平时攒了七百多张烟盒和火柴盒，还有一百多块磁片，一和同学们玩起来，就简直把什么都忘了。但是因为玩，作业没做，玩得也很不舒服……"见《张天翼文学评论集》，北京：人民文学出版社，1984 年版，第 365 页。

第三节
对中外讽刺文学的借鉴与继承

中国现代作家在文学资源的借鉴方面，有三个参照体系：一是古典的传统，即《儒林外史》《官场现形记》《镜花缘》等；一是外国的传统，即狄更斯、果戈理、契诃夫等人的作品；还有一个是现代的传统，主要来自鲁迅。作为现代的一位重要作家，张天翼就是在继承中外讽刺文学的基础上成长起来的。①

张天翼自己写的自传性文章表明，张天翼从高小开始看旧小说，先后读过《岳传》《杨家将》《三国演义》《水浒传》《彭公案》等作品。但他为数不多的文学评论和读书札记却透露出，真正对张天翼儿童文学创作产生明显作用的是《儒林外史》《官场现形记》《二十年目睹之怪现状》等明清讽

---

① 参见王卫平：《现代讽刺文学与鲁迅传统》，《鲁迅月刊》，1997年第2期。

刺、谴责小说。据张天翼的好友周颂棣回忆，1925 年秋张天翼从上海来到北京，次年考入北京大学文科学院，到 1927 年春张天翼离开北京这段时间里，他们经常见面聊天，"对于中国古典小说，他跟我谈得较多的是《儒林外史》《西游记》两书。《儒林外史》中描写正面人物，如杜少卿、虞育德、庄征君等人，他认为都不那么真实，矫揉造作的痕迹很明显；描写反面人物，则多半成功。……谈到《西游记》，他说《西游记》被一些什么悟真子、玄玄子的人批注坏了，硬要把它挤到宣扬佛家思想的牛角尖里去。其实《西游记》是以神魔鬼怪的故事作为外壳，用夸张的手法、诙谐的语调，描摹各种世态的一部很好的讽喻小说。此外，也还谈到清末民初出版的，以暴露当时社会政治的黑暗与丑恶为主题的《老残游记》《官场现形记》《二十年目睹之怪现状》等小说"。[①] 把《西游记》这样的神魔小说都当作讽喻小说，足见张天翼对讽刺小说的偏爱。后来张天翼还写过上万字的《读〈儒林外史〉》与七八千字的《〈西游记〉札记》，可见其对这些作品的熟悉和由衷喜爱。

概括地说，明清讽刺小说（包括被张天翼称为"讽喻小说"的《西游记》）对张天翼儿童文学创作的影响主要是以下三个方面：塑造反面人物的讽刺技巧，暴露社会现实黑暗与丑恶的讽刺态度，以幻想为形式、以现实为内容的创作方法。

张天翼的儿童文学创作以长篇童话成就最高，而长篇童

---

① 周颂棣：《我和天翼相处的日子》，见沈承宽等编：《张天翼研究资料》，北京：知识产权出版社，2010 年版，第 58 页。

话中塑造得最成功的无疑是反面人物。而塑造反面人物的讽刺技巧中，受古代讽刺小说影响的主要是来自《儒林外史》的白描手法。《儒林外史》对人物的讽刺多用白描手法，如写马二先生游杭州西湖那一节，平淡得没有辞采也没有情节可言，却生动地刻画出一个眼里只有举业的迂儒形象，"天下第一真山真水的景致"在马二先生眼里实在没什么好看的，他只是茫然地一路吃将过来。到了净慈寺的那段描写更是经典："马二先生身子又长，戴一顶高方巾，一副乌黑的脸，腆着个肚子，穿着一双厚底破靴，横着身子乱跑，只管在人窝子里撞。女人也不看他，他也不看女人。"① 三言两语便将马二先生可笑的尊容、急躁的情绪及迂腐的性格勾勒了出来。这一章节通过对马二先生身在西湖美景中却无动于衷的简洁描写，讽刺了其深受科举制度毒害的精神世界的狭隘与庸陋。张天翼对《儒林外史》中不动声色、简洁传神的白描手法非常推崇，以至于 1920 年代在北京跟好友见面聊天时，都能完全背出马二先生游净慈寺那段文字。② 在长篇童话中，张天翼也经常运用白描手法来对反面人物进行讽刺，如《大林和小林》中写剥削者四四格：

　　小林问：

　　"你带我去做什么？"

　　"做工，做工。"

---

① ［清］吴敬梓：《儒林外史》，李漢秋辑校，上海：上海古籍出版社，1999 年版，第 187 页。

② 周颂棣：《我和天翼相处的日子》，见沈承宽等编：《张天翼研究资料》，北京：知识产权出版社，2010 年版，第 58 页。

"做什么工?"

"什么工都要，都要做。"

"给钱么?"

"不给，不给。"

过了一会儿，小林又问：

"你说起话来，为什么一句话要说两遍?"

四四格摸摸绿胡子，答道：

"因为我的鼻孔太大了，太大了。说起话来鼻孔里就有回声，有回声。"①

　　在这段文字中，张天翼通过小林与四四格的简短对话，便刻画出一个外貌吓人（绿胡子）、冷酷剥削（不给工钱）、荒唐可笑（说话重复）的资本家形象。张天翼对反面人物的刻画，大多是通过简洁明了的对话与行动来完成，少有冗长的修饰与议论，这体现了张天翼对白描手法谙熟于心。

　　张天翼的暴露社会现实黑暗与丑恶的讽刺态度，则主要受《官场现形记》《二十年目睹之怪现状》等谴责小说的影响。《官场现形记》对清朝官场的黑暗腐朽进行了披露，对上自皇帝、下至佐杂小吏给予了辛辣的讽刺。《二十年目睹之怪现状》通过叙述九死一生的人生经历，描述了半殖民地半封建社会的世态人情、社会风尚、政治状况及道德面貌，广泛地揭露了晚清社会的黑暗现实。张天翼受这些作品的影响，将这种披露黑暗的讽刺态度运用到自己的儿童文学创作

① 张天翼：《大林和小林》，选自《张天翼儿童文学全集（二）》，北京：中国少年儿童出版社，2002年版，第286页。

中。他说:"当时写童话也罢,写小说(引者按:指儿童小说)也罢,就是想使少年儿童读者认识、了解那个黑暗的旧社会,激发他们的反抗、斗争精神。"① 他 1930 年代创作的儿童小说,主要揭露的是社会底层的黑暗现实,如《奇遇》通过豫子的眼睛,展现她奶妈一家的悲惨生活:她给别人做奶妈,自己的儿子快病死了却没人照顾;《团圆》讲述大根的爸爸出去一年多没有消息,大根妈妈为了养活五个小孩,不得不出卖自己的身体。张天翼 1930 年代创作的长篇童话,则主要揭露的是政治的黑暗与腐败,如《大林和小林》中对以叭哈、四四格、唧唧、红鼻子王子等为代表的统治阶级的奢侈残暴的揭露,《秃秃大王》对代表着统治阶级的秃秃大王欺压百姓、强占民女、荒淫无耻的批判,都是以暴露与批判社会黑暗现实、鼓舞人们推翻反动的统治阶级为旨归。

张天翼的以幻想为形式、以现实为内容的创作方法,则主要是来自《西游记》的影响。《西游记》是一部众所周知的神魔小说,但在张天翼看来,它采取的不过是幻想的形式,其内容还是来自现实,"《西游记》里所写的,其实是那时的一些社会相,只不过采用了原来的神话材料,通过神话形式来表现的而已"。② 张天翼以《西游记》里的那些神魔——孙悟空、猪八戒、太白金星等为例,论述这些神魔虽然是幻想出来的角色,但究其实质,"他们的性格,思想,

---

① 张天翼:《为孩子们写作是幸福的——我和儿童文学》,选自《张天翼文学评论集》,北京:人民文学出版社,1984 年版,第 359 页。
② 张天翼:《〈西游记〉札记》,选自《张天翼文学评论集》,北京:人民文学出版社,1984 年版,第 569 页。

感情，活动等等，那的确是现实生活里所常见的那几号'人'"。① 所以《西游记》中的神魔人物，包括其故事、主题，在张天翼看来都是"幻想的形式，现实的内容"。联系到张天翼的童话创作，我们会发现他采取的正是这样的方法。童话是一种幻想性很强的文学，他选择童话这种文体，内容却是来源于现实生活——这在本章第二节已详细论述了，其目的"就是想使少年儿童读者认识、了解那个黑暗的旧社会，激发他们的反抗、斗争精神"。张天翼进行儿童文学创作时，首先选择了童话文体，这一方面是为了逃避国民党的文化审查，一方面应是受了《西游记》的影响。还值得一提的是，《西游记》的夸张手法、诙谐语调，对张天翼童话中的夸张、幽默也有一定程度的影响。

　　除了明清讽刺小说，张天翼还深受现代作家鲁迅的影响。张天翼在中学时，是读了鲁迅的《阿Q正传》之后，才摆脱对新式小说的偏见，觉悟到要摆脱对他影响很深的林琴南、《礼拜六》及侦探小说。鲁迅对张天翼有知遇之恩，张天翼的短篇小说《三天半的梦》就发表在鲁迅主编的《奔流》上。从此，张天翼走上了现实主义的创作道路。鲁迅不仅帮张天翼发表过作品，还写信给张天翼指出其作品有时失之油滑的缺点，也肯定其长处，并将其短篇小说《皮带》《稀松恋爱的故事》及短篇小说集《小彼得》推荐给日本改造社的增田涉。张天翼在谈及对他影响最大的八位作家里，中国作家只提到了鲁迅，可见鲁迅在他心中的重要地位。张

---

① 张天翼：《〈西游记〉札记》，选自《张天翼文学评论集》，北京：人民文学出版社，1984年版，第568—569页。

天翼对鲁迅的感情非常深，这从鲁迅去世后，其先后写的《哀悼鲁迅先生》《鲁迅先生是怎样的人》等文章可以看出。

鲁迅对张天翼的影响是不争的事实，有论者甚至认为中国文坛上"称得上是鲁迅传人的只有张天翼，无论在文字的简练上，笔法的冷隽上，刻骨的讽刺上，张天翼都较任何向慕鲁迅风的作家更为近似鲁迅"。① 具体到张天翼儿童文学创作中，鲁迅的影响主要表现在四个方面：革命现实主义的创作观、幽默讽刺的笔调、国民性批判的主题及漫画技法的运用。

第一，革命现实主义的创作观。张天翼在创作革命现实主义作品之前，由于受林译小说、侦探小说、《礼拜六》及西方象征主义文学的影响，写过一些侦探小说（如《少年书记》《空室》《遗嘱》），也写过带有象征主义色彩的散文、短篇小说（如《黑的颤动》《黑的微笑》）。他是读到鲁迅的《阿Q正传》后，才明白不能再躲在象牙塔里玩神秘。在这种背景下，张天翼于1928年11月，写成具有现实主义风格的短篇小说《三天半的梦》，最初寄给一些刊物，没有得到发表，在灰心丧气的情况下他投寄给鲁迅，结果发表在鲁迅主编的《奔流》杂志上。这是张天翼发表的第一篇现实主义小说，由此开启了他的现实主义创作道路。《三天半的梦》的发表，在张天翼的创作历程中具有关键性的意义，事后张天翼谈到这件事时说："自从短篇小说《三天半的梦》在鲁迅、郁达夫主编的《奔流》（一九二九年一卷十号）发表后，

---

① 司马长风：《中国新文学史（节录）》，引自沈承宽等编：《张天翼研究资料》，北京：知识产权出版社，2010年版，第373页。

就陆陆续续写起来，而且感到文艺作品在宣传鼓动方面是能起很大作用的——因为亲眼看到许多青年通过文艺而倾向革命。以后更逐渐明确，要通过作品使读者群众认识到或感到当时社会制度的不合理、政治的黑暗等等，而使他们倾向于革命。"① 在这之前，张天翼是否定文学的作用的，他觉得文学与现实生活无关，无助于解决其人生问题、革命问题、恋爱问题等。② 而《三天半的梦》的发表，改变了他对文学的看法，让他明白"文艺作品在宣传鼓动方面是能起很大作用的"。这些话表明，张天翼已经意识到揭露社会制度不合理、政治黑暗的现实主义作品对读者能起到宣传鼓动作用，并形成了以揭露、批判为主的现实主义小说作为革命武器的创作观念。张天翼后来确实一直遵循着这样的观念进行创作，如他自己所说："我的这些作品不过是革命战争中普通一兵手里的长矛，我是用它来打仗的。"③ 以现实主义小说为武器，目的在于鼓动读者"倾向于革命"。这种创作观念可以称作"革命现实主义的创作观"。而这种创作观，不仅体现在他的讽刺小说创作上，也体现在他的儿童文学创作中。从这个角度出发，鲁迅对张天翼的儿童文学创作观念的形成起到了很大的作用。

第二，幽默、讽刺的笔调。在中国现代讽刺文学中，鲁迅是一位先行者，具有开创之功。鲁迅的杂文，以及《阿Q

① 张天翼：《作家自述·张天翼》，《中国现代文学研究丛刊》，1980年第2辑。
② 张天翼曾回忆说："这时候（引者注：指1926年）思想很苦闷。感到世界上有许多问题（人生问题、革命问题、恋爱问题等），不知如何解决。我否定了文学艺术的作用，觉得它与现实生活无关。"见沈承宽等编：《张天翼研究资料》，北京：知识产权出版社，2010年版，第12页。
③ 张天翼：《〈张天翼短篇小说选集〉前言》，北京：文化艺术出版社，1981年版。

正传》《故事新编》等小说，兼具讽刺、幽默的风格。他以笑为武器进行"韧性的战斗"，竭力把"无价值的东西"撕毁给读者看。张天翼继承了鲁迅的战斗精神，他也认为："笑是一把非常锋利的刀子"，幽默的目的是"把世界上那些假脸子剥开，露出那烂疮的真相"。① 张天翼非常喜欢鲁迅的《阿Q正传》等作品。他认为鲁迅是有意在幽默中对旧世界进行嘲讽与抨击。鲁迅的作品中幽默、讽刺的融合，引起了张天翼的欣赏和共鸣。在张天翼的《洋泾浜奇侠》里，很明显能看到《阿Q正传》的影子，不仅那种寓讽刺于幽默的风格很像，就连主人公史兆昌的性格里都有阿Q的基因。所以张天翼在借鉴狄更斯小说、古典讽刺小说的同时，也一定程度借鉴了鲁迅小说、杂文的笔法。这种学习与运用，同时体现在他的讽刺小说与儿童文学作品中。

第三，国民性批判的主题。张天翼是现代文学史上极少数继承了鲁迅的国民性批判的作家，在现代儿童文学史上就更是如此。杨义在《中国现代小说史》中曾精辟地指出，张天翼"一项独特的贡献，就是他在左翼文坛里率先恢复探究国民性这个重大的文学主题"。② 张天翼的讽刺小说不在本书的论述范围内，他的儿童文学作品延续了国民性批判的主题，对人性的黑暗面，诸如奴性、虚伪、逢迎、伪善等都有批判。张天翼的《教训》《大来喜全传》《秃秃大王》《金鸭帝国》等儿童文学作品，都或浓或淡地体现了这一主题。对国民性的批判，使张天翼的儿童文学作品具备现实性、革命

---

① 张天翼：《什么是幽默》，见沈承宽等编：《张天翼研究资料》，北京：知识产权出版社，2010年版，第141、140页。
② 杨义：《中国现代小说史》，北京：人民文学出版社，2005年版，第353页。

性、政治性的同时，还兼具启蒙性，延续着新文化运动的启蒙话语。

最后，漫画技法的运用。鲁迅的小说中同时存在着两种讽刺，一种是像《阿Q正传》《药》的结尾那样，不露嘲意；一种是像《肥皂》《高老夫子》那样以粗线条的漫画笔法，将人物的可笑嘴脸呈现在读者眼前。张天翼显然是继承了第二种传统，以夸张的漫画技法取胜。① 所以，张天翼对漫画技法的运用，一方面得益于其在上海美专的学习经历，一方面也得益于对鲁迅小说的借鉴。对于上世纪 30 年代才开始创作儿童文学的张天翼而言，古代讽刺小说是一种传统，鲁迅的小说与杂文也是一种传统。张天翼对这两个传统的继承，使他的儿童文学作品具有民族本色。

在"西学东渐"的影响下，张天翼受西方文学的影响也比较大。他从小听母亲讲的故事中，就包括狄更斯的《孝女耐儿传》（即《老古玩店》）。上中学时，更是迷恋过林纾翻译的小说，像《撒克逊劫后英雄略》（即《艾凡赫》）、《块肉余生述》（即《大卫·科波菲尔》）、《滑稽外史》（即《匹克威克外传》）等都曾打动过张天翼童年时的心灵。张天翼自己曾指出："对我影响最大的作家有狄更斯、莫泊桑、左拉、巴比塞、列夫·托尔斯泰、契诃夫、高尔基和鲁迅。"② 一连提及 7 位西方作家，中国作家只提及鲁迅，可见在张天翼心目中，西方小说家的地位要远远高于吴敬梓、李伯元、吴趼人等传统作家。

---

① 参见王晓明：《张天翼：过于明晰的世界》，选自《潜流与漩涡》，北京：中国社会科学出版社，1991 年版，第 146 页。

② 张天翼：《自叙小传》，见沈承宽等编：《张天翼研究资料》，北京：知识产权出版社，2010 年版，第 102 页。

具体到张天翼的儿童文学创作，这些西方的批判现实主义作家对张天翼的影响主要表现在三个方面：人物刻画的方式及人物第一的观念，讽刺、幽默的风格，儿童的视角。

西方作家中，张天翼受狄更斯的影响最深，而狄更斯对张天翼最突出的影响便是人物刻画的方式与人物第一的观念。狄更斯善于运用夸张手法，抓住人物习惯动作、语言特征甚至一些怪癖来塑造讽刺性人物。这些方面在张天翼的儿童文学作品中都有鲜明的表现。张天翼童话中的夸张运用非常普遍，这已在第四章有详细论述，此不赘述。张天翼认为人物动作、口语方面的小特点乃至怪癖，是人物性格的外部特征，所以张天翼抓住这些外部特征来表现人物的性格。《团圆》中写大根吸鼻涕、擤鼻涕的动作就有十来次，突出的是贫苦孩子的肮脏。《搬家后》中的大坤常将"×他窝窝"挂在嘴边，突出的是农村孩子的粗俗。《大林和小林》中四四格说话的重复，凸显的是四四格的滑稽可笑；叭哈喜欢养臭虫，表现的是他的奢侈与无聊。《秃秃大王》中秃秃大王喜欢喝人血酒，喜欢养蛆，刻画了一个残酷、肮脏的统治者形象。《金鸭帝国》中金鸭人喜欢"鸭斗"，呈现的是大粪王等上流社会人士的丑态与可笑。张天翼儿童文学作品中的人物，大多着上了一层狄更斯的底色，足见其对狄更斯小说的喜爱与借鉴。

张天翼非常重视人物在小说中的地位，把人物当作小说中最重要的要素，持守着"人物第一"的创作观念。他称自己创作时总是先想到人物，认为"故事是为表现人物而有的"。[①]

① 张天翼：《答编者问》，选自《张天翼文学评论集》，北京：人民文学出版社，1984年版，第201页。

有人问他怎样创作儿童文学作品，他的回答是"只有从人物出发（注意人物的思想、感情、性格、心理活动，做某一件事的动机等等），这样，故事和事件就出来了"。[①] 他的这种观念一方面受《儒林外史》及古代史传文学的影响。他认为《儒林外史》"兴趣全不在故事本身，而是在人物上。只要借点儿事情把一个人物之为人写了出来，就已经是交代清楚了。以后他怎么样，就不大去关心了"。[②] 张天翼在重视人物胜过故事这一点上，确实受《儒林外史》的影响。但相比而言，张天翼受《儒林外史》更深影响的是在写人物片段及以不同人物来串联小说的结构方法，而这主要体现于他的讽刺小说中，而不是儿童文学作品上——在长篇童话中，他写的人物就不仅仅是片段，而是一个具有开端、发展、高潮、结局的较完整的故事。另一方面，他的"人物第一"的观念受狄更斯的影响可能更深。狄更斯的创作就是把人物置于首要的位置，这从他喜欢以人名或人物来命名自己的小说可见出一斑，如他的第一部长篇小说《匹克威克外传》，其他诸如《大卫·科波菲尔》《雾都孤儿》《我们共同的朋友》《董贝父子》《尼古拉斯·尼克尔贝》《巴纳比·拉奇》《马丁·朱述尔维特》等，都是以人名或人物作书名，其内容也基本以塑造人物形象为中心。

张天翼能够在 1930 年代的儿童文学领域创作出具有讽刺、幽默的长篇童话，一方面受《儒林外史》《西游记》等

---

① 张天翼：《从人物出发及其他》，选自《张天翼文学评论集》，北京：人民文学出版社，1984 年版，第 260 页。
② 张天翼：《读〈儒林外史〉》，选自《张天翼文学评论集》，北京：人民文学出版社，1984 年版，第 545 页。

中国古典小说的影响，如张天翼就很推崇《西游记》里的诙谐语调，推崇《儒林外史》对反面人物的讽刺，另一方面也受西方批判现实主义作家的影响，这其中又以狄更斯的影响最大。狄更斯的文学作品能恰到好处地融合讽刺与幽默。外国评论家莫洛亚曾说，在一件社会罪恶面前，狄更斯会"十分精细正确地描述这东西"，似乎"是真正以记述可怖的事物或可厌的事物为乐事的"，但"突然出现一条稍稍歪曲的线条或一句显然夸张的话，使人明白那种庄重的态度中原来隐藏着嬉笑"。① 张天翼非常推崇狄更斯善于"抉摘下等社会之积弊"的讽刺力量，也喜欢狄更斯的在庄重的态度中隐藏着嬉笑的幽默精神。张天翼在文学创作中自觉地学习狄更斯，使自己的作品着上了狄更斯的色调。有学者指出，"相比古代讽刺小说对张天翼的影响，张天翼的讽刺心态、气质、情绪、感觉，其实更偏向狄更斯。张天翼貌似冷静地提供荒诞画面，创造稍稍歪曲的怪物形象，那种纯喜剧的、貌似狠心肠的洒脱讽刺气质，正体现了狄更斯的创作特色。"② 这些评论是很精辟的，虽然他针对的是张天翼的讽刺小说，但熟悉张天翼儿童文学作品的人便会知道，它们也适用于对张天翼儿童文学作品的评价——张天翼的讽刺小说与儿童文学创作，在讽刺与幽默风格这一点上，有诸多的共同性。至于张天翼儿童文学作品中的幽默与讽刺，本书已在其他章节有详细论述，此不赘述。

---

① 转引自吴福辉：《张天翼的小说和中外讽刺文学传统》，见吴福辉等编：《张天翼论》，长沙：湖南文艺出版社，1987年版，第83页。
② 吴福辉：《张天翼的小说和中外讽刺文学传统》，见吴福辉等编：《张天翼论》，长沙：湖南文艺出版社，1987年版，第82—83页。

　　狄更斯对张天翼另外一个方面的影响，便是儿童视角的运用。狄更斯的童年充满了苦难，这段悲惨的童年体验对他创作的影响主要有两方面：一是书写苦难的儿童，如《雾都孤儿》；二是以带有心灵创伤的儿童视角来审视不合情理的社会现实，如《老古玩店》。这两者在狄更斯的作品中往往是合二而一的。张天翼在儿童文学创作中，也常常运用儿童的视角来表现社会生活。如《奇遇》，就是通过一个富裕人家的小女孩的视角来展现其奶妈一家的悲惨生活。再如《蜜蜂》，也是通过"我"的稚嫩视角来呈现当时农民阶级与资本家及官僚的矛盾冲突。张天翼 1950 年代创作的《宝葫芦的秘密》，更是以儿童王葆的第一人称限制视角来叙述他和宝葫芦的故事。张天翼对于儿童视角的运用，很大程度上来自狄更斯的影响。当然，这也得益于张天翼自觉的叙事意识，应该还受到了"五四"作家的影响。①

　　从上面的论述可以看出，张天翼是一位非常善于学习的作家，他以"拿来主义"的方法广泛摄取、多方师承，从古典讽刺小说、西方批判现实主义小说，以及鲁迅的作品三个方面同时汲取营养，在继承古今中外的优秀传统的基础上创造出属于自己的独特风格。张天翼在面对自己国家源远流长的传统文学时，根据社会时代的特点，主要选择的是讽刺小说，但相比《儒林外史》《官场现形记》等作品，张天翼不仅暴露社会的黑暗与不合情理，还指出社会的出路，即通过革命的途径来推翻统治阶级，建立无产阶级革命政权，具有

---

① 鲁迅的《社戏》《故乡》，萧红的《呼兰河传》，萧乾的《篱下》等，都是以儿童视角写的作品。

鲜明的革命色彩。张天翼把鲁迅当作自己的老师，跟随着鲁迅走上革命现实主义的道路，延续着国民性批判的主题，学习其幽默、讽刺的笔调及漫画技法，但张天翼对鲁迅并非亦步亦趋。张天翼的创作更多以社会的重大题材如阶级矛盾、民族矛盾为内容，而鲁迅更多关注的还是国民性批判；其儿童文学作品中的幽默、讽刺，相比鲁迅幽默讽刺之冷峭，更具童趣与游戏精神；其漫画技法更为突出鲜明，而且往往跟荒诞、审丑等手法融合在一起，有别于鲁迅对漫画笔法的单纯运用。在借鉴西方批判现实主义作家作品时，张天翼又努力与民族传统、民族生活相融合，使外来的艺术形式成为民族生活的载体，创作出具有中国风格与中国气派的作品。张天翼受西方小说的影响很大，但无论是他的讽刺小说，还是他的儿童文学作品，都没有多少欧化的气息，其语言简洁明快，多含口语与方言，是地道的大众化的语言。其创作素材，大都来自中国现代的社会生活，讲述的都是地道的中国故事。其革命现实主义的风格，带有鲜明的时代特征，亦不同于狄更斯等的批判现实主义。张天翼的儿童文学创作，竭力与社会时代、个人风格、民族传统相融合，对中外的讽刺文学传统既有继承，更有创化与发展。张天翼显然不是那种"只能给文学的既有模式增加数量"的"平庸的作家"，而是"能在冲破既有模式中给文学增加具有新素质的模式"的"天才的作家"。①

---

① 杨义：《中国现代小说史》，北京：人民文学出版社，2005 年版，第 347 页。

余论

张天翼儿童文学创作的再审视

　　张天翼是现代儿童文学史上极少数可以称得上天才的作家。他在上世纪 30 年代儿童文学创作向后转的背景下，创作出《大林和小林》《秃秃大王》等杰出的儿童文学作品，扭转了儿童文学创作的颓势，成为左翼儿童文学的重要创获。他的童话与儿童小说，从问世以来到今天仍在不断地再版，受到不同时代儿童读者的欢迎。在上世纪 90 年代以前，"在国外，中国儿童文学得以被人了解和认识，也大都离不开张天翼的童话《大林和小林》《宝葫芦的秘密》，张天翼成为中国最具世界影响的儿童文学作家"。① 近年来，中国儿童文学获得了空前的繁荣发展，得到了国际的认可和关注，正从"黄金十年"走向"黄金二十年"。对于张天翼的儿童文学创作，我们有必要返回历史语境并结合当下的儿童文学创作格局和评价眼光进行重新审视，从这两个维度探讨他的贡献与不足。

从 20 世纪 30 年代到 50 年代，张天翼自觉践行着主流文学观念和意识形态，其儿童文学观与儿童文学创作特征跟当时的社会、政治、文化有着密切的关系，是折射中国现代儿童文学发展历程的典型范例。从张天翼的儿童文学创作中，可以见出儒家的"诗教观"、政治生态、马克思主义、传统文学及西方文学对现代儿童文学的影响，同时这些因素作为一种文化基因，潜在地影响着当下儿童文学作家的创作。因此，有必要返回到中国现代儿童文学发生发展的历史文化语境中，思考这些因素是如何影响现代儿童文学的发展，为当代儿童文学创作提供经验与教训。

---

① 朱自强：《张天翼童话创作再评价》，《中国现代文学研究丛刊》，1990 年第 12 期。

第一节

张天翼对现代儿童文学的贡献

20 世纪 30 年代，时代主题由启蒙转向救亡，左翼思潮兴起，现代儿童文学便与民族国家的命运紧密联系在一起，担负起建构现代民族国家，配合一切革命的重任。在这个时候，张天翼迅速崛起，并以恢弘的气势参与到时代的潮流中，成为左翼儿童文学的代表作家。早在上世纪三四十年代，他就为现代儿童文学奉献了《大林和小林》《秃秃大王》等长篇童话，以及《奇怪的地方》等儿童小说。新中国成立以后，他又满怀着激情创作出长篇童话《宝葫芦的秘密》及儿童小说《罗文应的故事》等一批深受小读者欢迎的作品。他心怀社会责任感，通过儿童文学作品塑造"真的人"与"真的世界"，来告诉儿童读者们"真的道理"。他的长篇童话具有丰富的想象力，充满了夸张、怪诞、讽刺与幽默，为中国现代儿童文学开创出一个全新的局面。

具体来说，张天翼对现代儿童文学的贡献主要表现在三个方面：彰显了儿童文学的游戏精神，深化了现实主义风格，标志着现代儿童文学艺术上的成熟。

一、彰显了儿童文学的游戏精神

游戏精神是儿童生命的本体存在，是儿童文学的内在旨趣与核心价值，它主要以幻想与幽默为审美依托。张天翼的长篇童话，在幻想与幽默两个方面都彰显了儿童文学的游戏精神。

张天翼的童话充满了大胆与新奇的想象。在《大林和小林》中，充满了光怪陆离的想象：平平的帽子飞上天挂在了月亮的尖角上，等月亮圆时帽子才掉下来了；咕噜公司里的童工会被"坏极了的坏蛋"四四格变成鸡蛋；大林跟乌龟、蜗牛赛跑跑输了，掉进大海被鲸鱼吃进肚子，又被吐了出来，经过蚂蚁与蜜蜂的帮助，被风吹到了遍地都是金银珠宝的富翁岛上……在《秃秃大王》中，秃秃大王的牙齿是可以变长又可以缩短的，一生气就变长，秃秃大王便撑到空中，像一面旗子一样。在《宝葫芦的秘密》中，那个宝葫芦可以为王葆变出想要的金鱼、零食、电磁起重机等各种东西，成为儿童梦寐以求的宝物。这些创造性的想象，体现了张天翼过人的天赋，拓宽了现代儿童文学想象的边界。

张天翼的童话又是极富幽默意味的。他通过夸张、怪诞、漫画等手法，塑造了一个又一个可笑的人物。《大林和小林》中的四四格说话牙齿漏风，不断重复语词；法官包包总是答非所问，说话完全没有逻辑；唧唧好吃懒做，胖得连蜗牛都跑不赢。这些人物，虽然是当作反面人物来塑造的，但他们身上总有让儿童发笑的一面，因而一定程度上消解了教化的意图。他又以儿童熟悉的语言再现了一个个让人捧腹的游戏场景。《秃秃大王》中秃秃大王带着一群手下去打猎，结果打的猎物是蚂蚁；十二个小迷迷为了提醒小明看贴在大狮背后的纸条，给他出了一些带谜底的谜语；小明、冬哥儿等人抓住了秃秃大王，但对秃秃大王的惩罚是罚他洗澡与刷牙。这些情景充分体现了儿童文学的游戏精神。他还通过语言的突变、言行的矛盾、童趣等方式，增强了作品的趣味性，让儿童能从头到尾笑着看完。

中国现代儿童文学的幽默品格十分贫弱，更多的是受到民间幽默文学的影响，很少有作家个人的幽默创作，张天翼是一个典型的例外。"如果说现代儿童文学作家由于时代环境和整体文学氛围的规定而表现出对于幽默艺术相对的群体性偏离的话，那么，张天翼的儿童文学创作则更多地表现出了他个人的文学天性和幽默才情。"[1] 张天翼的幽默才情主要来自童年经验，来自轻松诙谐的家庭环境。

张天翼的幽默童话，在中国现代儿童文学史上属于张天翼的独创，是最能体现张天翼艺术个性的所在。相对于凝重的现代儿童文学来说，这无疑是一个重要的贡献。由于张天翼的童话富于动作性，充满了游戏精神，与意大利科洛迪童话风格相近，被称为中国的热闹派童话，张天翼因而被视为

---

[1] 方卫平：《儿童文学的审美走向》，北京：中国文史出版社，2007年版，第23页。

中国热闹派童话的鼻祖，深刻地影响了以郑渊洁等为代表的热闹派童话的创作。有论者指出，"幽默是一种性灵，一种睿智，它体现出一种从容不迫的达观态度"，"属于文化的高层次和审美的高境界，它更接近人的本体，显示着心灵的辉煌和智慧的丰富"。① 幽默作为一种品格，在现代小说中值得珍视；在现代儿童文学中，更值得珍视——在现代小说中，幽默艺术的代表作家，在张天翼前面有鲁迅、老舍，在张天翼之后还有钱锺书，他们三位构成了中国现代小说幽默艺术上的三座高峰，张天翼在他们面前，尚有相形见绌之感；而在现代儿童文学史上，张天翼是幽默艺术的开创者，并且一直到上个世纪末，后继者寥寥，显得更加难能可贵。

20 世纪 90 年代起，中国儿童文学界开始重视幻想文学与幽默文学，先后高扬"大幻想文学"与"幽默文学"的旗帜，并先后推出了"大幻想文学·中国小说"系列共 15 种，"中国幽默儿童文学丛书"12 种，表明了当前时代对游戏精神的重视。张天翼富于游戏精神的童话创作，理应成为当代儿童文学作家创作幻想文学、幽默文学的借鉴资源。

张天翼的童话，是现代儿童文学作品中最富于游戏精神的。张天翼健全的游戏精神，"使他的作品的政治演绎和伦理说教最终掩饰不住那一种独具的生动气韵"②，这恰好就是张天翼儿童文学作品的魅力所在。

---

① 王泉根：《现实主义精神在幻想艺术中的不同显现》，见沈承宽等编：《张天翼论》，长沙：湖南文艺出版社，1987 年版，第 295 页。
② 汤锐：《中国儿童文学的生动标本》，见沈承宽等编：《张天翼论》，长沙：湖南文艺出版社，1987 年版，第 279 页。

二、深化了现实主义风格

张天翼在继承叶圣陶的现实主义创作道路的基础上，进一步深化了现实主义。张天翼早期的儿童小说，可能创作时心中并没有把儿童当作特定的读者，所以跟他的成人小说没有多大的区别，以表现底层社会的小人物的悲惨生活为主，显得较为沉重。

而到了长篇童话中，张天翼便将现实的政治斗争与真实的社会现象融入到离奇、荒诞的幻想中，以此来"折射半封建半殖民地中国社会的诸种矛盾及新生的光明面和腐朽的阴暗面的交替斗争，告诉小读者'真的人'、'真的世界'与'真的道理'"，成为"中国现代童话创作的一个显著特色与重要收获"。[①] 在对中国半封建半殖民地社会的表现的广度与深度方面，张天翼明显超过了叶圣陶。从广度方面来看，跟叶圣陶相比，张天翼的童话除了写底层社会的不幸，还着重写了上层社会的丑陋，如《大林和小林》叙述了叭哈、唧唧、红鼻子王子等的奢侈、腐化生活；《秃秃大王》更是着力表现作为统治者的秃秃大王的荒淫、残暴、无耻、肮脏的生活；《金鸭帝国》也透过对大粪王、香喷喷、格儿男爵、亮毛爵士等资本家及官员的描述，揭露充满欺骗与罪恶的上层社会。从深度来看，叶圣陶的童话重在揭露现实社会中的黑暗与苦难，但张天翼的童话在揭露的同时，还有辛辣的批

① 王泉根：《现实主义精神在幻想艺术中的不同显现》，见沈承宽等编：《张天翼论》，长沙：湖南文艺出版社，1987年版，第295页。

判，锋芒直指最高统治者与统治阶级，具有很强的战斗性与革命性。此外，张天翼在新中国成立后的儿童文学作品，广泛反映了当时儿童中所存在的种种问题，全面地展现了新中国的儿童面貌，使其成为社会主义儿童文学的代表。

革命现实主义，是中国儿童文学在特定时期内的自觉选择。在 20 世纪 20 年代中后期，随着阶级矛盾与民族矛盾的激化，建立现代民族国家的"救亡"压倒了争取现代性的"启蒙"。革命现实主义文学，包括儿童文学，都是为现代民族国家服务的。张天翼的革命现实主义儿童文学创作，通过选取现实中重大的阶级矛盾、民族矛盾作为题材，塑造了一批具有反抗与革命精神的儿童形象，宣示无产阶级领导的革命战争必将推翻反动统治阶级。在强化儿童读者的阶级意识与革命意识方面，在对未来民族国家的想象方面，张天翼的儿童文学作品起到了重要的作用。

三、标志着现代儿童文学在艺术上的成熟

儿童文学有两个重要的特质，即儿童性与文学性。张天翼的儿童文学（尤其是童话）创作在儿童性方面，有很大的进步，打破了叶圣陶、冰心、沈从文等人的成人化儿童文学创作的局面，创作出一批儿童喜闻乐见的儿童文学作品。

张天翼儿童文学作品的儿童性，表现在儿童化的语言。张天翼儿童文学作品的语言具有简洁、生动、口语化的特点。他的儿童文学作品，不仅叙述语是儿童化的，人物语言包括成人的语言也是儿童化的。而作品中带有游戏性质的修

饰语，更是符合儿童的心理与审美特点。

张天翼儿童文学作品的文学性，首先表现在其幽默风格对中国现代儿童文学强调教化作用的消解与超越，这其实也是对张天翼自己教化儿童文学观的超越。在现代儿童文学史上，张天翼是最富于游戏精神的作家，其幽默的风格给儿童读者带来数不清的笑声。其次表现在对幻想性的张扬方面。张天翼凭借其天才的想象，创造出一个又一个奇思怪想，解放了儿童的心智，拓宽了儿童的想象空间，代表了现代儿童文学想象力所能达到的高度。再次，表现在叙事性方面。张天翼的长篇童话，相对于 1920 年代抒情气息较浓的叶圣陶童话、冰心的儿童散文，在叙事性方面无疑极大地增强了。它们有富有传奇性色彩的故事，故事与故事之间有内在的关联，有矛盾有冲突，并且打破单线结构，构造了双线结构、二元对立的叙事结构。它们还成功地将儿童视角运用于儿童小说及长篇童话中，营造一种陌生化的效果，有力地改善了现代儿童文学全知视角的单一叙述状态，拓展了现代儿童文学的表现空间。最后，表现在荒诞、审丑、戏仿的现代主义因素上，这表明张天翼是一个敢于革新、敢于尝试的带有先锋性质的儿童文学作家。

在文学性与儿童性这两方面，张天翼都有新的开拓，并取得了很好的成绩，它们标志着现代儿童文学在艺术上的成熟。

第二节
张 天 翼 儿 童 文 学 创 作 的 缺 失

张天翼凭借其天才的想象力、杰出的文学才华，创作出了不少成功的儿童文学作品，为现代儿童文学做出了巨大的贡献。但他的儿童文学创作也存在不少的问题，比如过多注意人物的习惯性动作、口头禅，有些作品可能失之于油滑（如《洋泾浜奇侠》）。但问题最大的，最需要引起后人注意的是两个方面：教化的儿童文学观与图解观念的创作方法。

一、教化的儿童文学观

张天翼的儿童文学观就是两条：对孩子们有益，让孩子们爱看。两条标准中第一条是最重要的，第二条服从于第一条，是达到第一条的手段。这是一种教化的儿童文学观。这种文学观，对张天翼的儿童文学创作有着不可小视的负面影响——最突出的表现就是崇尚写实，压抑幻想。

在张天翼的儿童文学作品中，以《宝葫芦的秘密》的幻想性最强。但由于张天翼功利的儿童文学观，把儿童文学当作教育儿童的工具，注重于对现实价值观念的表达而压抑野性、浪漫、奇妙的想象力，其叙事遵循的仍是现实主义的逻辑与方法，其幻想世界是放在写实的框架中展开的，形成"现实——幻想——现实"的结构，让主人公经历一场幻梦，目的是为了让他明白不劳而获的思想是错误的。尤其是《宝葫芦的秘密》这一幻想世界是一个不可重复没有入口的梦——其实作为幻想世界的梦，也是可以作为"自为之物"存在，张天翼对幻想价值的否定，使他不可能在这方面对梦这一空间进行开掘，不像J．K．罗琳"哈利·波特"系列幻想小说一样，有一个可以随时进入魔法世界的九又四分之三站台；也不像《纳尼亚传奇》那样，有一个可以随时进入魔幻世界的衣橱。在西方的幻想小说中，想象力被极度张扬，其幻想世界是恒久存在的，其意义也是自足的。所以跟西方的幻想小说相比，《宝葫芦的秘密》的幻想空间具有一定的封闭性：一旦梦醒了，它便不存在了。在这个意义上，我们说《宝葫芦的秘密》还只是具备幻想小说的雏形，属于"轻幻想"类的小说，离幻想小说的成熟阶段还有一定的距离。

张天翼把儿童文学当作教育儿童的工具，把趣味当作实现教育目的的手段。这种教化的儿童文学观一定程度上损害了其长篇童话的艺术性，使其在幻想的天空中不能高歌猛进，因而不能进入世界一流幻想小说家的行列。这些不足，让人扼腕叹息。

当代儿童文学，仍时常可以见到教化儿童文学观的影子，如鲁兵在 1962 年仍提出了"儿童文学是教育儿童的文学"的观点。20 世纪 90 年代以来，随着国外儿童学、人类学、儿童发展心理学等学科的交叉互动，国外儿童文学界不再简单地将儿童置于接受教育的地位，认为要给儿童更多的独立空间与选择机会。中国当代儿童文学受此启发，也渐渐意识到"儿童文学应该首先从性质与意义上回归文学本体，儿童文学不必把教育儿童当作首要的责任与义务，而应更多承担陪伴儿童成长、慰藉儿童心灵的使命"。[①]

在面临"童年异化"与"童年消逝"的当今社会，我们需要重新审视既往的儿童观及儿童文学观，走出了教化的阴影，树立起"解放的儿童文学观"[②]，才有可能赋予中国儿童文学新的品格，以实现更大的突破。

二、图解观念的创作方法

张天翼从第一部长篇童话《大林和小林》的创作起，就开启了一种图解观念的创作方法，这一缺陷在后来的童话创作中，不但没有得到纠正，反而变本加厉，所以才有了后来那部完全图解马克思主义理论的失败之作——《金鸭帝国》。

关于张天翼童话创作中存在的图解观念的问题，不少儿

---

① 陈晖：《中国当代儿童观与儿童文学观》，《文艺争鸣》，2013 年第 2 期。
② 朱自强：《中国儿童文学与现代化进程》，杭州：浙江少年儿童出版社，2000 年版，第 414 页。

童文学研究者都曾指出过。刘绪源在《中国儿童文学史略（一九一六——一九七七）》中说："……它（引者注：指《大林和小林》）开创了一条图解'革命理论'的文学创作之路。在《大林和小林》的充满童趣的故事背后，并不只在暗示着现实社会的种种荒诞性，却是很细心地安排了一个理论的框架，各种人物遭遇或人物关系，都要合于这一理论才行"①，"他随后写的《秃秃大王》《金鸭帝国》等长篇童话，图解倾向愈益明显，艺术质量也不如《大林和小林》了"②。指出张天翼解放前的童话创作，其实是走了一条倒退的路。

图解观念，其实是一种主题先行，其创作的动机不是"为情而造文"（刘勰语）的冲动，而是为了迎合政治与主流意识形态，因而没有遵循现实生活的逻辑，这是《金鸭帝国》失败的主要原因。

这种图解观念的创作方法，由《大林和小林》开了先河之后，在上世纪三四十年代的政治童话中成为一种风气，留下了沉痛的教训。当代儿童文学作家乃至成人文学作家，理应吸取这方面的教训，摒除这种图解观念的方法，从儿童生活的实际出发，从复杂的社会生活出发，去创作出真正适合儿童阅读的儿童文学作品。

张天翼的儿童文学创作，其成功之处，是留给中国儿童文学的宝贵遗产，我们理应继承；其失败之处，是留给中国儿童文学的教训，我们理应吸取，避免犯同样的错误。

张天翼的儿童文学作品被列入现今各种中小学的推荐书

① 刘绪源：《中国儿童文学史略》，上海：少年儿童出版社，2013年版，第63页。
② 刘绪源：《中国儿童文学史略》，上海：少年儿童出版社，2013年版，第64页。

单之中，尤其是长篇童话《宝葫芦的秘密》，被列入"教育部新课程推荐书目"、清华大学附属小学的"主题阅读书目"等书目中，还先后被中国电影史上被誉为"百部导演"美称的杨小仲及迪士尼公司拍摄成同名电影。迪士尼版电影于2007年6月29日在全国公映，在票房上取得了很好的成绩，一定程度上促进了《宝葫芦的秘密》在中国乃至世界范围的传播，也提升了这部作品的知名度与影响力。

毋庸置疑，张天翼是一位才华横溢的作家。然而特定的时代环境及对政治功利的追求，成了他文学创作上的枷锁，一定程度限制了他文学天才的发挥。在这个意义上，张天翼其实也是戴着枷锁的舞者。当我们看到他在这种束缚下仍创作出了像《大林和小林》《宝葫芦的秘密》这样经典的作品，不禁要为这位"带枷的天才"[1] 击节赞赏，同时又扼腕叹息——我们可以想象，如果张天翼不受当时政治环境及教化思想的束缚，凭借其过人的天赋与对儿童的熟悉，他是完全可能写出像安徒生童话那样伟大的儿童文学作品来的。然而历史不允许我们做假设，我们只能接受这个不完美的文学现实。

距张天翼最后一篇儿童文学作品《宝葫芦的秘密》的创作，已经过去半个多世纪了，然而张天翼的作品并未过时，甚至在当下现象级儿童文学作家郑渊洁、杨红樱、秦文君的作品中，还能清晰地看到它们的影子。张天翼的儿童文学作品，已经成为中国儿童文学传统的一部分，流淌在当代儿童文学作家的血脉中，并将继续惠泽到下一代的儿童文学作家

---

[1] 见汤锐：《比较文学初探》，武汉：湖北少年儿童出版社，1990年版，第88页。

与读者。

　　张天翼的儿童文学作品，涉及儿童文学与儿童观、现实生活、教育、政治等方面的关系，为当下中国儿童文学探讨这一系列问题时提供了绝佳的例子。所以，不管是现代儿童文学，还是当代儿童文学，张天翼都是一个无法回避的巨大存在。只有直面他，了解他，才能站在他的肩膀上，看到更远的风景。

参考文献（按作者音序）

（一）报刊类

1. 陈独秀主编. 新青年. 上海：益群书社，1915—1926.
2. 丁玲主编. 北斗. 上海：湖风书局，1931—1932.
3. 茅盾，郑振铎，叶圣陶等主编. 小说月报. 上海：商务印书馆，1910—1932.
4. 宋易等主编. 现代儿童. 上海：现代书局，1931—1943.
5. 郑振铎，徐应昶主编. 儿童世界. 上海：商务印书馆，1922—1941.

（二）作品类

1. 巴金. 长生塔 ［M］. 北京：人民文学出版社，2009.
2. 冰心. 寄小读者 ［M］. 武汉：湖北少年儿童出版社，2006.
3. 陈伯吹. 一只想飞的猫 ［M］. 武汉：湖北少年儿童出版社，2006.
4. 丰子恺. 丰子恺儿童文学全集 ［M］. 台北：龙图腾文化有限公司，2012.
5. ［意］贾尼·罗大里. 洋葱头历险记 ［M］. 任溶溶译. 天津：新蕾出版社，2011.
6. 老舍. 小坡的生日 ［M］. 北京：人民文学出版社，2009.

7. ［英］刘易斯·卡洛尔. 爱丽丝漫游奇境［M］. 张晓璐译. 北京：人民文学出版社，2002.

8. 茅盾. 狐兔入井［M］. 北京：人民文学出版社，2009.

9. 浦漫汀主编. 中国儿童文学大系（童话卷1、2、3、4）［M］. 太原：希望出版社，2009.

10. 浦漫汀主编. 中国儿童文学大系（小说卷1、2、）［M］. 太原：希望出版社，2009.

11. 沈从文. 阿丽思中国游记［M］. 北京：人民文学出版社，2009.

12. 孙幼军. 小布头奇遇记［M］. 武汉：湖北少年儿童出版社，2008.

13. 严文井. "下次开船"港［M］. 武汉：湖北少年儿童出版社，2008.

14. 叶圣陶. 叶圣陶儿童文学全集［M］. 北京：中国少年儿童出版社，2005.

15. 张天翼. 张天翼儿童文学全集［M］. 北京：中国少年儿童出版社，2002.

16. 张天翼. 张天翼文集［M］. 上海：上海文艺出版社，1991.

（三）张天翼研究资料类

1. 杜元明. 张天翼小说论稿［M］. 银川：宁夏人民出版社，1985.

2. 华中师院中文系. 中国当代文学研究资料·张天翼专集［C］. 武汉：华中师院中文系，1979.

3. 黄侯兴. 张天翼的文学道路［M］. 上海：上海文艺出版社，1993.

4. 沈承宽，黄侯兴，吴福辉. 张天翼研究资料［C］. 北京：知识产权出版社，2010.

5. 吴福辉，黄侯兴，沈承宽，张大明. 张天翼论［C］. 长沙：湖南文艺出版社，1987.

6. 张锦贻. 张天翼评传［M］. 太原：希望出版社，2009.

7. 张天翼. 张天翼文学评论集［C］. 北京：人民文学出版社，1984.

8. 张天翼. 张天翼论创作［C］. 上海：上海文艺出版社，1982.

（四）文学理论与历史文化研究类

1. ［法］埃斯卡皮（Escarpit，Robert）. 论幽默［M］. 金玲译. 上海：上海社会科学院出版社，1991.

2. ［美］保罗·麦吉. 幽默的起源与发展［M］. 王小伦，张增武译. 南京：南京大学出版社，1992.

3. ［英］本尼迪克特·安德森. 想象的共同体：民族主义的起源与散布［M］. 吴叡人译. 上海：上海人民出版社，2005.

4. 波拉德·阿瑟. 论讽刺［M］. 谢谦译. 北京：昆仑出版社，1992.

5. ［法］柏格森（H. Bergson）. 笑——论滑稽的意义［M］. 徐继曾译. 北京：中国戏剧出版社，1980.

6. 曹文轩. 小说门［M］. 北京：人民文学出版社，2010.

7. 陈平原. 中国小说叙事模式的转变［M］. 北京：北京大学出版社，2003.

8. 陈文忠. 文学美学与接受史研究［M］. 合肥：安徽人民出版社，2008.

9. 陈望衡. 艺术创作美学［M］. 武汉：武汉大学出版社，2007.

10. ［法］丹纳. 艺术哲学 ［M］. 傅雷译. 合肥：安徽文艺出版社，1998.

11. ［美］戴卫·赫尔曼. 新叙事学 ［C］. 马海良译. 北京：北京大学出版社，2002.

12. ［英］戴维·洛奇. 小说的艺术 ［M］. 卢丽安译. 上海：上海译文出版社，2010.

13. ［美］费正清，赖肖尔. 中国：传统与变革 ［M］. 陈仲丹等译. 南京：江苏人民出版社，1992.

14. ［美］费正清编. 剑桥中华民国史 ［M］. 杨丽泉等译. 北京：中国社会科学出版社，1994.

15. 高胜林. 幽默修辞论 ［M］. 济南：山东文艺出版社，2006.

16. ［美］哈罗德·布鲁姆. 影响的焦虑 ［M］. 徐文博译. 北京：三联书店，1989.

17. ［美］海登·怀特. 后现代历史叙事学 ［M］. 陈永国，张万娟译. 北京：中国社会科学出版社，2003.

18. 胡亚敏. 叙事学 ［M］. 武汉：华中师范大学出版社，1994.

19. ［美］华莱士·马丁. 当代叙事学 ［M］. 伍晓明译. 北京：北京大学出版社，2005.

20. ［美］霍兰德（Holland, N. N）. 笑：幽默心理学 ［M］. 潘国庆译. 上海：上海文艺出版社，1991.

21. ［美］吉尔伯特·哈特. 讽刺论 ［M］. 万书元，江宁康译. 南宁：广西人民出版社，1990.

22. 简平. 上海少年儿童报刊简史 ［M］. 上海：少年儿童出版社，2010.

23. ［以］里蒙·凯南. 叙事虚构作品 ［M］. 姚锦清等译. 北京：三联书店，1989.

24. ［美］利昂·塞美利安. 现代小说美学 ［M］. 宋协立译. 西安：陕西人民出版社，1987.

25. 刘小枫. 接受美学译文集 ［C］. 北京：三联书店，1989.

26. ［英］卢伯克等. 小说美学经典三种 ［M］. 方土人等译. 上海：上海文艺出版社，1990.

27. ［英］马克·柯里. 后现代叙事理论 ［M］. 宁一中译. 北京：北京大学出版社，2003.

28. ［荷］米克·巴尔. 叙述学：叙事理论导论. 谭君强译. 北京：中国社会科学出版社，1995.

29. ［美］浦安迪. 中国叙事学 ［M］. 北京：北京大学出版社，1996.

30. ［苏］普罗普. 滑稽与笑的问题 ［M］. 杜书瀛，理然译. 沈阳：辽宁教育出版社，1998.

31. 钱穆. 中国思想史 ［M］. 北京：九州出版社，2012.

32. ［美］乔纳森·卡勒. 结构主义诗学 ［M］. 盛宁译. 北京：中国社会科学出版社，1991.

33. ［法］热拉尔·热奈特. 叙事话语　新叙事话语 ［M］. 王文融译. 北京：中国社会科学出版社，1990.

34. 上海青年幽默俱乐部. 中外名家论喜剧、幽默与笑 ［C］. 上海：上海社会科学院出版社，1992.

35. 申丹. 叙述学与小说文体学研究 ［M］. 北京：北京大学出版社，2004.

36. ［美］特鲁. 论幽默：幽默的艺术［M］. 程永富，王刚译. 成都：成都科技大学出版社，1988.

37. 童庆炳. 维纳斯的腰带　创作美学［M］. 北京：中国人民大学出版社，2009.

38. 汪晖. 现代中国思想的兴起［M］. 北京：三联书店，2004.

39. ［美］W·C·布斯. 小说修辞学［M］. 华明等译. 北京：北京大学出版社，1987.

40. ［美］韦勒克，沃伦. 文学理论［M］. 刘象愚等译. 北京：三联书店，1984.

41. ［德］沃尔夫冈·伊瑟尔. 阅读活动［M］. 金元浦，周宁译. 北京：中国社会科学出版社，1991.

42. ［美］希利斯·米勒. 解读叙事［M］. 申丹译. 北京：北京大学出版社，2002.

43. ［美］西摩·查特曼. 故事与话语：小说和电影的叙事结构［M］. 徐强译. 北京：中国人民大学出版社，2013.

44. 徐岱. 小说叙事学［M］. 北京：商务印书馆，2010.

45. 阎广林，徐侗. 幽默理论关键词研究［M］. 上海：学林出版社，2010.

46. ［德］扬·阿斯曼. 文化记忆：早期高级文化中的文字、回忆和政治身份［M］. 金寿福，黄晓晨译. 北京：北京大学出版社，2015.

47. 杨义. 中国叙事学［M］. 北京：人民出版社，1997.

48. 叶晓青. 西学输入与近代城市［C］. 北京：北京大学出版社，2012.

49. ［美］詹姆斯·费伦. 作为修辞的叙事［M］. 陈永国译. 北京：北京大学出版社，2002.

50. 曾衍桃. 反讽论［M］. 北京：中国社会科学出版社，2006.

51. 张寅德. 叙述学研究［C］. 北京：中国社会科学出版社，1989.

52. 张廷琛编. 接受理论［C］. 成都：四川文艺出版社，1989.

53. 周宁，金元浦. 接受美学与接受理论［M］.·沈阳：辽宁人民出版社，1987.

（五）现代文学研究类

1. ［美］安敏成. 现实主义的限制［M］. 姜涛译. 南京：江苏人民出版社，2011.

2. 艾晓明. 中国左翼文学思潮探源［M］. 北京：北京大学出版社，2007.

3. ［日］柄古行人. 日本现代文学的起源［M］. 赵京华译. 北京：中央编译出版社，2013.

4. 陈平原. 触摸历史与进入五四［M］. 北京：北京大学出版社，2010.

5. 陈寿立编. 中国现代文学运动史料摘编［C］. 北京：北京出版社，1985.

6. 方维保. 红色意义的生成：20世纪中国左翼文学研究［M］. 合肥：安徽教育出版社，2004.

7. ［德］顾彬. 二十世纪中国文学史［M］. 范劲等译. 上海：华东师范大学出版社，2008.

8. 胡适. 五十年来中国之文学［M］. 上海：上海科学技术文献出版

社，2014.

9. 李泽厚. 中国现代思想史论［M］. 上海：三联书店，2008.

10. 李欧梵. 李欧梵论中国现代文学［M］. 上海：三联书店，2009.

11. 李欧梵. 现代性的追求［M］. 北京：人民文学出版社，2010.

12. 李欧梵. 未完成的现代性［C］. 北京：北京大学出版社，2005.

13. 李怡. 日本体验与中国现代文学的发生［M］. 北京：北京大学出版社，2009.

14. 梁冬华. 现代性与中国现实主义文学思潮（1928—1949）［M］. 北京：中国社会科学出版社，2013.

15. 林伟民. 中国左翼文学思潮［M］. 上海：华东师范大学出版社，2005.

16. 刘中树，许组华. 中国现代文学思潮史［M］. 武汉：华中师范大学出版社，2009.

17. 陆衡. 四十年代讽刺文学论稿［M］. 桂林：广西师范大学出版社，2008.

18. 马云. 中国现代小说的叙事个性［M］. 北京：中央广播电视大学出版社，1999.

19. ［捷克］米列娜编. 从传统到现代：19 至 20 世纪转折时期的中国小说［C］. 伍晓明译. 北京：北京大学出版社，1991.

20. 钱理群，温儒敏，吴福辉主编. 中国现代文学三十年［M］. 北京：北京大学出版社，2013.

21. 谈凤霞. 边缘的诗性追寻：中国现代童年书写现象研究［M］. 北京：人民出版社，2013.

22. 唐弢主编. 中国现代文学史简编［M］. 上海：复旦大学出版社，2013.

23. 吴福辉. 带着枷锁的笑［C］. 杭州：浙江文艺出版社，1991.

24. 万书元. 第十位缪斯：中国现代讽刺小说论（1917—1949）［M］. 南京：东南大学出版社，1998.

25. 王德威. 现当代文学新论：义理·伦理·地理［M］. 北京：三联书店，2014.

26. 王德威. 想象中国的方法：历史·小说·叙事［M］. 北京：三联书店，1998.

27. 王德威. 被压抑的现代性：晚清小说新论［M］. 北京：北京大学出版社，1998.

28. 温儒敏主编. 现代文学新传统及其当代阐释［M］. 北京：北京大学出版社，2010.

29. 王黎君. 儿童的发现与中国现代文学［M］. 北京：中国社会科学出版社，2009.

30. 王哲甫. 中国新文化运动史——中国现代文学参考资料［M］. 上海：上海书店，1986.

31. 夏志清. 中国现代小说史［M］. 刘绍铭等译. 上海：复旦大学出版社，2005.

32. 夏志清. 新文学的传统［M］. 北京：新星出版社，2005.

33. 阎浩岗. 现当代小说论稿［M］. 北京：人民出版社，2015.

34. 严家炎主编. 二十世纪中国文学史［M］. 北京：高等教育出版

社，2010.

35. 杨联芬. 晚清至五四：中国文学现代性的发生［M］. 北京：北京大学
出版社，2003.

36. 杨义. 中国现代小说史（第二卷）［M］. 北京：人民文学出版社，
1988.

37. 杨义. 二十世纪中国小说与文化［M］. 上海：上海三联出版社，
2007.

38. 张新颖. 20 世纪上半期中国文学的现代意识［M］. 上海：复旦大学出
版社，2009.

39. 赵园. 论小说十家［C］. 北京：三联书店，2011.

（六）儿童文学与儿童文化类

1. 班马. 游戏精神与文化基因［C］. 兰州：甘肃少年儿童出版社，1994.
2. ［法］保罗·亚哲尔. 书·儿童·成人［M］. 傅林统译. 台北：富春
文化事业股份有限公司，1992.
3. ［美］布鲁姆·贝特尔海姆. 童话世界与童心世界［C］. 舒伟，樊高
月，丁素萍译. 重庆：西南师范大学出版社，1991.
4. 陈伯吹. 儿童文学简论［M］. 武汉：长江文艺出版社，1982.
5. 陈晖. 儿童的文学世界·教师版［M］. 北京：北京师范大学出版社，
2011.
6. Deborah Cogan Thacker, Jean Webb. 儿童文学导论：从浪漫主义到后
现代主义［M］. 杨雅捷，林盈蕙译. 台北：天卫文化，2005.
7. 杜传坤. 中国现代儿童文学史论［M］. 北京：中国社会科学出版社，
2009.
8. ［法］多米尼克·朱利亚，［意］艾格勒·贝奇. 西方儿童史［M］. 卞
晓平，申华明译. 北京：商务印书馆，2016.
9. 儿童文学教学研究资料［C］. 北京：北京师范大学中文系儿童文学教
研组，1979.
10. 方卫平. 中国儿童文学理论发展史［M］. 上海：少年儿童出版社，
2007.
11. ［法］菲力浦·阿利埃斯. 儿童的世纪：旧制度下的儿童和家庭生活
［M］. 沈坚，朱晓罕译. 北京：北京大学出版社，2013.
12. 胡从经. 晚清儿童文学钩沉［C］. 上海：少年儿童出版社，1982.
13. 黄云生. 人之初文学解析［M］. 上海：少年儿童出版社，1997.
14. ［意］贾尼·罗大里. 幻想的文法［C］. 向菲译. 北京：中国少年儿童
出版社，2014.
15. 蒋风. 中国儿童文学发展史［M］. 上海：少年儿童出版社，2007.
16. 蒋风. 中国儿童文学大系（理论卷）［C］. 太原：希望出版社，2009.
17. ［美］杰克·齐普斯. 冲破魔法符咒：探索民间故事和童话故事的激进
理论［M］. 舒伟等译. 合肥：安徽少年儿童出版社，2010.
18. 金燕玉. 中国童话史［M］. 南京：江苏少年儿童出版社，1992.
19. 李学斌. 童年审美与文本趣味［M］. 合肥：安徽少年儿童出版社，
2010.
20. ［加］李利安·H·史密斯. 欢欣岁月［M］. 傅林统译. 台北：富春文
化事业股份有限公司，1999.

21. 廖卓成. 童话析论［M］. 台北：大安出版社，2002.

22. 刘晓东. 儿童精神哲学［M］. 南京：南京师范大学出版社，2003.

23. 刘绪源. 中国儿童文学史略［M］. 上海：少年儿童出版社，2013.

24. 鲁迅. 鲁迅论儿童文学［C］. 刘绪源辑笺. 北京：海豚出版社，2013.

25. ［瑞典］玛丽亚·尼古拉耶娃. 儿童文学中的人物修辞［M］. 刘洊波，杨春丽译. 合肥：安徽少年儿童出版社，2010.

26. ［瑞士］麦克斯·吕蒂. 童话的魅力［M］. 张田英译. 北京：社会科学文献出版社，1995.

27. 梅子涵等. 中国儿童文学5人谈［C］. 天津：新蕾出版社，2008.

28. ［加］佩里·诺德曼，梅维丝·雷默. 儿童文学的乐趣［M］. 陈中美译. 上海：少年儿童出版社，2008.

29. 任溶溶. 儿童文学讲稿［C］. 沈阳：辽宁少年儿童出版社，1984.

30. 孙建江. 20世纪中国儿童文学导论［M］. 成都：四川少年儿童出版社，2013.

31. 孙建江. 童话艺术空间论［M］. 成都：四川少年儿童出版社，2013.

32. ［美］泰勒·何德兰，［英］坎贝尔·布朗士. 孩提时代：两个传教士眼中的中国儿童生活［M］. 魏长保，黄一九，宜方译. 北京：群言出版社，2000.

33. 汤素兰，谭群. 湖南儿童文学史［M］. 长沙：湖南少年儿童出版社，2016.

34. 汤锐. 比较儿童文学初探［M］. 武汉：湖北少年儿童出版社，1990.

35. 王泉根. 现代中国儿童文学主潮［M］. 重庆：重庆出版社，2000.

36. 王泉根，韦苇，方卫平等. 世界儿童文学研究丛书（全10册）［M］. 长沙：湖南少年儿童出版社，2015.

37. 王泉根. 现代儿童文学的先驱［M］. 上海：上海文艺出版社，1987.

38. 王泉根评选. 中国现代儿童文学文论选［C］. 桂林：广西人民出版社，1989.

39. 王晶. 经典化与迪斯尼化——跨媒介视域中的《宝葫芦的秘密》［M］. 郑州：海燕出版社，2012.

40. ［瑞士］维雷娜·卡斯特. 童话的心理分析［M］. 林敏雅译. 北京：三联书店，2004.

41. 韦苇. 世界童话史［M］. 福州：福建教育出版社，2002.

42. 吴其南. 童话的诗学［M］. 北京：中国文联出版社，2001.

43. 吴其南. 中国童话发展史［M］. 上海：少年儿童出版社，2007.

44. 吴其南. 从仪式到狂欢——20世纪少儿文学作家作品研究［M］. 北京：人民文学出版社，2014.

45. 徐兰君主编. 儿童的发现：现代中国文学及文化中的儿童问题［C］. 北京：北京大学出版社，2011.

46. 徐兰君，［美］安德鲁·琼斯主编. 儿童的发现［C］. 北京：北京大学出版社，2011.

47. ［美］雪登·凯许登. 巫婆一定得死［M］. 李淑珺译. 台北：张老师文化出版社，2001.

48. 叶圣陶. 叶圣陶论创作［M］. 上海：上海文艺出版社，1982.

49. ［澳］约翰·史蒂芬斯. 儿童小说中的语言与意识形态［M］. 张公善，黄惠玲译. 合肥：安徽少年儿童出版社，2010.

50. 张美妮. 张美妮儿童文学评论集［C］. 重庆：重庆出版社，2001.

51. 朱自强. 现代儿童文学文论解说［C］. 北京：海豚出版社，2014.

52. 朱自强. "分化期"儿童文学研究［M］. 北京：接力出版社，2013.

53. 朱自强. 儿童文学的本质［M］. 上海：少年儿童出版社，1997.

54. 朱自强. 儿童文学论［C］. 青岛：中国海洋大学出版社，2005.

55. 周益民编著. 故事、儿童和作家的秘密——走进儿童阅读［C］. 北京：中国轻工业出版社，2016 年.

56. 周作人. 周作人论儿童文学［C］. 刘绪源辑笺. 北京：海豚出版社，2012.

（七）期刊论文类

1. 陈伯吹. 一篇心理的、幽默的、教育的童话作品——读《宝葫芦的秘密》［J］. 文艺报，1958 - 5 - 26.

2. 陈道林. 童话中的扁形和圆形人物［J］. 华中师院学报（哲学社会科学版），1984（2）.

3. 陈晖. 论中国文学童话的产生［J］. 广州师范学报（社会科学版），1997（1）.

4. 陈早春. 中国左翼作家联盟文件选编［J］. 新文学史料，1980（1）.

5. 范泉. 新儿童文学的起点［J］. 大公报，1947 - 4 - 6.

6. 冯鸽. 论现代中国童话的幻想压抑——以张天翼"宝葫芦"传统叙事为例［J］. 海南师范大学学报（社会科学版），2014（2）.

7. ［奥］福·泰格特霍夫. 童话：通向另一种现实的大门——论 20 世纪童话的意义［J］. 高年生译. 外国文学，1993（1）.

8. 高文艳. 给成长插上飞翔的翅膀——《木偶奇遇记》与《宝葫芦的秘密》之比较［J］. 太原大学教育学院学报，2009（12）.

9. 何群. 张天翼童话的语言学分析［J］. 山东师大学报（社会科学版），1994（4）.

10. 黄云生. 漫画技法的稚化和演进［J］. 浙江师大学报（社会科学版），1993（2）.

11. 黄云生.《稻草人》和"现实主义童话"［J］. 浙江师大学报（社会科学版），1999（4）.

12. 江（茅盾）. 关于"儿童文学"［J］. 文学，1935（2）.

13. 蒋风. 叶圣陶童话在我国儿童文学史上的地位［J］. 浙江师范学院学报（社会科学版），1963（2）.

14. 李苍如. 谈张天翼儿童文学的心理描写［J］. 延安大学学报（社会科学版），1982（1）.

15. 李学斌. "诗意童年"与"社会启蒙"：从《稻草人》《大林和小林》看中国近现代儿童观演变［J］. 宁夏大学学报（人文社会科学版），2013（3）.

16. 刘纳. 读《张天翼小说论稿》［J］. 中国现代文学研究丛刊，1987（1）.

17. 鲁迅.《表》译者的话［J］. 译文，1935（1）.

18. 罗岗. 现代国家想象、民族国家文学与"20 世纪中国文学"的重构［J］. 文艺争鸣，2014（5）.

19. 茅盾. 现实主义的道路［J］. 新蜀报，1941 - 2 - 1.

20. 浦漫汀. 张天翼童话的喜剧性风格［J］. 写作学习，1988（10）.

21. 彭晓丰. 创造性背离——论叶圣陶小说风格的形成及对外来影响的同化［J］. 中国现代文学研究丛刊，1986（4）.

22. 彭筱祎. 张天翼童话创作简析［J］. 河南师范大学学报（哲学社会科学版），1998（5）.

23. 尚仲衣. 再论儿童读物——附答吴研因先生［J］. 儿童教育，1931（8）.

24. 孙建国. 论张天翼儿童文学的审丑艺术［J］. 青海师范大学学报（哲学社会科学版），2014（1）.

25. 孙建国. 清末民初：中国现代儿童文学的起源［J］. 中国现代儿童文学研究丛刊，2010（9）.

26. 孙静. 张天翼童话的艺术魅力［J］. 湖南科技学院学报，2007（1）.

27. 孙占恒. "同中之异"——张天翼儿童文学与成人文学之比较［A］. 方卫平. 中国儿童文化（第八辑）［C］，杭州：浙江少年儿童出版社，2013.

28. 王黎君. 中国现代文学中的儿童视角［J］. 文学评论，2005（6）.

29. 王泉根. 谈谈儿童文学的叙事视角［J］. 语文建设，2010（5）.

30. 王泉根. 三十年代中国儿童文学现象的历史透视［J］. 西南师范大学学报（哲学社会科学版），1997（2）.

31. 王泉根. 论外国儿童文学对中国现代儿童文学的影响［J］. 浙江师范学院学报（社会科学版），1983（3）.

32. 王泉根，王渝根. 论叶圣陶童话对中国儿童文学的贡献［J］. 云南民族大学学报，1986（12）.

33. 王泉根. 稻草人主义：中国现代儿童文学的美学精神［J］. 浙江师大学报（社会科学版），1990（2）.

34. 王卫平. 中国现代讽刺幽默小说论纲［J］. 中国社会科学，2000（2）.

35. 吴其南. 张天翼童话的反欲望叙事［J］. 浙江师范学院学报（社会科学版），2005（6）.

36. 吴建荔. 试论张天翼儿童文学创作的动因［J］. 昆明学院学报，2009（1）.

37. 吴建荔. 现实主义的得与失［J］. 现代语文，2008（12）.

38. 谢有顺. 重构中国小说的叙事伦理［J］. 文艺争鸣，2013（2）.

39. 俞渝. 试论张天翼早期的长篇童话［J］. 浙江师范学院学报（社会科学版），1982（4）.

40. 杨春风. 近二十年张天翼研究的回顾与反思［J］. 商丘师范学院学报，2010（2）.

41. 杨佃青. "张天翼模式"论［J］. 浙江师大学报（社会科学版），1994（6）.

42. 杨宏敏，王泉根. 叶圣陶、张天翼童话之比较［J］. 中国文学研究，2006（3）.

43. 杨剑龙，陈海英. 民族国家视角与中国现代文学研究［J］. 中国现代文学研究丛刊，2011（2）.

44. 杨义. 中国古典小说的叙事原则［J］. 河南大学学报（社会科学版），2004（9）.

45. 杨钊. 析张天翼对于童话教育功能的把握——以《大林和小林》为例［J］. 语文学刊，2010（1）.

46. 叶圣陶. 谈学习文艺 [J]. 文艺学习，1946 (3).

47. 张匡. 儿童读物的探讨 [J]. 世界杂志，1931 (2).

48. 张天翼. 创作不振之原因及其出路 [J]. 北斗，1932 (1).

49. 张天翼. 一切为了使孩子们受益和爱看——《张天翼作品选集》代序 [N]. 光明日报，1980 - 8 - 13.

50. 赵步阳. 左翼文学思潮影响下的张天翼儿童文学作品 [J]. 金陵科技学院学报，2004 (6).

51. 郑振铎.《稻草人》序 [J]. 文学，1923 - 10 - 15.

52. 朱自强. 论新文学运动中的儿童文学 [J]. 上海师范大学学报（哲学社会科学版），2013 (7).

53. 张婧. 不相信童话的"童话"——论张天翼童话创作 [J]. 大众文艺，2018 (10).

(八) 学位论文类

1. 郑莹. 叶圣陶与张天翼童话比较研究 [D]. 延边大学，2007.

2. 李学斌. 儿童文学的游戏精神 [D]. 上海师范大学，2010.

3. 杨春风. 张天翼讽刺小说论 [D]. 兰州大学，2010.

4. 孙占恒. 同与异：张天翼儿童文学与成人文学之比较 [D]. 中国海洋大学，2011.

5. 黄贵珍. 张天翼长篇童话接受研究 [D]. 湖南师范大学，2012.

6. 何萧. "求真"和"趣味"——论张天翼的儿童文学创作 [D]. 华中师范大学，2017.

图书在版编目（CIP）数据

张天翼与中国现代儿童文学/黄贵珍著 . —上海：少年儿童出
版社，2020
（新世纪儿童文学新论）
ISBN 978 - 7 - 5589 - 0723 - 4

Ⅰ. ①张…　Ⅱ. ①黄…　Ⅲ. ①儿童文学—文学创作研究—中国
—现代　Ⅳ. ①I207. 8

中国版本图书馆 CIP 数据核字（2019）第 256873 号

新世纪儿童文学新论
张天翼与中国现代儿童文学

黄贵珍 著

许玉安 封面图
赵晓音 装　帧

责任编辑 梁　玫　美术编辑 赵晓音
责任校对 黄亚承　技术编辑 许　辉

出版发行 少年儿童出版社
地址 200052 上海延安西路 1538 号
易文网 www. ewen. co 少儿网 www. jcph. com
电子邮件 postmaster@jcph. com

印刷 上海盛通时代印刷有限公司
开本 787×1092　1/16　印张 20.5　字数 221 千字　插页 1
2020 年 1 月第 1 版第 1 次印刷
ISBN 978 - 7 - 5589 - 0723 - 4/I • 4508
定价 78. 00 元